單讀 One-way Street

通宵俱乐部
All-Nighters Club

阿乙 ○ 著

上海文艺出版社
Shanghai Literature & Art Publishing House

图书在版编目（CIP）数据

通宵俱乐部/阿乙著. -- 上海：上海文艺出版社，2022
（单读书系）
ISBN 978-7-5321-8302-9

Ⅰ.①通… Ⅱ.①阿… Ⅲ.①随笔—作品集—中国—当代 Ⅳ.①I267.1

中国版本图书馆CIP数据核字（2022）第025385号

发 行 人：毕　胜
责任编辑：肖海鸥
特约编辑：赵　芳　罗丹妮
书籍设计：杨濡溦
内文制作：李俊红　李政坷

书　　名：通宵俱乐部
作　　者：阿　乙
出　　版：上海世纪出版集团 上海文艺出版社
地　　址：上海市闵行区号景路159弄A座2楼　201101
发　　行：上海文艺出版社发行中心
　　　　　上海市闵行区号景路159弄A座2楼206室　201101　www.ewen.co
印　　刷：山东临沂新华印刷物流集团有限责任公司
开　　本：850×1092mm　1/32
印　　张：12.25
字　　数：240千字
印　　次：2022年10月第1版　2022年10月第1次印刷
Ｉ Ｓ Ｂ Ｎ：978-7-5321-8302-9/I.6556
定　　价：58.00元

告读者：如发现印装质量问题，影响阅读，请与出版社发行部门联系调换。

目录		
	1996	002
	1997	004
	1998	006
	1999	008
	2002	012
	2004	016
	2007	018
	2010	020
	2011	024
	2012	026
	2013	032
	2014	038
	2015	050
	2016	088
	2017	128
	2018	246
	2019	302
	2020	342

尊贵的朋友,生活诚如我们所见,总是对我们静默,但我们又总能警觉到,有一种小如壁虎的东西,以快如闪电的速度掠过生活的画布。我作为一名作者,职责之一是捕捉生活中出现的这种转瞬即逝的感觉与情绪。和之前出版的《寡人》《阳光猛烈,万物显形》一样,这本随笔集展现的也是这种捕猎的成果。

1996

1996—10—25
敖城

终于收到来信。捏着它时,我感觉发烫。是她的,从信封那女性的字迹就能看出。我脸色红透了,并且心跳得厉害。人们都在忙自己的事,没有人看我,然而我是如此窘迫。我是那么期待打开信啊。直到走到厕所,我才敢拆开。我贪婪地阅读,寻找她应允的字句。很快就看完了。我又仔细阅读了一遍,还是没有看见什么答应的话。她在劝我。

信末有一句怪异的英文:

If you can do, show me your all.

它似乎是在鼓励我。然而别的文字,明确地表明她对我不感兴趣。我甚至能感觉到她的厌烦。信最终被撕碎扔了。我在低矮的床铺上躺了一个下午,直到黄昏将我吞没。这种吞没与随着汽车一起沉入水中极为相似,只感觉就要死了,身心充满了水的腥味。

1997

1997—4—5
青云谱

我们从未见那些重要人物——比如法官、将军、乐队的指挥——是第一个出场的。

1998

1998—6—12
洪一乡

经验是一种权力,特别是生病的经验,它使一个人可以像官员一样去规范另一个人的行为,奇怪的是,作为反面典型的又是他。正如失足者根据自己失足的历史,判定亲属不能够再失足。或许我们应该尊重他们。

1999

1999—10—9
瑞昌

在横港中学

一名父亲是稻农的高年级学生寻找我,
在距离我还有五六米时停下,
装作有别的事,窥看我,
并和他自己比较。毫无疑问:
别人的意见都不准确,
只有自己有发言权。
我也一样。人们说我和他相像,
好比同一胎出生的兄弟,
可我觉得彼此间至少有一千个不同。
我们没有朝对方,而是
朝身旁的草地各自啐了一口痰。

1999—12—7
瑞昌

  梦见自己在火车上遇见一位钟姓湖北人,他提及自己曾在春日独行于山谷,路过一处田埂时,发现那躺着一位农人,皮肤因生病而发黄。那人眼睑紧闭,睡得很熟。要到走过去好几步，钟才反应过来：对方死了。他到现在都不知道自己是怎么察觉到的。"也许是潜意识捕捉到一种反常。"他说。他站在原地十分害怕，内心充满逃跑的冲动。不久，应该是本地的一名村干部，带着几个好像是穿法院短袖制服的人赶过来。他们没有找钟的麻烦。应该说，在钟发现死者之前，已经有人发现了他。"这是我第一次看见有人横死：一个人死了，沟里的水还在哗哗地流动。我敢说这样的经历不是每个人都有，"钟在梦里对我说，"那是一种崭新的死。"

2002

2002—5—3
岳阳

岳阳市的张千对我转述一则他听来的故事：一个夜晚，一名村中的生意人从镇上归来，经过幽僻的山谷时，被鸡状巨鬼追逼。奔逃中，一双皮鞋跑掉，同时丢失的还有捆扎好的两万元现金。生意人在讲述时上气不接下气，面色灰死，后来还为此发高烧，但是没有人相信他的说法。村中人，特别是他的亲人，认为是他拿这两万元去偿还赌债或者接济情人了，然后诡讬于鬼。他指天发誓，说自己要是有半点假话，情愿身首异处、死无全尸。有人又认为是剪径者瞧准了他在信用社取了钱，然后装成鬼的样子来抢劫。后来，村中有一胆大的人，名唤阳秋，决定亲身测试一次。他选择一个市集的日子来到镇上，站在信用社门口，将捆扎好的看起来有四五万元的假钱塞进书包，然后骑车回村。果然在进入山谷后，一只有两层楼高的乌鸡蹿奔而出，大踏步朝他追来。阳秋被它的翅膀掀倒。阳秋扔下自行车，抱着书包，继续跑了四五十米，被巨鸡伸出的有一张餐桌那么大的爪子按倒。乌鸡扯出他怀中的书包，抓起一把钱就嚼起来。几乎与此同时，它就厌恶地把它们吐出来。"嬲你妈，全是假钞票。"它说。

张千另外讲道，有一天他在长沙一座高楼门前等人，当时日头斜照，在大楼西侧留下一片黑影。这时，张千看见阴影里有一口洁白的牙齿，悬在半空中自己走了过来。等过了一会儿，他才明白，并不是牙齿在走，而是那行走的农人肤色太黑，和阴影融为一体，以致让人错觉是一口白牙在走。"实在太黑了。我猜呢，这人有一口好牙——那可是比钢琴的琴键还白啊——不舍得不炫露，就一直咧着嘴行走。"张千说。

我们都觉得张千讲的事只能当成乐子。

ND# 2004

2004—12—1
太平街

来自电影《西北偏北》的启示：特工，特务，杀手，或者其他干秘密职业的人，穿着打扮、言行举止往往体现出训练过的简洁。一身上下，从领子到鞋，色调偏向一致，且都是暗色。蓄短发，不留胡子，也不文身，更不会佩戴耳环、首饰。有时会戴一顶鸭舌帽或礼帽。他们不到非说话不可的时候绝不说话，即使如此，说出来的也只是一两个简单的词。是命令式的，清楚，易执行。他们从不被街道上的热闹转移视线。他们比机器人还冰冷，因此总是让人绝望。

他们如此低调，可是只要一在电影里露面，我就迅速认出来。他们身上的阴森气质，即使是没有经过训练的业余演员也能演出来。

2007

2007—9—10
广渠门

梦中遇见一人叫蒋荟萃,自称毕业于姒县一中。该校择优录取各乡镇的初中毕业生。教外语的是一名不知来历的四十岁老小姐,极为胆小,据说就是小孩对她发火,也会令她胆寒。教学楼系港商捐建,结构上讲究对称,左右两扇楼梯分别通往理科部、文科部。有一天是周日,也不见有班级补课,校舍空空荡荡的。阳光之下,只有英语教师拖着自己的影子,匆匆走向教学楼。她这么东张西望、神神道道地来到教学楼前厅时,天哪,只听见楼道里传出两声充满回响的惊呼。"呔!""呔!"从左右两扇楼梯的转角处,同时跳出两名脸上涂墨的小鬼来。矮小的英语老师被吓得魂飞魄散,眼球都突出来了。接着,玩恶作剧的这两名学生看见,老师沿着天顶,无可救药地裂开了。一分为二的尸体倒向两边。蒋荟萃认为,英语老师之所以分裂,是因为不知道该先向谁表示惊恐呢。

2007—10—3
广渠门

卡夫卡写的是人的没落。以人们、人类为主角,而非具体的人,尽管写那些情感时他是那么私密,但这种私密恰恰是共有的。他揭示了沉默的现代人所拥有的共同处境。

2010

2010—11—19

安乐林

一九九〇年十二月，托马斯·特朗斯特罗姆加入中风者的队伍。而且可能是最为严重的那种。北岛在《蓝房子》一文中写道："一九九一年夏天我来看望他们，托马斯显得惊慌而迷惘。他后来在诗中描述了那种内在的黑暗：他像个被麻袋罩住的孩子，隔着网眼观看外部世界。他右半身瘫痪，语言系统完全乱了套，咿咿呀呀，除了莫妮卡，谁也听不懂。只见莫妮卡贴近托马斯，和他的眼睛对视，解读他的内心。她也常常会猜错，托马斯就用手势帮助她。"

去年四月，我的父亲中风。从此我就像受到可怖的诅咒，活在一种恐惧中。它仿佛是一笔祖产，从舅公那儿传给我的父亲，终有一天会传到我身上。他们，我指的是我在瑞昌的每一个亲人、朋友，都在慰问我时突然变色，仿佛被魔鬼附身一样恶狠狠地宣布："你可一定要注意，你和你父亲长得一个样，而且一样不讲生活规律。"有时为了增加说服力，他们还说："像你这样年纪中风的，在医院有好几个。"

也是从那时起，我对这一陌生的疾病有了很多了解。有一个甘肃人对我说，他的远亲（一名教师）和特朗斯特罗姆一样遭受重创，失去语言能力。同样有一位伴侣用神奇的办法解读出病人内心的话。根据她的讲述，病人曾经花两天讲清楚了一件事：他在被移进父亲遗留下的轮椅中时，感觉整个肉身被移进一个人形的铁皮套子，四肢动弹不得。这是一座只留下三个洞口的令人窒息的碉堡。他感觉自己读懂了过去父亲嘴唇嗫嚅不止所要说的话。他现在说的和他父亲过去说的完全一样。

2011

2011—2—15
安乐林

昨晚搭出租车穿越街道，聊起来，司机就吟自己创作的诗：我多想抚摸你的手啊/但我只敢在梦里抚摸你的衣角/轻轻地/我怕弄乱你的衣角/我怕弄出你生活的褶皱。后边还有很多句，比如"寂寞而不寂静"。司机说当他对着梦中情人朗诵此诗时，对方未作任何反应。后来有一次打电话给她，她坚称自己并不认识他。我并不是带着欣赏人瑞或神童那种饶有兴致的态度来转这首诗，我在忠实呈现司机的文艺。

2011—6—17
安乐林

巴尔加斯·略萨来华，和当初泰戈尔来华一样，引发文学圈骚动。魔幻现实主义对中国纯文学发展帮助很大，可说有师恩，见到活人，大家难免激动，一位作家直接用方言去表达崇敬之情，把"略萨"说成"柳梢"，听起来真诚并且也有诗意。我在巴尔加斯·略萨的演讲中记住，他对福楼拜和福克纳推崇备至，他说福楼拜是通过自我批评、自我修改、自我朗读，使句子成韵成诗的，写过《包法利夫人》，福楼拜方才晋升为一流作家。

2012

2012—7—2
安乐林

我见过一位沉默的朋友,每当她想说点什么,总是自己先住了口,觉得有什么必要呢,这一切都有什么意义呢。因此我们往往只看见她嘴唇微微翕动,而后什么都没了。一开始我还以为是害羞,后来知道,才不是呢,她只不过是像下棋似的,才要下一步,便想着替对方下一步,自己默想着应对一步,又替对方下一步。如此盲下,觉得一切均已掌握,便不再和对方对词了。一天,这位朋友,忽然对我说:"让我接受你的觐见吧。"这令我有点愕然,因为我不知道她的话是什么意思。

2012—7—10
安乐林

长篇《早上九点叫醒我》备用结尾一:

宏阳沿着七目山的小路去了阴曹地府。在那里他等了一会儿,又等了一会儿,他看见阎王、判官、鬼卒等人面面相看,不知如何是好。事情很难向宏阳解释,然而终归还是要解释。阎王亲自走过来,搂住宏阳的肩膀,说:"是这样的,我们发现不应该这么早就将你勾来,你阳寿未尽呐。虽然这并不是什么太大的错误(说的时候,阎王看了看手表)。你知道，人都是要死的。你还是赶快回去吧。太对不住。要赶快。"因此，宏阳沿原路往回跑，他觉得要谢谢人家才是。不是吗，谢谢人家有错必纠，有错必改。可以想象的是，这种奔跑是多么兴奋啊。这个原本不屑于和任何人分享喜乐与悲伤的人一边跑一边和某个假想中的亲朋对话：

"你看，勾错了嘛，勾错了。"

或者像契诃夫小说《苦闷》里马车夫所说的："怪事，死神也会认错门儿。"

他跑呀跑呀，一头撞在棺材板上。也不知道是谁，将棺材板钉得这么死。他就这样在棺材里醒来，又因为氧气耗光，窒息而死。最终他不得不悲哀地返回地府。在那里，阎王早早迎出来，说："这就对了，你就应该是这会儿死的。"

2012—7—11
安乐林

长篇《早上九点叫醒我》备用结尾二：

不一会儿，传来看见棺木的消息。有人在清理压在棺材板上的石头，一块块地往外扔。因为钉子钉得太深，根本没办法撬开，民政所所长决定直接劈开。这时不知是谁说："损坏棺材可是要照价赔偿。"有人一连劈下十几斧，那薄薄的棺材便全部裂开。"哦，天哪！天哪！"只见劈棺的人扔掉斧头，跳向一边。那原本围观的众人，轰然惊散，又几乎同时聚集回去。就像被什么深深吸引住,他们贪婪地看着棺内。擅长呐喊的张杨乐康,一直跟朱爽混的那名十七岁小孩,定睛看了几眼,朝山下跑,并几乎是飞着从墈上飞下来。有翼飞翔的话语迅速传到村民耳中并导致后者炸开锅。他们争先恐后地赶过去,并在墈上互相推搡,挤来挤去,将地面碾得不成样子。虽然他们知道自己将会看见什么,但在亲见时,那惊愕的成色准保不会减掉半点。

"啊,可怕!可怕!可怕!不可言喻、不可想象的恐怖!"张杨乐康仍在奔跑。

"什么事?"那些相向而行的人焦急地问。

"不要向我追问;你们自己去看了再说。"

他们将看见——

棺材内躺着一具愤怒和绝望以致眼球都要突出于眶外的尸体。他十根手指全部露出白骨,身上到处是血,因此能想到,他在棺材里一度在不停地刨啊、抓啊、推啊。

这样一具有如古希腊雕塑充满动感的尸体最终被拖去火化了。山上留下一个开口的坟墓。艾湾逐渐变成无人居住的废墟,就连镇上也如此,街道只剩大量空置的没修完的商品房。一夜间,人们逃亡一般逃到城市。年轻人一路小跑,背着还在反抗的父母,将他们背进城里,仿佛再不跑,那追上来的怪物就要将他们吃掉一样。

2012—8—4

安乐林

从洗干净的裤兜里我找到一张揉皱的纸，上边记录着往日的梦：

一位朋友，因为上半身过长，终于在某天俯身变为人面马身的爬行者。衣服在它背上绽裂，手掌与脚掌变为蹄子，因为长年卧伏，阴部潮湿、红润、黏附着灰尘和碎发，全身散发出牲畜才有的膻臊。有几次，它尝试恢复直立行走，那举着双蹄的样子让大家非常惊愕。将它关起来后，它就像动物园里的豹子，来回走动，烦躁不已。如果我们忘记喂养它，它就会在半夜来敲门。

2013

2013—2—8
宜宾

有痰百咳不出,情形很像抓着一把铲子,想把粘在水泥地上的口香糖铲起,却怎么也铲不起来。有时不得不双手抓住盥洗台的边沿,踮起脚咳,像是被人从背后一刀刀杀害一样。啊,死去的任何一位祖先,谁不曾在深夜这样没命地咳嗽。一边咳,一边流着眼泪叫亲人去把那个人请来。那被请的并非医生(医生已经想不出什么办法了),而是死神。"你去把他请来,"祖先说,"我得跟他好好谈谈。"

死神一般要过很多天才来。他一来,热铁似的咳嗽顷刻止息。一切是那么平静。死神合上我祖先的眼睑,说:"他身上还有很多别的毛病,到处都沦陷了。"

2013—6—9
安乐林

肺部的阴影

肺部的阴影,停泊在低空。
船舰一样停泊,一整天阴沉沉的,
一动不动。

2013—6—11
安乐林

梦见一位优雅的朋友做了第三者。那男人年纪很大，大到和我们分开了档次。在酒席上他一直在愤慨地说自己的妻子。忽然，他的仙风道骨——也可以说是老态龙钟——的太太戴着手表，穿着送葬的布鞋，冲过服务员的拦阻，就来抓我们的朋友，抓不到她，就抓自己的男人，抓不到男人，就抓菜。这是我人生第一次看见有人抓起一把菜，并把它紧紧攥住，汁液从她并拢的手指间滴落。男人说："啧啧，你们看。"这女人有一种刚电死的外星人的白。在保安把她抓走以后，男人接着说"你们看哪"。我知道他是想让我们看看他过的都是什么日子。"那简直是深渊，是黑洞，是地狱呀。"我估计他还会这么说。我们不看，凡不是我们的事，都不算是事。我们只是替这位受过良好教育的朋友可惜，可她就是那脾气。

2013—7—7
安乐林

窗外

中午,
绿色的树如果死了,
也需要很久才能发现,
一辆马车从拐角处跑进视野,
带着远方的刺客,详细的复仇计划,
最后的忍耐,以及焦躁,
两名小孩,提着网,
去池塘打捞漂浮的鱼尸,
他们从抬起的马蹄前掠过,
而不知道自己掠过的是什么,
其余地方,阒无人迹,
没有人为我作证,
马车从我的楼下飞过。

2013—7—8
安乐林

包裹首级的白布已展开。
一个人的头颅
像苹果还挂在枝头一样,
暂时还挂在自己脖子上。
这个要死的人还在生活
还在喝水和解手,
还在往日历上写自己要办的事。

看得真远的预言者啊,
正仰头饮下掺着他的血的酒。

2013—7—9
安乐林

　　从被侵略的村庄出现一个传说:一个站立在道旁的农民,脖子的下半截,无缘无故地出现一道逐渐扩大的红线,从红线下渗出密集的带气泡的血珠。人们小心地扶住他,好像是扶住一棵要倒下的树。不久,一名骑兵从远处驰来,在经过这位不幸的农民时,他挥舞偃月刀,将农民的脑袋削飞。

2013—7—15
北大第一医院

桀谓人曰:"吾悔不遂杀汤于夏台,使至此。"或者,吴王夫差曰:"吾悔不用子胥之言,自令陷此。"我悔不听从父亲的警告。在我去上海探望住院的他时,他就反复提醒我去医院检查。甚至于更早,只要在电话里听见我的咳嗽声,他就会这样交代。我总是不假思索地替自己的身体不适辩护。有时我想,利用子女身上出现的问题对子女进行恐吓,是大人们对子女施行控制的手段之一。要到今天,我才明白,我辜负了一个多年在医药行业工作的人的警觉。这样的警觉也出现在我岳母那里,我记得面对她的忧虑,我这样解释:"几乎在二十来岁的时候,我就这样咳嗽了。"

今天,医生明确通知我,我的肺出了很严重的问题,至于是什么问题,他们也不知道。

2013—9—5
协和医院

长时间写作、彻夜批阅奏折和纵欲是一回事,但事主可能觉得这是使命。

2014

2014—2—28
安乐林

每次看到省略号,就知道作者对这段文字已经放弃了。先锋一代几位大将早期的作品,整体具有一种奇迹般的韵味,文中少有感叹号和省略号,仿佛那是新衣上的饭粒,充满亵渎。

又:被濒死感包围而两腿哆嗦的时候,不妨给自己来一记有力的耳光。

又:一个人去物业办点事,到物业时忘记要办什么事,于是将物业工作批评一顿才回来。

又:我原本以为《圣经》是没有感叹号的,去查了,结果有。正如我原本以为天安门城楼的标语上是有感叹号的,去察看,却没有。

2014—4—27
安乐林

早熟的儿童,具有统计学的能力,当他被父亲紧紧拥抱,听到对方说"今后我一定要好好待你"时,他就知道,明天他少不了还要挨顿打。因此,他嘴对耳朵,对父亲说:"你还是别抱我了。"当爹的很吃惊。第二天,当爹的又打了他一顿,打完,又心疼地抱住他。

也许是后悔引发了殴打，殴打又引发了后悔。正如一个烟鬼喝茶，感觉嘴中湿润，非得抽上一根烟中和中和不可。等烟抽完，口干舌燥，又非得大饮一口茶不可。这样很快就抽了半包烟。

2014—7—10
协和医院

对病友M的速记

五十岁，来自一个三个字的城市，农民，因血管炎入院。一天，清洁工往医院里带进一位理发师傅，用推子给他推了个平头，花去他二十元。他一只眼是坏的，可能是打石头时让溅起的石粉飞进眼睛里，导致它失明。他说，找人吹了很久，也不知道吹出来没有，没去看医生，结果瞎了。晚上他失眠，坐在床上静静看着墙壁，子夜，护士到各病房检查，因见到他坐着，便将电光照在他光滑如卵石的脸上，有一次正好照在他死去的那只白色眼球上，令她们跺着脚发出惊呼。他的手指是畸形的，关节突起如树瘤。双腿骨瘦如柴，差不多用一把起子就能敲断。他两只脚的第二至第四趾均被截除，剩下的大脚趾和小脚趾黑黑的，像蟹之螯足，极为宽疏地张开着。住院期间，他一直没下床，除非是被抱进轮椅推着去检查。坐在床上，他要么发呆，要么和自己幸存的趾头玩耍。有时他躺下去，轮番把两只脚朝天蹬出去，这是医生教给他的锻炼办法。在他身上有一种早已准备好的谦恭，这让我想起福克纳小说《押沙龙，押沙龙！》里杀死主人托马斯·萨德本的雇工沃许，即使是在杀对方，沃许对对方也是谦恭的。他说不好普通话，入院一周后，他掌握了一种让人发笑的技术，就用方言重复别人的词汇，比如"角（绝）了"，"真是角了"。他的笑声，总是保持三声以上，以使别人不冷场。他说，自从某一天后，他的脚下地就像是踩了棉花。从骨子里他对这个比喻感到满意，就像我对人说吐血时，喜欢说吐出来的血团状如樱桃。他不愿及时治疗，一是因为穷，二是和我一样，对疾病持一种听之任之的态度。

每天，一位实习女医生端来一盆像是可乐的药水，给他泡脚，随后给趾头缠上纱布。她有一个好听的名字，逶过这名字，我们能想到她来自一个较大的城市，是父母的掌上明珠。她为他消毒时，礼貌、客气并且充满尊敬。她认真地工作时，我们都变得肃穆起来，害怕自己的言语猥亵了这神圣洁净的场面。

照料老汉的是他的女儿，不到三十岁，已婚。皮肤和暮色一样黑。十几天来，她都穿一件粉红色上衣和一件白色紧身长裤，系一根大腰带。脚蹬一双高跟凉鞋，鞋底又宽又厚，鞋面是麦芽糖色的，有奇怪的饰扣。她为父亲倒尿、处理大便、敷药、买饭，未见有半句怨言。她一直扎着马尾辫，直到父亲出院，她才将头发散开，并替自己画了眼影。

她雇车送父亲回家，谈定价钱七百元。"出租车的话，打表要一千二百元，另外还要付过路费。"她说。

2014—7—11
协和医院

对病友B的速记

三十三岁，京郊农民。梨形脸，头发打摩丝，显得油亮并且粗硬。身材敦实，有胸肌，当他穿着西服、短裤和白色T恤进来时，我感觉像是《欲望号街车》里马龙·白兰度扮演的斯坦利来了。如果个子高点，就更像了。我在心里说，这样的男人对布兰奇这样需要依靠陌生人的善意才能活下去的女性，可是有一定侵犯性啊。

很快我就不这么看，实际他具有我所不具有的、几乎是天生的善良。他年幼的儿子来探望他时，我再次在他儿子身上看见这种比泉水还干净的善良。他们父子在需要做出选择时，总是把不好的留给自己，把好的留给别人。做出这种权衡，快如闪电。甚至可以说他们根本就没做什么权衡，是本能让他们认定别人比自己重要。这种善良和他们偏红的肤色一样自然。

我们都被他的善意给喂饱。他盯着手机看，看到什么精彩的，就一拍床沿，朝我们大声复读手机上的内容。多数是笑话。有一些我听过，甚至听过不止一遍。遇到有人需要搭把手，他总是跳过去。他喜欢替人搬凳子、搬床、打饭，他从不因为一个病人味道太重就不去搀扶。他还不停地没话找话，仿佛病房里的每个人都处于弥留状态，需要说话，不说话，眼睛一闭，就永远地睡过去了。有时他说话没人理，就嘿嘿笑着，自己给自己收场。

我们无论说什么，都不用担心没人搭理。有一次，有人说肺部有病应该多吃梨子，他马上站起来开玩笑："就应该没心没肺。"我们都不知道笑点在哪儿，只好看着他自己笑出了眼泪。

刚来医院的那个上午，他不停地和哥们打电话，打完一个又打一个，开头总是固定的："嘛呢？"第二句是："我来协和住院了。"他歇工时，我们和他一起对未来心怀期待，总觉得病房从此会人山人海。遗憾的是，除开他的妻儿，并没有人来看望他。

他的手机戴套，手机铃声是一首叫《小苹果》的曲子。另外他痛风，由此可逆推他的饮食及交友状况。他说一喝啤酒，关节和腿就痛。医生没查出他有什么病，医生说你身体比我还好，就是肚子有点大。

2014—10—29

安乐林

梦中,一对年老的夫妇在人们的簇拥下来到我的办公室,在老妪怀里抱着一名熟睡的孩子。小艾,他们亲切地叫我,然后开始讲述他们这好不容易生下的独子所拥有的神灵般的才智。比如他能在一秒内口算出四位数的数字相乘的结果,比如:

1999×9991=19972009

"就是五位数的也可以,不可思议呀,他一天学也没上,目前还只有两岁半。"来自村里小学的老师说。相关的才能还有倒背千家诗。比如楼层一上更,目里千穷欲,流海入河黄,尽山依日白。流利通畅。他还准确预测了全村三次停电以及一起高压电触电致残事故。有一天他念了一串数字和字母——123456789byebye——没人知道是什么意思,直到几天后他自己说,这是俄罗斯的核武器密码。

"你们现在想干什么?"我说。当时我是洪一乡的一名三级警司。

"我们思来想去,觉得还是应该把这孩子交给国家。"他们说。

2014—10—30

安乐林

梦中，一位在精神病院干过护理的女士，自称姓庄，向我转述了某个患者说的一番话："……应该是在某个时刻，我发现脸上出现的表情是我父亲的。人们常说，一个人到了岁数，就会变得像他上辈，无论是长相、说话的风格还是手势。甚至思维习惯也一致。我的情况不是这样，我不是像我的父亲，而是就是我的父亲。我的肉身成了父亲行使他意愿的傀儡。后来，我感觉父亲消失了，祖父进入我的身体。我记得祖父小便时总是用尿液在池壁上画圈儿，现在我也这样。他们轮番来到我身上。有一天我感觉祖父几乎是被人扯出了我的身体，与此同时，父亲迫不及待地进来。原因是祖父待的时间太久，破坏了他们父子间制定的协议。后来，似乎是看见我基本不能守卫自己的身体，方圆几公里内，只要是死了的，就都住进我的身体。他们还给我起了外号叫婊子。我就实话对你说吧，我不是什么精神病，我之所以认可自己到这儿来，也是因为我个人已经处理不好这事了。"

2014—12—11
安乐林

预言的实现

《麦克白》这部剧作讲述了一个圈套：

女巫看见未来，麦克白成为苏格兰国王 ⟶ 女巫将它告知麦克白 ⟶ 受此鼓舞，麦克白杀死现任苏格兰国王 ⟶ 麦克白成为苏格兰国王 ⟶ 这一既定的现实被女巫在发生之前看见。

麦克白曾经犹豫，但是他的妇人欲火炎炎，是她推动麦克白走向谋反的不归路。

2018年11月19日补：在《恶，或自由的戏剧》这本书里，作者吕迪格尔·萨弗兰斯基提到：克洛诺斯从父亲那里得知，他有一天会死在自己儿子的殴打下。因此，克洛诺斯把刚生下的孩子都吞进肚中。只有宙斯幸免，因为母亲把他藏在克里特的一个无法到达的洞穴里。返回的宙斯迫使父亲把吞食的兄弟姐妹重新吐出。于是，以宙斯和奥林匹斯神族为一方，父亲克洛诺斯和提坦神族为另一方，双方爆发可怕的战争。

2014—12—29
安乐林

长篇《早上九点叫醒我》未用素材一：

宏梁说："在一种潜移默化的过程中，人们早已丧失自我。在十八世纪或十九世纪，病人对待自己的病情就像是对待一件自己的作品，会热情地和医生争辩，然而在今天，这种田园关系永远地消失了，病人变成医生面前一群待处理和待矫正的对象。我们不可能再和医生聊上天。我们和他的关系比铁还硬，比冰还寒冷。他不容商量地安排我们。我们是被安排者。对我们来说可能是一生中最重要的事，在他们这儿只是无数待处理的事之一。我们不得不收敛起自己的庄重与浓情，坐在候诊区沉默地等待。呵，我们休想在这里为自己的癌症或心脏病偷哭一下，因为就是我们自己也觉得这是件荒唐的事，如果所有病人都在这里哭起来，这里将会变成什么？而且要是别人不跟着你一起哭，你孤孤单单地哭，大家都像鹅一样冷漠地看着你，你将如何面对自己？滑稽啊。我们乖乖地等着被叫号，被处理。死亡和诉讼也是这样。也许自瓦特先生发明蒸汽机起，我们人类便不得不习惯这种经济的运作方式。先是城市，接着波及我们农村。我们像走向集中营的人一样，排着队，驯顺地交出自己。我们的脚步声没有传递出任何不满，它的声响就是鞋底碾压地面并让地面形成合适反作用力的正常的声响，甚至为着避免误会，我们还故意放轻步伐。我们看着鸡蛋、牛奶、猪肉、衣服、楼房在批量生产，也看着自己的疾病、罪行与尸体被批量处理。我们的尸体被送到菜市场一样的火葬场，在喧闹中经过一阵等待后，终于轮到我们，穿着阻燃工服的工作人员核对好我们亲属手执的号码，将带轮子的装着我们的铁床拉进去。这就是我们逐渐习惯的离开人世的方式。工业化的方式。被倡导和被支持的方式。昨天死，今天火化。哥，我理解你为什么想土葬，只是我没想到你这么快会死。"

2015

2015—2—7

安乐林

梅特林克

莫里斯·梅特林克是比利时人，一九一一年获得诺贝尔文学奖，他的书在中国出版得很少，我阅读的这本《诺贝尔文学奖文集·梅特林克》，出版于二〇〇六年，没有注明译者。在诺奖颁奖词中，有对梅特林克一八九〇年所写短剧《无形的来客》的介绍："在一位垂死母亲的身旁，围绕着祈望她康复的亲友，其中只有瞎了的老祖父注意到花园中神秘潜入的脚步声。树木沙沙作响，夜莺不再啼叫，一丝寒风掠过，隐约听到霍霍的磨刀声，瞎眼的老祖父断定有一个肉眼见不到的人，入屋坐于众人之中。午夜钟响，似乎有人站起来离去，此时病人断了气，而那位不速之客也渺然无踪了。梅特林克很有力而微妙地描述了死亡的预兆。"

不过我觉得，"死神的到来"并不是戏剧表达的主旨，而可能只是戏剧所要呈现的道德主题的背景。是一种类似于"母亲和老婆都落水了"的设定。戏剧中，等候在病房外的亲人，并不都祈望垂死者康复。我认为六个亲人中，只有外祖父（他是因为难产而病危的母亲的父亲，盲人）时刻处在忧虑、痛苦和绝望的情绪中，其他五人——父亲、叔父、三个女儿——只是秉持这样的态度：我既不反对她活下来，也不反对她死去。其中，来自叔父的态度是表达得最明显的，他毫无顾忌地说出自己的烦躁，并对自己能有远离病床的休整机会感到兴奋。说起来，他和她的关系是所有亲属中最不可能亲近的。也不用负什么责。父亲和三个女儿对母亲缺乏爱，他们虽然不会把厌烦表达出来，但在医生叮嘱闲人不要进入病房后，便坚决以此为圣旨，既限制别人也限制自己去到垂危者身旁。只有瞎掉的老外公，对去触摸濒死者怀有渴望。

除开外祖父之外的这五个亲人，是深夜来临的死神的共谋。如果不能说是共谋，也可以说是合作者。他们任凭死神取走亲人的性命。这是一群披着亲人外衣的陌生人。戏剧展现的正是外祖父和他们之间的冲突。在提到母亲生出的是一名至今还不会哭喊也不会动弹的婴儿后，外祖父说："我相信他会耳聋，而且会哑……这就是和表姐妹结婚的后果……"通过这带有谴责的话语，可以揣测到当初父亲可能对母亲有着过于甜蜜的许诺，来自他的引诱和欺哄，使得母亲违背外祖父的命令，嫁给父亲。现在，来自父亲对母亲的照应，却只是装装样子，这是瞎掉的外祖父看得很清楚的。

在外祖父因过于疲累而睡着后，客厅内的两名成年男人发生了一场针对他的议论：

父亲：他一直很忧闷呢。

叔父：他常常过于忧闷，有时偏偏不服从理性。

父亲：在这个年纪是不足为怪的。

叔父：只有上帝知道我们在这个年纪是怎样的吧。

父亲：他将近八十岁了。

叔父：那么，他应会变得奇怪的了。

父亲：或许将来我们会变得比他更奇怪也说不定呢。

叔父：一个人往往不知道他会遭遇到什么事情，他有时候很怪癖……

父亲：他像所有的盲人一样。

叔父：他们想得太多了。

父亲：他们的时间太多了。

叔父：他们又没有别的事可做。

父亲：而且他们又没有什么娱乐。

在这场对话中，展现出人类道德生活中最细微的东西：两个男人通过不停定义一个不在场者的行为，贬低对方的人格，从而暗自为自己在这场照料中的失职辩护。

2015—2—17
宜宾

大一点的孩子，总是以示范的名义，把弟弟、妹妹新获赠的玩具抢过来玩一顿。

2015—2—18

宜宾

"你承认这（指对战争期间有失节行为的人的惩罚）是必不可少的么？"

"这很难说。"

"事情总得有人负责，你承认这是必不可少的么？"

"我承认这是必不可少的，但是——"

"你承认就好了。"

任何一丝丝在道理上的松动，都可能意味着白死几条人命。

2015—3—23

安乐林

梦中接受采访。她蓄的短发根根闪耀夺目，眼泡有点肿，脸色憔悴，似乎是缺觉，然而充血的眼睛又很精神。她穿着深黑色的T恤，胸部在里头微微起伏，我想之所以穿深色T恤，也是为着防止显大的乳房抢镜吧，毕竟她应付的是一档新闻类节目。T恤有一处脱线。这一切我看得清清楚楚。这是我第一次看见名人，活生生的，我没办法不心潮澎湃，不对她心生崇敬。尽管就在转身坐下来之前，她还在严厉地批评她的同事："为什么每次都要我来强调呢，啊？为什么？同样的事我说过多少次？"这些同事至今还低着头，不敢吭声，似乎是在等待她的发落。

2015—3—26
安乐林

上午去协和医院验光配镜，需下午才能取到。于是步行到美术馆附近打发时间。在三联书店收银台巧遇北岛先生。后跟随上楼，见到李陀先生。这是第一次见到李陀先生，他年纪如此大，还有一股草原健儿的气息。

2015—3—27
安乐林

孔子的两名弟子对管仲的节操问题提出质疑。子路说，齐桓公杀死公子纠，公子纠的师傅召忽殉节，而另一师傅管仲则贪生。子贡说，管仲不为公子纠殉节也就罢了，还去辅佐齐桓公。孔子答曰："微管仲，吾其被发左衽矣。"意思是，正因为依靠管仲，齐桓公九合诸侯，使周室受到尊重，天下得到匡正，人民享受到和平的好处，要不我现在就会披散头发，衣襟左开，成为异族的子民了。朱熹为孔子辩解，云："管仲虽未得为仁人，而其利泽及人，则有仁之功矣。"

顾诚《南明史》写，一六四四年，当李自成的大顺军占领北京时，北京的明朝官员争先恐后地前往大顺政权吏政府报名请求录用。考功司郎中刘廷谏朝见时，丞相牛金星说："公老矣，须白了。"刘连忙分辩道："太师用我则须自然变黑，某未老也。"勉强被录用（张正声《二素纪事》）。少詹事项煜大言于众曰："大丈夫名节既不全，当立盖世功名如管仲、魏征可也。"（彭孙贻《平寇志》卷十）一六四五年，都给事中龚鼎孳等人指责内院大学士冯铨是明朝阉党，冯铨反唇相讥，说龚鼎孳曾投顺"李贼，竟为北城御史"。多尔衮问此事实否？龚说："实。岂止鼎孳一人，何人不曾归顺？魏征亦曾归顺唐太宗。"（《清世祖实录》卷二十）

计六奇《明季南略》载："崇祯十七年（一六四四年）五月十五，（福）王即位于武英殿；诏以明年为宏光元年。仕贼（指李自成大顺政权）臣项煜自北逃归，混入朝班。"

2015—3—28
协和医院

吵架

隔墙听一含糊女音打电话，大意如此：

我那口子不是骨折了吗。右手啊，骨密度才五十多。他不是左撇子吗。他们家啊，一个恨一个不死。他二姐是恨他老娘不死,他老娘是恨我们小李子不死。吵架那天,老太太一使力,我们家那口子手就戳墙上了。骨折了。三周了,还没打石膏呢。花了一千五。噢不,一千三。这不还要花五百吗。说来话长。都赖他姐。他姐元宵前来家,让我们买元宵,她拎着就走了。说是搁一百的,没搁。我呢以为是搁老太那了,老太以为搁我们这了。谁知道就没搁。他二姐不得回来吗。回来大家就吵吵起来了。他二姐就给了老太太几句,老太太又给了我们家那口子几句。老太有力啊,一边给一边顺手推了那么一把。我们那口子就这样了。

2015—4—3
华山医院

在华山公园的葡萄架下,一名男医生在打太极。他穿着湖绿色手术服,脚上套着一次性鞋套。他朝前缓缓伸出上肢,总是令人惊诧地保持住自身的平衡。他眼神专注而傲慢,一直定定地看着前方某处,又像什么也不看。我想走过去,伸手在他面前晃几晃,看他受不受影响。在他的屁股头插着手机。瞧得出是刚从手术室出来。在那里,也许他和同事——依我看,还是上司——发生了致命的争吵,也许病人死了,也许还有别的什么烦心事。

这名高智商男子,天之骄子,这个我爱的人啊,我不知道他在今天经历了什么,以至于需要如此克制。他脸上的愤恨之气怎么样也去除不了，怎么样也散不开。我一直崇拜地看着他，接受他对他自己过高的认知，细心观看他神一样的愤怒。不远处同样有一人在打太极，是一名干瘦的老头，这老头简直像一只滑稽的戴墨镜的猴子。

2015—4—6
安乐林

在梦中，因为饥饿我几乎支撑不住身体。我是摇摇晃晃来到烤鸭店橱窗前的（它说它叫樟茶烤鸭）。它用金店照射珠宝的那种雪白的灯，照耀着一排四只一共两排的悬吊着的烤鸭。鸭子一个个结实、滚圆得像丰年出现的尺把长的马铃薯，身上渗出一层就是用世上所有肥皂去洗也洗不干净的明晃晃的淫荡的油。毫无疑问，我垂涎欲滴。这时橱窗内走来一名戴着白色折裥高帽的厨师，他微笑时蓄得整齐的八字胡向上耸起。他沉默地掰开鸭子的双腿让我看。

2015—4—9
安乐林

真相

张祖翼的《清代野记》与许指严的《十叶野闻》均记载有潘贵升（陞）事迹，内容雷同。潘贵升是东捻军鲁王任柱亲兵，表亲邓长安系淮军提督刘铭传帐下马队营官。同治六年（一八六七年）十月，刘铭传率军穷追东捻军，潘贵升来到邓长安营帐，由邓领其参见刘铭传，自称能杀鲁王任柱。刘许诺，事成，保其为二品官，赏三万银。十七日，两军相遇城外，潘贵升纵马飞奔回捻营，向鲁王任柱报告自己在朝廷军中所做的一切。任柱问："刘帅现在何处？"潘贵升指向一面白龙长旗，旗下即刘帅坐营。如果时间停止在此处，那我们就永远不知道潘贵升要干什么了。

美国诗人弗罗斯特在一九一五年写下名诗《未选择的路》，前两句是——

> 黄色的树林里分出两条路，
> 可惜我不能同时去涉足。[1]

---

[1] 顾子欣 译。

一度，潘贵升是骑跨两种可能的人。随后发生的使一切变得乏味：在鲁王任柱下令攻击刘铭传座营时，潘贵升以手枪命射任柱背部，致其毙命。

2015—4—10
安乐林

"这只表走得还准。"看到这样写，觉得小说的味道强劲地存在。格非先生的小说极其讲究，不过《戒指花》采用QQ聊天记录，也许算是白璧微瑕。余一鸣是一位很好的作家，写过《愤怒的小鸟》，"愤怒的小鸟"是苹果手机里的一款游戏，余一鸣以此来展示当时的父子关系。我在读到小说的时候，这款游戏已经濒临消亡。我感觉一篇好小说受它拖累，也有过时之虞。我记得，我在长篇里写了一台当时还算先进的手机，长篇写完时，它已永久地被淘汰。

这是千变万化、日新月异、一天一个样的当代在调戏创作者。一样东西，一件商品，它还没有好好地把人生世态锁在自己身上，就已经崩解消亡了。我不是在责怪它们已经退出历史舞台，而是责怪它们在我们的社会生活中存活得过短，孱弱如一根糜烂的芦苇或一个早夭的儿童。

2018年5月29日补：今天在一个剧本讨论会上听到张艺谋说，剧本在写的时候要考虑到电影的制作完成是在一两年后，因此要对未来进行预判。

2015—4—11
安乐林

二〇〇一年在网上写足球评论，认识一批朋友，比如斯汤达（吕琪）、马背上的水手（曲飞）。我忘记是哪一位曾经和我提及，他见过一个眼睛比芝麻大不了多少的人。从此，总是控制不住去想它。"我没有心情去做事。"他说。他的话使我想起C.P.卡瓦菲斯在诗歌《西门》里写的："我今天没心情干活——"[1]

二者是如此一致。卡瓦菲斯在诗歌中写一个人看见在柱顶修行三十五年的圣西门后，为之"战栗、不安、大受感动"。我有类似经历是在一个下午，我在一个餐厅的室外空间使用电脑，猛然听到无线鼠标擦刮到白色大理石桌面上的一层薄沙。这声音让我恐惧，我的心脏像是棉被那样卷作一团。我把沙子擦拭干净，重新使用鼠标，发现那可怖的声音还在。那简直就是老师错用黑板擦的背面去擦黑板。

---

[1] 黄灿然 译，下同。（后文中引用的同一作品，若无特殊说明，均出自同一译本。——编者注）

2015—5—12
伦敦

小说《下面，我该干些什么》由郝玉青（Anna Holmwood）翻译成英文，郝玉青获得英国笔会翻译奖，我因此有机会参加Asia House文学节。昨日抵达伦敦。陪同翻译是米歇尔·迪特，一位在曼彻斯特工作的美国姑娘。她说她有时候会被法院招募，为不懂英语的华裔当翻译。米歇尔个子小巧，身上洋溢着乐观和自信，几乎看不出任何软弱之处。今天和出版人朱丽叶·梅比及其丈夫用中餐。朱丽叶·梅比是一名慈祥的女士。她和她的伊朗裔先生创办了Oneworld出版社。在利兹大学，蔚芳淑（Frances Weightman）教授和她的学生，就我的小说进行讨论。一九九三至一九九五年，蔚芳淑曾经在我故乡的九江师专任教。

2015—5—28
纽约

今天在路上看见一位皮肤黝黑、从衣着打扮看像是乡村教师的健谈同胞，他带着双重的兴奋，不停向身后的被爱慕者抒情。其中一句是"一生只为一次与你擦肩而过"。还有一百米就是华尔街著名的金牛（它长达五米），世界各地的游客在往那儿赶。我想到一九九七至一九九九年在洪一乡的岁月，我躺在床上，揣摩着这世界之都的模样，并将它列为一系列旅程的终点。我甚至想到所有人在这座城市化得干干净净的样子。在《海上钢琴师》这部电影里，投奔者在船上看见矗立于水中的自由女神像时，禁不住欢呼起来。

2015—5—31
纽约

在小说中心见到约翰·弗里曼。他以前在《格兰塔》杂志任主编，看中我的作品，用在《格兰塔》上，现在他在纽约教书。他到访北京时，我有幸和他见过一次。来美前，艾瑞克（Eric Abrahamsen）问我最想和谁对话，我斗胆写了两人的名字：罗恩·拉什、约翰·弗里曼。结果他答应来。活动进行时，偶然看了一眼，发现自己的出版人朱丽叶·梅比也在。她也是来参加纽约书展的。这一切很温暖。

2015—6—20
安乐林

"雅（也）是可以的。"温和的姑爹这样附和别人的意见。在观旗宾馆，他和同行者一再琢磨那句从公交车上听来的话——"前门站到了，有在前门站下车的乘客请提前从后门下车"——觉得有意思。

这些是我梦见的。

姑爹和我祖父喜欢聚议张良、诸葛孔明、袁天罡、刘伯温这些前知五百年、后知五百年的奇人。我听说姑爹卧床期间，因为不能自由获取信息而烦躁，要亲人去给他弄《环球时报》。

2015—7—4
安乐林

余华小说里最坚实的人物，是《现实一种》里几乎只是作为闲笔存在的兄弟俩的母亲。她游离于山岗、山峰兄弟俩疯狂报复、互相残杀的现实之外，楚楚可怜地盯着自己正在衰朽的身体，极尽夸饰之能事地向外倾诉。老妪的这种悲恨和自怜，总是让外人不耐烦。我记得我的祖母喜欢当着人按压手腕，说："你看，按下去后就是个坑，我老得不行了啊。"

老年人执着于一个观念，絮叨不停，还有鲁迅短篇《风波》里的九斤老太，她唯一和外交流的语言就是"一代不如一代"。

2015—7—5

安乐林

梦中,酷吏的头儿说:"你们要因人适宜,因人制宜,具体问题具体分析,具体人员具体对待。要分析和掌握所办对象具体怕什么,人家怕什么我们就办什么,而不是从我出发,想当然地以为对方怕什么。有时候,我们采取的措施——我们还以为它有多恐怖呢——只不过是成全了对方的表演。有的人不怕拷打,你怎么打都没用(你们知道SM这个词吗),但是他怕老鼠咬阴囊,对吧。有的人严肃,但是呢,他怕你拿羊毛去刮他的胳肢窝。他怕我们举起他双臂,有一下没一下地刮,刮他一夜。有的人害怕打针。这个我就不深入说了。我再强调一次,工作不能粗糙,不能想当然。你说,你将人家吊在房梁上抽打,只为了成全他在历史上的名声,这就是严重的工作失误了。"

2015—7—7

安乐林

预示

梦像蜃景,把未来的场景显现出来。因为这个梦,事主遭遇灾祸,被赶往另一条道路,而那条道路恰好通向蜃景所显示的辉煌未来。清人乐钧所著《耳食录》里有一篇故事叫"谭襄敏夫人"：少女在出嫁的花轿上睡着，梦见在两名女使导引下，至某处，宫阙巍焕。穿过数重小门后，她感觉腹胀，女使引她到圊厕。解手之时，她惊醒过来。此时婚服已经遭粪便污染，臭不可近。她因此被李姓夫家送还母家。后来，她的父亲想了些办法（包括免除对方的聘金），将她嫁给一名贫穷的宜黄书生，也就是后来的嘉靖甲辰进士、太子少保、兵部尚书谭纶。她因而成为谭夫人。夫人在其人生最辉煌时，得到皇室召唤，因此她吃惊地看见自己踏入当初出嫁途中所做的梦中。两名女使穿着内家衣装，引导她到宫中，她进入圊厕时，看见过去梦中见过的红桶，俨然故物。她对丈夫说："假使没有当初的梦，我今天也就不会来到皇宫；而假使没有今天的经历，我又怎么能做出当初那样的梦呢。命运真是狡狯啊。"

她另外对丈夫说："以前之所以不把梦见进宫的事告诉别人，是怕人说我用托词来包藏丑事。"有时我是一个愚昧顽固的人，我竟然在读《新约》时，把马利亚从圣灵处得孕的事实，当作当事人未婚先孕的托词，以躲避社会的指责。我甚至在一闪念间，把耶稣和《卡拉马佐夫兄弟》里的帕维尔·费多罗维奇·斯乜尔加科夫视为私生子的两种类型，他们拥有不同的命运，分别走向光明和黑夜。我真是有罪啊。

清初褚人获著《坚瓠集》，引用过同代顾玾美《闻见㫑言》一段文字，和谭夫人的故事如出一辙：有人娶妇，登堂交拜时，红毡之上忽然遗溺，遂送还母家，终无问及此女者。然貌美而端，从无遗溺病。一士闻之，娶以为妇，联捷两榜，二十余年官至大学士，封一品夫人。万历初年，举大婚礼，例用夫妇原配全而无侧室者为主婚，乃召此妇典大礼。在官之夕小遗，时宫婢进七宝珊瑚溺器，恍忆昔年拜堂遗溺仿佛见此器也。

2015—7—11
安乐林

汝阴郡鸿寿亭一名精通《易经》的男人隗炤，预测到死后本地将发生的严重灾荒，以及家人在这场灾荒中的慌乱表现。为了使家庭熬过贫穷而不致败亡，他在木板上留下奇怪的符号，让妻子在五年后的春天，持此木板找歇宿于鸿寿亭的诏使，某姓龚者，索取他拖欠隗家的债务。而在此之前，切勿将宅第出售。

灾荒和困苦的生活果然到来，隗的妻子几次想出手本宅，一虑及丈夫的嘱托，还是终止了这种念头。第五年春天，皇帝遣出的龚使者果然止宿于鸿寿亭中。隗妻捧着木板找到他，得到的答复却是"我平生从不负债"。不过，在一阵沉吟之后，这名友好的大人还是意识到，自己已经踏进死者滴水不漏的规划之中。在写满符号的木板上，他看见一个精通《易经》的人对另一个精通《易经》的人发出了亲切的召唤。他取过蓍草，占起卦来。卦成，他不禁击掌称赞死者的智慧。他告诉那一无所知的寡妇，其丈夫所藏的五百斤金子，埋藏在宅第东边地下，用青色的酒坛盛着，覆以铜盘。

隗家人按照使者的指示前往挖掘，如数得到黄金。

这是干宝《搜神记》里所讲的故事（《隗炤》）。

2015—8—3
安乐林

自称是雅各·达穆尔的人通过邮件向我发布真理如下：

"插在水中的棍子是弯曲的，那么我们见到的水草和鱼是真实的吗？"

2015—8—4
安乐林

长篇《早上九点叫醒我》未用素材二：

宏梁说："我厌倦透了这些群情激愤的人，为了避免和他们打照面，我从那边围墙翻过来。他们占据了企业的所有道路，像恐怖分子一样向领导——那些由更高领导派来和稀泥的无辜人——索取自己想要的东西。他们要的是一份贪婪的保障。他们要求组织以及全国的纳税人保证他们能衣食无忧地活到坟墓。为了证明自己配得上这一待遇——应该说是，为了证明自己应当得到、必须得到这一待遇——他们极为浮夸，像诗朗诵那样演说自己对企业的贡献。他们是最为卑鄙的一帮人。他们通过各种阴暗和丑陋的方式，驱走了那些会妨害他们继续偷懒下去的同事。他们本来是工厂出于同情招进来的一帮没饭吃的乞丐，现在像白蚁一样把工厂蛀空。他们以主人自居，带着钢锯过来，试图割走那些不动产上的东西。"

2015—8—5
安乐林

名声

纪昀《阅微草堂笔记》载沧州孝廉刘士玉书室为狐所据，知州董思任自往驱之。狐曰："公为官，颇爱民，亦不取钱，故我不敢击公，然公爱民乃好名，不取钱乃畏后患耳，故我亦不避公。"董狼狈而归，咄咄不怡者数日。在袁枚《子不语》中记载有某自负理学名的县令，将私通者陈某杖毙，仝姑则杖至"两臀呈烂桃子色"。面对质疑，县令直言："仝姑美，不加杖，人道我好色；陈某富，不加杖，人道我得钱。"

博尔赫斯小说《贿赂》可呼应之：温斯罗普博士有权决定是赫伯特·洛克还是埃里克·埃纳尔松参加下届学者会议。洛克是博士的助手，北欧人埃纳尔松没有任何优势，他在《耶鲁月报》发表了一篇抨击温斯罗普博士教学方法的文章。埃纳尔松没有为狂妄自大付出代价。为了不被别人说成是爱打击报复的人，温斯罗普博士只好推荐埃纳尔松。

在解释写这篇小说的动机时，博尔赫斯说：北美人在道德问题上的执意让我吃惊。

可以印证博尔赫斯这个观点的是罗恩·拉什的小说《艰难时世》，因为邻人随口一句质疑（"你们家的狗，是不是爱偷鸡蛋啊？"[1]），穷人哈特利就用刀刃切开爱犬的气管。

2018年8月30日补，晨读《聊斋志异》，在《梦狼》一文末尾，看到这样一段文字：又邑宰杨公，性刚鲠，攖其怒者必死。尤恶隶皂，小过不宥。每凛坐堂上，胥吏之属，无敢咳者。此属间有所白，必反而用之。适有邑人犯重罪，惧死。一吏索重赂，为之缓颊。邑人不信，且曰："若能之，我何靳报焉。"乃与要盟。少顷，公鞫是事。邑人不肯服。吏在侧呵语曰："不速实供，大人械梏死矣！"公怒曰："何知我必械梏之耶？想其赂未到耳。"遂责吏，释邑人。邑人乃以百金报吏。

---

[1] 姚人杰 译。

2015—8—9
安乐林

素衣女子
[东晋] 陶潜

  钱塘人姓杜，船行
  时大雪日暮
  有女子素衣来岸上
  杜曰：何不入船
  遂相调戏
  杜合船载之
  后成白鹭，飞去
  杜恶之，便病死

见自《搜神后记》，似乎这样分行读也有意思。我想象钱塘人回忆起白鹭羽丛内、胯间的膻气，以及船板上残留的蚕豆大的绿色粪便，恶心到了极点。

2015—8—10
安乐林

许指严《十叶野闻》里讲到一则和珅的轶事：

两广总督孙士毅征讨安南后，回京觐见。清晨，在禁中等待朝拜时，他把玩着一只由明珠雕刻而成的鼻烟壶，见到总揽权纲的大学士和珅。后者问："您从远方归来，必有奇珍，足以增广我的见识。"因索要孙手中的宝物，且说且赞，不绝于口。孙士毅将要取还时，和珅突然说："以此赠我如何？"

孙士毅匆促间答道："昨已奏闻圣上，一会儿就要献上，您要的话，皇上就没有了，怎么办？"

和珅说："我不过和您开玩笑罢了，您何以把我看得如此低下。"

在这个清晨，孙士毅向和珅表示过抱歉后，再没有说什么。

2015—8—11
安乐林

落寞困窘、佗傺无聊的掌故作者许指严精于旧学，好用典。在他的笔记集《十叶野闻》里，曾讲述一名和他同样潦倒的老儒，失业后忽然得到贵官的召唤。从杭州来到京城后，老儒见到昔年扶助过的当垆女，现在已是当朝相国和珅的宠妾。当初，正是老儒倡议募捐，才使女子拼齐父亲的殓葬资费。文章称死者鳏独，"仅此曙后星孤耳"。我因为不懂"曙后星孤"的意思，去查解释，才知它指称的是"死者的遗孤"，来源于唐朝诗人崔曙的诗句：

"夜来双月满，曙后一星孤。"

也有的记载将"双月"作"双目"。唐人孟棨撰写的《本事诗》（徵咎第六）和南宋计有功编撰的《唐诗纪事》（卷二十），对此诗的来历做了差不多同样的介绍。诗的题目叫《明堂火珠诗》，是奉试之作。公元七三八年（开元二十六年），河南人崔曙考中进士，又凭这首命题诗的出色发挥夺魁，取为状元。次年，崔曙辞世，仅留下一名女儿。对这名生年不详的诗人的作品，同时代的诗选家、丹阳进士殷璠在《河岳英灵集》（卷下）中作如是评价：言辞款要，情兴悲凉，送别登楼，俱堪下泪。

崔曙之遗孤，恰取名星星。

我在翻曲彦斌所著《中国民间隐语行话》一书时，看到这么一段：又有传为凶吉谶语诗者，如《清稗类钞·迷信类·黄仲则诗谶》：武进黄仲则少尹景仁，风仪俊爽，秀冠江东，客死安邑。人传其《过平遥》绝句云："疑是晋卿灵未泯，九原风雨逐人来。"词虽警绝，信为诗谶。

2020年11月30日补：读埃斯库罗斯悲剧《阿伽门农》，由长老组成的歌队这样唱："是谁起名字这样名副其实——

是不是我们看不见的神预知那注定的命运，把它正确地一语道破？——给那引起战争的，双方争夺的新娘起名叫'海伦'？因为她恰好成了一个'害'船只的，'害'人的，'害'城邦的女人……"译者罗念生注解："希腊文'海伦'一名的发音和'毁灭'一词的字音很近似。"

2015—8—19
安乐林

自称是雅各·达穆尔的人在邮件里对我发布如下真理：

"母亲对仆人的尊重是出于防备的心理，她觉得尊重可能会使对方放弃下毒、纵火的念头。在长久的相处中，难保下人不会产生过激的想法。你没办法保证一个人永远不生气、不走极端，对吧。母亲一直将这种紧张的心情掩饰得很好，表现得很真诚。而她的女儿则是真正地对仆人好，是觉得自己和对方完全平等，甚至有依赖心理。有一天，当女儿告诉母亲，她准备和仆人的儿子结婚时，母亲浑身战栗，无法掩饰住自己的恐惧与恶心。"

2015—8—20
安乐林

循环

适才在梦中看见一种结构形式：行进队伍中的一名士兵，梦见包含自己的队伍在行进。这是一种平面的"吞食自己"的循环结构，是从内到外的吞食。过去我向胡漾说过一种纵向的结构：甲向乙讲一个故事，故事当中出现的丙又讲了一个故事，在丙的故事最后丁又讲了一个故事，在丁的故事当中戊又讲了一个故事，戊是这样讲述自己的故事的：甲向乙讲一个故事，故事当中出现的丙又讲了一个故事。

卡洛斯·富恩特斯在《墨西哥时间》一文中讲，为将创造人类的神格查尔科阿特尔逐出众神之城，主宰天空和大地的主神向前者出示了一面镜子，格查尔科阿特尔因看见自己的形象而羞耻。他是一条正在吞噬自己尾巴的羽毛蛇。这代表了"古代墨西哥循环式的艺术形式"[1]，"它从时间和空间上都拒绝成为一个线性的幻影"。而在《给青年小说家的信》里，巴尔加斯·略萨将从自身吸取营养的小说家比喻为卡托布勒帕斯，这个神话动物曾出现在福楼拜的长篇《圣安东的诱惑》中，博尔赫斯在《幻想动物学手册》中也对之进行过

---

[1] 田野 译，下同。

再创造。卡托布勒帕斯是一个从足部开始吞食自己的可怜动物。在这个语境下，它意味着消耗，而不是循环。

循环的一个例子是：维柯（Giovanni Battista Vico）已认识到不是神创造人，而是人按照自己的形象创造了神。我们可以据此而制造一个语言陷阱：人按照自己的形象制造神，而神则根据自己的形象制造人。我们不再意识到谁才是源头。

2015—8—21
安乐林

一起"三尸案"的促成：

一七〇五年，某日黄昏，宿营于皋亭山下的好色的某军卒，看见一名视贞操胜过性命的女尼路过，意图玷辱。女尼被扯脱裤子，仓促逃走。军卒一路追赶，直到女尼遁入某田家，才怅然而返。田家主妇因怜恤尼姑而将之留宿。次日天未明，女尼离去。这一日主妇那多疑、暴躁、草率且残忍的丈夫从佣工地归来，要换新衣。妻子在衣箧内寻找不着，方知粗心的自己将丈夫的裤子误借给女尼了。这时，总是试图唤醒大人注意以证明自己有用的他们的孩子说："阿爹，是昨夜来的和尚将你的裤子穿走了。"随后又将和尚夜来如何哀求阿娘，如何留宿，如何借裤子，如何带黑出门，和盘托出。农妇所述和儿子一样，只是分辩来者是女人。丈夫对她又骂又打。被请来的邻人也不能为妇人作证,因为事情发生在视线不明的时候。妇人含冤自尽。翌日晨,女尼提一篮糕饵前来致谢,儿子指着她告诉父亲:"这就是来借宿的和尚。"农夫深为痛悔,将儿子打死在妻子灵前,自己也自杀了。众多沉默、怕事的邻人合计此事如进官府,自己难免会受到牵累,因此将这一家人草草埋葬。军卒听闻后,胆战心惊,从此再不作恶,然而在二十年后的二月间,还是被雷给劈死了。此事出自袁枚《子不语》。我想要到此时才付诸雷劈,是天神醒悟到,此军卒内心并无半点悔意,只是冀望时间能助他掩盖、稀释掉这一段罪孽。要不然,从康熙四十四年至乾隆三年,二十三年,他为何对此事只字不提?

2015—8—22
安乐林

《子不语》载前朝(明)归安知县某,到任半年,夜半闻撞门声,起视之,为黑鱼精所食。少顷,黑鱼精所化之知县,登床谓知县妻曰:"风扫门耳,无他异也。"知县妻以为己夫,仍与同卧,而时觉其体有腥气,疑而未言。

黑鱼精因此驭该县数年。

我记得多年前做过一个怪梦,梦中,我暂别心爱的女人,去做一件事。这件事甚至不用离开房子。就在我处理好它,回头瞧向女人时,发现一个和我完全一样然而又极为陌生的男人走向她。她对他嫣然一笑，像是相识已久，拉着他的手，让他坐到床边。我呼喊不出来，四肢被很多只手死死抓住。我想之所以做这个梦，是因为害怕失去她，同时觉得她的背叛是根深蒂固、由来已久的事。

2015—8—23
安乐林

  我在阅读贺拉斯·瓦尔浦尔一七六四年所写、被认为是史上第一本哥特小说的小说《奥特朗托城堡》时，确信见到一句类似"突然抬高声调"的话。它也可能是"毫无征兆地尖叫""莫名其妙地尖叫""毫无来由地尖叫"，大致如此。我当时想记录下来，然而昏睡的意志左右一切，我并未这样做。在法律上，这种过失可以定义为因为疏忽大意而没有预见，或者已经预见但轻信能够避免。醒来后，我三次重读这本书已读过的内容，有两次是根据模糊的记忆在可能的区域查找，最后一次是逐字逐句地阅读，都没有找到这句话。它活生生地消失了。

  之所以花时间来找这句话，是因为它提醒我记起在协和医院看见的一个场面。有两位年纪相仿的女病友站在电梯轿厢内，等待出去。我可以肯定在住院前她们不存在任何关系，这个可以通过她们的面庞和身材判断出来，那跟从的身体矮胖，肤质偏黑，可能来自农村，而主导者，戴着口罩的女孩来自城市,又毫无疑问不是来自什么大城市。城里的女孩蓄了一个较为大胆的短发。虽然只是短暂地同处于轿厢,我还是能迅速感觉出她们两者统治与被统治、教导与被教导、从属与被从属的关系。也许是家训让那位农村后裔表现得极为顺从,她总是低头倾听对方源源不断的教诲。然后,在轿厢门打开,她们要走出去时,我听见城里的女子忽然抬高声调,说:"我跟你说过,不要这样。"这句话让所有乘客惊诧。我判断这种神经质的行为源自一种难以控制的欲望。她对教育他人有瘾,同时容易为对方不那么顺从于自己,或者说想象中认为对方不那么顺从于自己,而恼火。来自农村的女孩有着天生的逆来顺受的本领,不停点头称是。随后,我们看见城里的女孩低下声音,几乎是商量一般,向她解释自己为什么如此愤怒。

在翻读茱莉娅·安纳斯《古典哲学的趣味》时,我看到柏拉图的一段论述:人类的灵魂被比喻成一驾马车,理性为驾驭者,驾着两匹马。一匹马驯良,服从命令,而另一匹马耳聋且桀骜,只能靠武力控制它。[1]

---

[1] 张敏 译。

2015—8—25
安乐林

写作者

现实是如此平庸和绝望。一个阴天。
曾经清晰、庞大、每个细节都被搭建得匠心独运
然而危险的世界 —— 提及这种危险我们会想到屏息将
最后一块积木轻放于将倾的玩具房子之上的小孩 ——
在亲人坚决的敲门声中坍塌并瞬间失踪,
再也追不回来。
"我不能夸大我的这次损失。"写作者说。

2015—10—22
安乐林

一瞬间,也许如此:

赵师傅停下出租车,拉起手刹 —— 他一千次一万次记得它发出的那吱呀的沉闷声响 —— 然后旋开保温杯上盖。茶还是滚烫的,正冒出热气。他吹了一口茶叶。就这样,他一边喝茶,一边拉开门把手。车门打开的同时,一辆心急火燎的电瓶车冲上来。也不知道撞上没有,也许没有。电瓶车和它的主人 —— 一名穿黑色皮短裤的快要三十岁的女

士——像是来到弯道的摩托赛车，极速转向，滑向正在行驶的两节公交车的后车轮下。女士的脑袋被扑噻一声碾碎，公交车旋即停下。女士裸露、浑圆、白晃晃的双腿高高地翘在外边。赵师傅看着这一切，接着喝了一口茶。这一口是程序性的，是按照惯性喝的。一切都完了呀。

2015—10—28
安乐林

我曾以为，我的死牵扯到一些阴谋，有一些人不怀好意，甚至可说心怀叵测，要剥夺我继续活下去的权利。然而当我来到地狱报到，我发现这种想法太过多余。我还有好多人拿着一张号条，挤在黑压压的大厅内，等待着工作人员叫唤。他们穿藏青色的西装西裤，戴黄蓝两色相间的领带，足踏黑色皮鞋。从他们压制住的不耐烦的腔调看，他们很不欢迎我们死。我们的死给他们带来日复一日的麻烦。一种存在主义解释过的麻烦：重复，重复，无尽重复。

怎么有那么多人要死啊，我仿佛听到他们这样说。墙上挂着"公平、公正、公开"的标语。我们需要进行死亡登记，此后是体检、谈话、对未来的工种进行预约。我们大概得在临时宿舍等上一两个月，才能踏上征程。在宿舍之间，开设了小卖部和彩票投注站。

我看见一位太太从随身携带的小纸盒里剜出一匙冰激

凌。轻轻送到嘴边。一下一下地吃。咀嚼。要吃一上午啊,她以为这是在她家后花园晒太阳呢。一名戴墨镜的工作人员走过来说,不准吃东西。抄起她的冰激凌及垫在下边的纸巾,将它们扔进垃圾桶。到处是乒乒乓乓的声响,人们从人间带来的东西被草草登记,统一扣留。很多我们或我们的遗属认为很重要的东西,因为尺寸稍大,被那些执达吏凶狠地踩进大纸箱内。

我花了很久才和一位办公的搭上话。他说:"你可能要花些时间才能适应这里。这很不好解释。这么说吧,你们当中常有人,发出感慨,认为自己相对于时间长河,不过是一段偶然、短暂、注定要熄灭的光。这种渺小感在我们地狱也存在,只不过不是纵向的,而是横向的。我告诉你吧,所有死掉的人都堆在地狱,没有一个人出去。到处是人,连天空都有人,人们挤在一起。在无限的蠕动的人(空间)当中,一个人变得特别渺小。"

2015—10—29
安乐林

短篇小说《对人世的怀念》是写我祖父养的一塘鸭子被毒死,他因为心疼,把死鸭制成板鸭,一只只吃了。我记得,我的父亲和他发生剧烈的争吵,祖父说:"我吃死了是自己的事,吃死了也要得。"我想祖父终于没被毒死,也是靠了那毒药的剂量不够大。毒药配得越多不是越花钱么？我另外想起听到的一个故事：一个人仅仅因为多余半根粉笔，不知道怎么用它，就去公用的墙上写了批判邻居的大字报。

今天，我不能确定那些鸭子就是被人故意毒死的，也有可能是一场意外。因为想到可能存在一名秘密的下毒者——仅仅是想到这种可能性——故乡的宁静就有了另一层意思。

2015—11—14
安乐林

"我是多么笨，多么蠢哪，和他比我算得了什么。"一个地位很高的人这样说。他说得是那么自然，可以说没有比这更自然的话了。很多不知死期将至的人，纷纷颔首，或者抚掌，赞许他的谦虚。只有他那最富有警惕心的老奴，充满了愤慨，后者一边跺着脚一边跟随他，说："这怎么可能，怎么可能！那个傻货怎么及得上您一根寒毛？"

2015—11—20
安乐林

"他（也就是未来的你），一定要我过来，告诉你一件事。"冬日的下午，我从休息中醒来，接待了这名来自山外的小孩。据说他从子夜就出发，中途几次因为委屈，想返回，但最终还是凭借内心的义气（他说他总是对那些不会对他讲什么义气的人讲义气）一路走了下来。他的脸颊、手背皲裂得可怕，手冻得提不起来。下颌像无辜的雕像那样挂着一根冰柱。"是他派我过来的。"他强调道。

"我对你要讲的事情毫无兴趣。"我说。这时的我，生活不好不坏，有一间木屋和一个擅于向邻居怒吼的妻子，我们的头一个孩子毫无缘由地死了，接下来的老二老三还算健康。我还劈得动柴，对各种坏天气，也能做到兵来将挡水来土掩。这就是卡佛诗歌里说的"最好的时光""最愉悦的时刻"，我不想对此有任何改变。我将门闩上。"你难道就不让我进去烤烤火吗？"我听见他在门外气愤地说。

"不。你最好是怎么来的，就怎么回去。"我说。

"你跟他一样，是个老傻比。"我听见他对着我新刷过漆的门啐了一口。

我知道未来的我绝不是什么好东西。他的日子要是过得像皇帝一样好，就不会派什么小孩过来告诉我。

2015—11—21
安乐林

"四面楚歌四面刮风的阮家堰啊"，我的祖父应该在心下作如是感叹，他应该能够想象到在最凄惶的天气里，在这荒郊的黑夜里，风呜呜叫唤着，疯狂拍打阮家堰三户人家的门窗，"有时我怕雨和雪都横着吹进你们家"。

2018年5月1日补：四月底返回老家祭祖时，发现阮家堰作为一个村庄已经消失，一户搬迁到河对岸的文府，一户搬迁到我们艾湾，还有一户没听说。原址只剩下过去的地基。汉友医生有一个儿子就溺死在阮家堰村头一口泉眼那里。背着黑色医疗箱的汉友医生是我们童年时最为恐惧的人。此地叫阮家堰，可能是因为阮姓在此建村，只是我没听说在故乡有谁姓阮。他们可能绝嗣了。

2015—12—29
安乐林

发表于《南方周末》的两则小叙事：

一、耻辱

我忘记具体是哪一年遭遇此事。除开一副浓密的大胡子，我也忘记对方长什么样。我不知道他叫什么，我问过很多人，包括当时的劝阻者，都不知道他叫什么。没人知道他的来历及去向。然而正是此人剥夺了我作为男人最重要的东西。

那天我穿着西服，打着妃色斜纹领带。我记得衬衣的最上一颗纽扣也扣上了，因此颈部勒得难受。我怀着饱满的热情去办一件事，中间只是路过一段泥泞的道路。我踩向一处松动的砖块，泥浆溅出，正好洒在同行的大胡子的皮鞋上。这就是命运之门。我先是感觉半边脸又辣又烫，接着我的大腿挨了对方的踹，鞋底的泥浆涂染在我白色的裤子上。他喝了很多的酒。他抬头望了眼天，挥开双手，推走那欲来阻挡他继续行凶的人。一位和他像是同在某个厂子做事的人抱着他的肩膀，架着他走。他一边被迫走着，一边用肘部去推对方的脖子。为了防止他生事，解劝者死死抱住他，并招呼来几个帮手。在被劝离的过程中，他伸出手指来继续大骂：操你妈，操你妈，瞧我不整死你。他的脚不停蹬过来。有一次他差点从劝阻者的头顶翻过来，他们不得不将他抬走。

自始至终，我带着全然的恐惧，老老实实地站在原地。围观的人越来越多。我感觉自己被完全褫夺了。以后有成百上千次，我都想拿起一把尖刀，去捅死此人。但这是臆想中的报复。而在当时，我低着头，面红耳赤，像一头不敢动弹的牲畜，被乡党们的目光扫来扫去。他们没一个不认识我。他们通过眼神，对我聊表同情，然而更多的是刻骨的讥讽。真没用，他们的目光代表了他们的议论，他们的议论撒了一地。

二、音乐

一支来自西班牙的古典管弦音乐团在夜幕降临后的学院某间房内开始演出。宣传册上形容："历史的严谨、音乐的感性和无法抑制的沟通欲望，正是这些因素给我们以身临其境的感受。"演出间隙，掌声像雨浇打在屋顶的油毡上。团长坐着用马尾做的琴弓拉琴弦，多年的克制使他拥有笔直如一条线的背部。琴头上雕刻着一位女人的头像。吉他手拥有的是一把历史过于悠久的吉他，据说是吉他的前身，音孔那里被装饰成教堂的彩窗模样。女歌手，一位瘦白人，肩部稍显宽大，在灯光的照耀下，我仿佛看见骨头的形状（想到牛的肩胛骨，甲骨文的载体之一）。她穿一件胭脂红色的吊肩落地裙。头发不多不少。她是那么自如，眉头深情地皱着，嘴唇做出随时要开启的姿态。她不时挥动着洁白的泛着光芒的手，等待着天命到来。在那一刻终于降临后，她追随自己美妙的歌声时而缓慢时而急切地走动起来。从舞台的这一侧到那一侧。她的手在每一位团员的肩部停留。

　　她让我对自己的生活深感厌憎。日子一时平庸得没有尽头，毫无创造力。

2016

2016—6—12

平房乡

父亲过去的同事、我管他叫大李叔的,给我讲了这个故事:

一年的开春,山里的猎人来到镇上的药材站。好多小孩跟着涌进来。他身上的味道很复杂,有几个月过去后仍然散不掉的血腥味,有火药的气味,也有那种汗液凝固带来的恶臭。他戴着一顶有护耳的棉帽,双手红肿、皲裂。最让人注意,也最让人恐惧的是他只有半张脸。半张脸是好的,另半张像个大坑。如果紧盯着看,就一定能想到是一只大兽抓走了他这半边脸。甚至能想象出大兽肉掌的大小以及嵌在它边缘的爪子那弯曲而尖利的样子。

他将肩上背着的兽皮掼到阴凉的大理石柜台上,药材站那戴着老花镜的会计走过去,用指甲去掐,有时捏捏。"你觉得应该卖多少?"会计说。

"这个还不是你说。"

"我们是明码标价,你可以看到的。"

会计示意他去看墙上黑板写的收购价。那上边写了起码三十种药材的收购价,包括腊米、杜仲、川芎、金银花。也包括这似乎是不能交易的兽皮。猎人看起来不识字。

"你说个价吧,先生。"

"五块。"

"这也太少了吧。"

猎人刚说出来，就感到后悔，他知道略显过激的反应对他下一步的请求并无益处。"多少再多一点吧。"他说。

"五块已经不错了，老乡。"会计说。药材站之所以让会计主导交易是因为清楚他总是能吃定对方。"很不错啦，老乡，要不你背去供销社。"会计接着说。会计有充足的自信判定来者正是走供销社过来。

"十块吧，十块是个合理的价格。"猎人说。

"五块。"

会计将柜台上的兽皮提起，塞还给对方，然后掀开挡板，朝外走去。在这过程中他注意到兽皮另一面布满霰弹的痕迹。"三块都不值。"他轻蔑地说。

"那就五块吧。"猎人抱着兽皮，像藏人抱着哈达，痛苦地向老会计说。要等会计提着裤带从厕所回来，这笔交易才做成了。猎人将五元钱像棉细那样卷起来，塞进上衣的内兜，想想并不安全，脱下鞋，塞进鞋内。那是双用自行车胎打了补丁的解放鞋，他一脱下，就熏翻了好几人。

自始至终，猎人没说一句他打猎的艰难。上山时，他背着腰筒，那里储存着一顿午饭。有时他得游荡几天才能等到一只猎物。而自己仅仅只是一起身，那进入视野的猎物便嗖的一声飞走，无影无踪，宛如我们刚刚想过现在却怎么也记不起来的思绪里的某件事物。有时因为长时间的埋伏而导致半边身躯麻痹，似乎要永远地瘫痪掉。最关键的是来自兽类的反击，即使是像麝獐那样让人想起特别善良的姑娘的草食动物。

他应该强悍地向会计说：

——你们的出价难以匹配我为此所付出的。

——正因为考虑到很难有出价会匹配上我为之的付出，我将它蓄藏很久。

——每一次打猎，我都是在干超出我能力范围的事。

然而这个文盲什么都没说。

2016—6—14
平房乡

雅各布斯的《猴爪》

雅各布斯（W. W. Jacobs，一八六三至一九四三），生于伦敦，毕业于伦敦大学伯贝克学院，写过很多讽刺小说及恐怖小说。《猴爪》一文完成于一九〇一年，斯蒂芬·金的小说《宠物公墓》受其影响。

《猴爪》讲述从印度归来的军士长莫里斯带着猴爪造访怀特家。"这只是一个平常的小爪子，已经干瘪成木乃伊了。"他说。怀特先生问："这有什么特别的？"莫里斯说："一位老托钵僧用符咒镇住了它，他是个非常神圣的人。他要显示，是命运支配人们的生命，而那些干预命运的人会使他们自己遭受不幸。他用符咒镇住了它，让三个人，每个人都能通过它实现自己的三个愿望。"

莫里斯是第二个得到它并许过愿的人，他似乎对此深感痛苦。在他将猴爪投掷于火堆后，怀特先生又将它拿出来。"听上去像《天方夜谭》似的。"怀特太太这样说。莫里斯离开后，怀特一家没有听取他的警告，向猴爪发出试探性的誓愿：我要两百镑。

钱并没有立刻出现，直到"衣着讲究，头戴一顶光亮崭新的绸帽"的毛-麦金斯公司代表上门来通知，他们家的儿子，年轻的赫勃特·怀特，因工伤身亡，公司愿出一笔赔偿金，数目是两百镑。

我很难从这个故事里走出来。它不像《天方夜谭》，不像阿拉丁神灯或别的什么，让人免费同时毫无愧疚地得到自己想要的东西。怀特一家付出沉重的代价。我站不起来。故事重重地打击了我，也打击了那些同样隐藏着不劳而获之心、同样贪婪、同样为了些小便宜赴汤蹈火（或者说忘乎所以）的读者。它警告我和他们，只要心存幻想，就会被扔进报应的深渊。

读小学时，我随父在横港药店生活。周末，在县城教书的蔡老师总是坐车来小镇，和他的女友、药店出纳黎阿姨相会。在暑假，蔡老师要骑自行车去另一个镇上改卷，被肤色洁白同时柔弱的黎阿姨阻止。所有人都感到她的理由十分可笑（"有得必有失。"她说），都觉得蔡老师不去挣这一笔可观的改卷费实在可惜。最终，蔡老师没有去，而是嘟囔了一天。那个时候我想，有些事情只有上帝知道。上帝知道年轻的蔡老师在那个光照充足的上午去了另一个小镇的结果是什么。

另外,这篇小说还有一处给我印象极深。就是毛-麦金斯公司的代表前来通知凶讯。可以说这是人世最难完成又不得不完成的任务之一。作者认真地写了他犹豫、迟疑、在外人看来算是神秘的举动:"他犹豫不决地向房里窥探,看来好像要下决心进屋","有三次他在门口停下来,然后又向前走开了。第四次他手把着门站在那儿,接着突然下决心打开大门走上了小径"。

"他被机器卷住了。"代表说。

雅各布斯的书在中国翻译得很少,外语教学与研究出版社一九九八年出版过一本双语本的《猴爪》,然而翻译的却是他人改写后的作品。在网上,能看见《猴爪》的施竹筠译本、刘展鹏译本和王一多译本,这里我引用的字句都是施译的。

另:在科恩兄弟执导的电影《缺席的人》里,两名戴牛仔帽的便衣警察前往理发店的场景让人过目难忘。他们彼此推让了好一会儿,才由其中一位向理发师艾迪告知,艾迪的妻子多丽丝因涉嫌杀人已经被捕。在离去时,一位警察这样评价自己的这趟差事:"该死的传达。"

2018年11月10日补:读傅东华所译《伊利亚特》,首章提到人间的王阿伽门农这样对他的两个传令官兼忠顺的侍从塔尔堤比俄斯和欧律巴忒斯交代:"去到珀琉斯之子阿喀琉斯的篷帐里,逮住了布里塞伊斯那个女子,把她带到这里来。要是他不肯放她走,我就亲自带兵去拿她,那对他反而不好。"文章这样写:他们耳朵里边带着他那严厉的命令,就沿那荒凉大海的海岸去走他们不愿走的路……阿喀琉斯看见了他们,心里当然不高兴。他们也停下步来,觉得胆怯和羞愧,不敢到那王子面前去说他们所要说的话。

2019年1月13日补:阅读席拉赫的书《罪行》,中间一篇名为"棚田家族的茶碗"的文章夹藏了一个故事,是希腊后裔马诺利斯向同伴解释他为什么不愿意做希腊人时所讲的。在希腊,这个故事流传了几百年:一条船沉了,所有人都淹死了,唯一活下来的是个希腊人。当他在沙滩上醒来,他明白只有自己活下来了。于是他爬起来,把他遇上的第一个人打死了。没什么原因。这个过路人一死,世界就平衡了。同伴似乎不理解这个故事,于是马诺利斯说:"不明白吗?他必须打死一个人,这样意味着刚才那个没淹死的人,现在死了。用这个来顶替那个,减一个,加一个,明白了?"我在复述这些时,几乎全部是沿用吴掬飞的译文。我想说的是,我尽量不做什么改动。这样的平衡让我想到荒诞。

2016—6—17
平房乡

在刚到四十岁的这一天，蔡晓玉过世了。甚至可以说是刚到四十岁的这一刻。就在秒针刚弹到那个位置——看起来它还像费了老大力气一样——他猝然摔倒。死因是中风。最早只有一句并不确切的消息在昔日的同学中流传："据说头部出了很多的血。"后来，这些同学中唯一的医生，曾经在赣南医学院就读五年，现在在县城中医院当主治大夫的周勇兵说："他有过脑外伤的病史。"四五日后，群里那些晚听到消息的同学对蔡的死亡又表达了一次惊愕，并彼此询问他的住址，相约去送他一程。这时，那籍贯是外县的周勇兵大夫表达了他的失望之情，因为蔡晓玉已经下葬，那天他去扶棺时看到的多是蔡高中的同学，而少见我们这些初中的同学。

2016—6—18
平房乡

它的装修格调颇与电视中的民国公馆类似，门廊由四根水泥立柱支撑，柱身有二十余条凹槽，柱头有一对向下的涡卷装饰。我进去时立刻感受到那种特务机关才有的阴森与恐怖。前台那边起码待着六位穿着黑色西服的文身大汉，他们警惕地望向我。其中有两人走过来,毕恭毕敬地鞠躬:"哥,需要点什么服务?"我总觉得,他们的满面春风并不是免费的,待会儿我或许得为此付出点什么。

"就是洗个澡。"我说。

他们抬抬眉毛,表示这样也好。其中一位从内间取来拖鞋,将我换下的皮鞋捎进去,另一位则交给我钥匙,并对着对讲机讲话。我进去后便有一沉默的小弟接过钥匙,替我打开衣柜。还在这我就闻到浴池那一股热水浸泡着肥皂的味道。蒸过桑拿后,我叫上一名搓澡工。后者穿着内裤,端着一只塑料盆子走来。他说:"你这个需要盐浴。"

"盐浴是什么?"

"一般说来都需要盐浴。"

"假如不要呢。"

"那你这一身泥就搓不出来。"

我没再说什么。后来才知道这让我多花去四十五元。他手戴搓澡巾在我的裆部和大腿上嚓嚓有声地刨刮时,我想起老家屠宰工人在刮猪毛的场景。

2016—6—20
平房乡

新时期的虚无
——在威尼斯文学节上的发言

二〇〇六年的夏天,《新京报》发表一篇报道:当年五月二十三日,西安一高三学生赵大伟谎称与伯母产生矛盾,请求一名同学到家调解。中午十二时,该同学抵达后,赵将其杀害,并将尸体倒置于洗衣机内。据称,血水浸满半洗衣桶。六月十二日,逃亡的赵大伟被抓获。

报纸之所以从无数杀人案中挑选这一宗报道,是因为杀人犯的杀人动机不明确,无法用寻常的仇杀、财杀、情杀甚至是冲动杀人来解释它。有很多人,比如司法人员、媒体记者、专家、与凶手相识的群众,参与到对谜底的解答中。不少人信誓旦旦,自认为找到结论,但并不具有说服力。比如来自一名教育学专家的解释就显得既僵硬又古怪,他认为是家庭教育的失败、高考的压力和社会环境的不良影响导致杀人。这不禁让我想起《局外人》里司法系统对默尔索的曲解。甚至可以说,司法系统从真诚的默尔索手里夺走了默尔索自己,重新塑造出一个无情无义、藐视上帝的罪恶的默尔索。赵大伟有一点和默尔索特别像,就是对这种剥夺和曲解表现得无所谓,对死亡更是如此。

直到被处决,赵也没有说出他杀人的缘由。我理解是他自己也无法准确说出。他试图跨越自己只是一名中学生的身份，向那些成年听众扮演一个冷酷的成年角色。他有点痴迷于此。然而他使用的词语乱七八糟。他杀人可能是出于一个幼稚的念头，自闭的他狂妄、自以为是、不知天高地厚、试图吸引他人注意，且容易出现幻觉，可能仅此而已。我们本不应为解答这个谜底投入过大的精力。但在二〇〇六至二〇〇八年，我也汇入这股揭秘的热潮，直到所有人不再关心它，我仍然在每天上下班的路上苦苦思索。最后我根据一条证据（赵大伟承认自己试图体验逃亡过程）设计出一条令自己都感到不安的逻辑链：

——因为感受到极度的无聊，而凭借自己又无法获取充实；

——赵大伟决定将自己投入一个"猫和老鼠"的游戏中；

——即：警察追他，他逃跑；

——警察持续地追，他持续地跑；

——因此他杀害了一个人，以引起警察注意；

——为了获取逃亡资金，他盗窃伯母家财物并变卖；

——为了确保警察追捕的力度够大，他杀害了一名优秀、善良同时身世可怜的同学；因为这样的人受害，会引发社会的愤怒，而民意会给警方带去压力。

我围绕这个逻辑链写出小说。最初的名字叫《猫和老鼠》，后来听从编辑建议改为《下面，我该干些什么》。这句话来自英国作家安东尼·伯吉斯的小说《发条橙》，青年亚历克斯总是和他的同伴彼得、乔治和丁姆说："下面玩什么花样呢，嗯？"[1]这句话表明一种极度无聊的状态，一种无法打发自己、无法用掉自己的状态。这两个标题我都很喜欢。

我想说的是，从一九九七年到二〇〇六年，将近十年的时间，我自己就表现得极其无聊。那正是我二十一岁到三十岁的黄金时期，我将这样的时光付之虚度。无聊和悔恨几乎噬空我的心灵。我记得有一个周末，我在举目无亲的郑州街头徒劳无益地行走，感觉没有任何目标会接纳我，一直这样恐慌地走到天黑，才因为饥饿，找到一家餐馆，将将安顿自己。塞缪尔·约翰生在他的书籍《幸福谷》中写来自阿比西尼亚的拉赛拉斯王子，曾在桃花源自语："在吃喝睡的间隔时间，最是沉闷无聊。真渴望尽快地饥饿困乏，快些度过那些枯燥乏味的时光。"[2]我也是如此，我渴望尽快地被饥饿与困乏绑架。我记得我在路过郑州市的广场时，走向一座巨大高耸的雕像，我走过去的目的就是想看这座赤裸的男性雕像，下身有没有雕上生殖器。"没有！"到现在我都能听见自己当初铿锵有力的回答。这是一个无聊人毕生都可以向他人津津乐道的事，是他的财富。我记得自己还将一个笑话讲了六年，几乎跟每一个认识的人讲。我在那时候盼望艳遇、街道上的斗殴、火灾以及星球大战，然而什么也没发生。因此我看到赵大伟这个案件时，看到他所透露出的那些寂寞、乏味的零星信息，觉得找到一个相似的自己，

---

[1] 王之光 译。
[2] 蔡田明 译。

一个突破法律和道德边界的自己。我一厢情愿地认为赵大伟也和我一样，根本无法用掉自己。正是因为无法用掉自己，他选择来一场"猫鼠游戏"。

加缪在哲学随笔《西西弗的神话》中讲到，诸神以重复无效的劳动——向山顶推巨石——来惩罚西西弗。文章说："没有比无用又无望的劳动更为可怕的惩罚了。"[1]芥川龙之介在小说《猴子》里写过类似的惩罚："有一件事，我不大愿意说，那里经常叫囚犯'运炮弹'。那就是在相隔八尺的两个台子上放上二十来斤重的铁球，让囚犯不断地来回搬来搬去。对囚犯来说，再也没有比这更痛苦的刑罚了。记得我过去向你借过陀思妥耶夫斯基的《死屋手记》，其中有这样一句话：'要是迫使囚犯多次重复无谓的苦工，诸如从甲桶往乙桶里倒水，再从乙桶往甲桶里倒回去，那个囚犯准会自杀。'"[2]这样的惩罚代表着一种可怕的处境。一种奴役。然而在另一个极端，在过于庞大的自由面前，有的人感到同样无法忍受。比如电影《出租车司机》里从越战归来的司机，他像我一样无法充实地使用掉自己。最后他尝试用枪来面对这种处境，在枪击总统竞选者失败后，他用枪拯救出一名雏妓，并因此成为舆论中的英雄。而如果他枪击总统竞选者成功呢，他无疑会成为舆论中大逆不道的罪犯。正是因为我们像上帝一样洞穿了他的全部，我们知道他的心里根本没有善

---

[1] 沈志明 译，下同。
[2] 文洁若 译。

恶，他所全心关注的只是摆脱空虚，好好地使用自己。或者说是有所作为。

自由那么好，三十岁之前的我，却无法胜任它。我用吃饭、睡觉、敷衍的性爱、孤零零的体育活动和一边进行一边深深后悔的游戏来打发这样的自由。我没有能力处置它。我到现在都能听见当初几次起床起不来，那床板所发出的吱吱呀呀的声响。我在深深的悔恨中倒向自己厌恶的被褥，就像接受一个年老而丑陋、声音沙哑的妓女的安抚。这个时候，我甚至渴望西西弗那被奴役的生活，正如加缪文章中讲述的："他脸部痉挛，面颊贴紧石头，一肩顶住，承受着布满黏土的庞然大物；一腿蹲稳，在石下垫撑；双臂把巨石抱得满满当当的，沾满泥土的两手呈现出十足的人性稳健。"我相信有很多中国老人怀念上世纪六七十年代的贫穷生活，并不仅仅因为那时财富分配比较公平，贫富差距不大，也有集体生活的原因。很多人在离开集体生活后，无法处理自己的自由。

自由，对无法以创造为业的人来说，有时是放逐。

2016—7—12
平房乡

揣摩

颖考叔，春秋时郑大夫，颖谷封人（管理疆界的官）。[1]

《左传·隐一》记载了一场郑国王室兄弟阋墙的故事。兄郑庄公居优势地位，却百般退让，直到弟共叔段起兵谋反，才兴兵讨伐，将段逐出封地京城，又在鄢继续击溃段，使后者外逃至共（今河南辉县）。《春秋》记载此事为"郑伯克段于鄢"，《左传》评价"称郑伯，讥失教也"。

兄弟俩的裂隙，起于母亲武姜。庄公寤生——胎儿脚先出来——使武姜受惊，她憎恶此子，偏爱其弟共叔段，屡请郑武公立段。庄公即位，她又为段请求美好的封邑。段图谋造反，她又打算扮演内应。庄公在将段驱逐至异国后，也把母亲放逐至城颖（今河南临颖县西北），发誓"不及黄泉，无相见也"。既而悔之。此时，都城一片平静，只有边疆的官员颖考叔看到主上的悔意，或者说有一些人看到了主上的悔意，但只有他想到办法。《左传·隐一》这样记载颖考叔的进劝：颖考叔为颖谷封人，闻之，有献于公。公赐之食。食舍（放着）肉。对曰："小人有母，皆尝小人之食矣，

---

[1] 注解取自王力主编的《古代汉语》，下同。

未尝君之羹。请以遗之。"公曰："尔有母遗,繄我独无!"颖考叔曰："敢问何谓也?"公语之故,且告之悔。对曰："君何患焉?若阙（挖）地及泉,隧而相见,其谁曰不然?"

《左传》作者表赞颖考叔,说他"爱其母,施（延）及庄公"。

2016—7—31
平房乡

他叛变父王,是那么认真,邪恶,不留情面。最后他被降伏。他却轻松地对父王说：这并不是我想要做的,我还是你的孩子,就像一场无法解释的病痛带来的噩梦。有人要我这么做,而我不假思索,扮演了这个角色,并忠诚地去完成其中的任务。——现在,我回来了。

2016—8—1
平房乡

二〇一四年夏天将尽时,我去距离故乡三十余公里的庐山参加笔会。大家并不相识,但是都听说过彼此的姓名,这样算是"对上号了"。其中一位女作家,来自西北,写诗歌和散文,叫Camilla,从她深陷的眼眶和过于白皙的皮肤看,像极了游牧民族的后代。不过她亲口告诉我她是汉族。这是那几天内我们唯一的近距离接触。说老实话，我被她的长相吓坏了。远远看——特别是在山顶多雾的天气下——她还是个美人坯子。人高马大，长着一头总像是在不停生长的浓密黑发。就近看，就知道她的脸动过太多手脚。高挺的鼻子是假的。真的鼻子，鼻尖处会有毛囊，她的没有。鼻翼也不会翕动。眉毛是假的倒还情有可原，现在上了年纪的女人谁不文眉，但总感觉那眉毛画得太高、画错了地方，以致眉弓光秃秃地隆起在外边。啊，眼帘还涂了层墨绿色的眼影。下边是脏兮兮的假睫毛。她喷过上斤的香水，这都是因为她身上总在散发腐臭的味儿。她和我们这些兴致勃勃地在古老别墅间游玩的人保持着若即若离的距离。有时在独行时她会饮泣。总会有组织者向她招手，提醒她跟上来。当议论到她时，她就捂住嘴，嚯嚯地笑。她就像一种沉闷、坏死、无法解开的天气，让人心里堵得慌。我不喜欢和将老的女人打交道，不喜欢看见她们就要被人生的暮色吞没的样子，不愿看到她们无缘无故地惊慌和伤神。

晚上，我双手抱头，望着天花板，回忆《画皮》这部拍摄于一九六六年的电影。小时看完它，在返家途中，我既不敢走在前头，也不敢走在后边。我可是吓坏了。此时，Camilla 也许在卸下脸上所有不属于自己的东西，抖开被子，任血汪汪的面孔袒露着。在笔会尚有一天结束时，Camilla 羞愧地跑了。弯曲的柏油路上传来她最后的尖叫。组织者，来自湖南省作协的沈念说，Camilla，这个本名叫靳海雯的独身女人，死去已有一月。"我们发通知时不知道她死了，也没人告诉一声。"他说。我们于是啧啧称奇，说怪不得好几次看见她在搓裙装上的一小块黄泥，总是搓不干净。

2016—8—8
协和医院

火的快差

在柏拉图的《理想国》里，格劳孔的弟弟阿得曼托斯说："难道你们真的不晓得今晚有火炬赛马吗？"[1]苏格拉底说："骑在马上？这倒新鲜。是不是骑在马背上，手里拿着火把接力比赛？还是指别的什么玩艺儿？"玻勒马霍斯说："就是这个。"

普通人家的儿子阿尔芒送给巴黎名妓玛格丽特一本《曼侬·雷斯戈》，并在扉页上写：曼侬对玛格丽特惭愧。这本书的全称叫《骑士德·格里欧和曼侬·雷斯戈的故事》，作者是普莱沃神父。小仲马以此书为蓝本，写出描绘阿尔芒和玛格丽特爱情故事的小说《茶花女》。我曾尝试写一篇叫《均均》的小说，由男主人公向命运多舛的均均赠送一本

---

[1] 郭斌和、张竹明 译，下同。

《茶花女》，并在扉页写：玛格丽特对均均惭愧。以完成一种香火上的传承。后来我把这小说写了一半，改叫《春天》。

《春天》原本的结构是：上半部时间倒流，下半部时间顺流，两个部分像大桥合龙一样，最后焊接在一起，也就是说，小说的主人公在下半部分一直向着一个时间点前进，而她在上半部分一直在往着该时间点倒行。仿佛她要去接自己一样。

那时候，得到H女士关注，她想代理我的版权输出。我把写完的上半部分给她看，她请她丈夫看了，说不喜欢。我因此暂停写另一半。这一暂停，就再也续不上来。因为没完工，我很后悔，这导致我以后不愿给别人的小说提意见。后来徐兆正告诉我，他最喜欢我的小说包括这一篇。

2016—11—14
平房乡

上个月，父亲去世。父亲的尸体平躺在床上，一动不动。死亡是那么准确啊。之前的疼痛是那么漫长，祂走过来，一锤定音。父亲还在尝试延续自己的生命，尝试以一种表情反映这种生气时，死神取走了他的一切。就像背着包的电工关上电闸。我父亲从此保持住这一个表情，直到腐败，这个表情才会垮塌。父亲如木头雕制的人。这真让人难以想象！活着和死亡的区别太大。活着——再衰竭——都可以感受并做出反应。而死亡使人停止。永不复返。我吃惊地看着父亲一动不动的尸体。而从这具尸身里逸出的灵魂,就在旁边的半空,紧盯着我们这些他的子女。

2016—11—15

平房乡

《君主论》作者马基雅维里在上洛伦佐·梅迪奇殿下书里写道:我想,一个身居卑位的人,敢于探讨和指点君主的政务,不应当被看做僭妄,因为正如那些绘风景画的人们,为了考察山峦和高地的性质便厕身于平原,而为了考察平原便高居山顶一样,同理,深深地认识人民的性质的人应该是君主,而深深地认识君主的性质的人应属于人民。[1]

这段优美的文字启发了我。我意识到之所以能写县城,是因为我从那里逃走,并在异乡的城市获得审视故乡的机会(想象一种属于鸟的俯瞰的视角)。而直到今天我也没有办法写城市生活,是因为我一直还没有被贬谪回县城。只有将我锁在县城再也不允许出来,我才能对现在所居住的城市产生刻骨铭心的感情。

---

[1] 潘汉典 译,下同。

2016—11—18
平房乡

在《水果硬糖》这部电影的第二十八至三十分钟，当被绑缚的三十二岁摄影师杰夫说"是你先勾引我的"时，十四岁的海莉回击："得了吧，他们都是这么说的。"杰夫说"谁"，海莉几乎抢着回答："谁？那些恋童癖！'她好性感，她自找的。她只是生理上是个女孩，举止已经像个女人了。'把责任都推给小孩很容易，不是吗？一个女孩知道了怎样去模仿女人，并不代表她真的准备好做女人。你才是成年人，要是小孩只是在尝试，说些什么挑逗的话，你得无视掉。而不是继续煽风点火。要是小孩说，我们来调鸡尾酒吧，你应该把酒拿开，而不是跟他们拼酒。"[1]

在海莉娇嫩的嘴唇里，出现阿尔·帕西诺式凶悍的审判腔调以及一浪高过一浪的慷慨陈词。起初，我很难相信，这些台词是由电影编剧布莱恩·尼尔森字斟句酌、反复修改才得出的。像"一个女孩知道了怎样去模仿女人，并不代表她真的准备好做女人"这样过于成熟的话从一个真实的少女口中发出，会显得不太合适。然而又正是这种对身份和年纪的完全背离——戴上眼镜，一根指头随意地指向对方，几乎是不停顿地指责以及在开始长篇大论前对对方长时间地

---

[1] 台词引用的是字幕组的翻译，译者是Reginamoon、Luna、艾瑞卡。

审视——让我看到一名女孩对成为道德审判官的强烈欲望。这个扮演的法官比真实的法官还严厉。

2016—11—19至11—30
平房乡

天气

就是所有楼道堆满湿草,燃烧它们,吹它们的火苗,也制造不出这么多的烟雾。它们观察向每扇窗玻璃,朝前慢慢蠕动朝所有方向蠕动。有时整天地停驻于原地,如此的安静和令人不可预测像严肃的盾兵。我们沉浸在无法结束的绝望里。在它的注视之下,我们看见自己懦弱、忍受的灵魂。春天是外星球的事。两个青年人,一个男的和一个女的,在阳光明媚的草地上起舞,是只有疯子才能想出来的事。

(2016—11—19 00:38)

"那张脸硬是要哭一样。"母亲这样描述我的父亲和天空。
(2016-11-21 01∶53)

我睡得很不好,在梦中看见自己还是死了。是自杀。我在生活中时常根据肺功能退步的状况,来检测覆亡的进度。自从雾霾降临雾霾它就没有离开过它带着无法撼动的力量对全城实施接管,它和一些稽查官一样寡于言笑,它摆明了就是要违反你的意愿我们总是感觉自己生活在浑浊的塘底就连声音也变得含糊,是没有人再愿意大声而清脆地说话我们就像是生活在浑浊的池塘水底。
(2016-11-21 06∶20)

这是一道一旦降临就无法更改和退返的敕令,是一种新添加的比以前的命运更痛苦的命运。封邑之内每个人的心灵上都压了块大石头。这是宿命。一种彻底的裁决。我们一开始就知道这不是什么权宜之计或临时措施，它是永久的裁判。

(2016-11-21 11：20)

没有出现普遍而明显的憎恨、厌恶、恐惧、愤怒和惊慌。人和街道、树木、楼宇都在慢慢被侵蚀。奇怪的是，没有人衣着随便，每个人都穿得和送葬那样隆重。

(2016-11-21 12：02)

"噢。"我听见有人仿佛发出低声的领悟性的叹息。

(2016-11-21 14：02)

我们不能因此就认为自己是完全的受害者、百分之百被侮辱和被损害的人。实际上我们也在凭借这坏天气原谅自己思维和行动上的堕落我们认为这一切——包括我们什么也没生育出来——都由这坏天气造成它应该对此完全负责。我们以怨度日。怨像一场会天天开月月开年年开，我们重奏它的每一音符却像是第一次演奏它，因为是坐在一起堕落，我们感受不到自己在堕落。

(2016-11-21 14：35)

在这样的日子寒鸦显得突出。当命运被降低寒鸦就显得突出。它不是为某一个人送行，它为一切人做一场共同的法事。

(2016-11-23 01：15)

有时，长久地凝视这一动不动铅灰色的庞大烟雾会使我们陡然害怕：它不是睡着了，而是警醒。它和我们对望使我们想起站在房屋暗处看向我们的阴魂。那眼神是如此仇恨和故意。死死看着我们。

(2016-11-23 01：41)

我们终于明白不是什么糟糕的天气来到我们眼前，而是我们来到它们中间。我们来到传说中的阴世。在祖祖辈辈的想象和描摹中阴间有着各种灵活而具体的表现和我们现在看见的可不一样不过也相差不远。没有太阳。自从意识到这点我们走路也就真的像是鬼魂。

（2016-11-23 17：47）

空气中出现一种白色或淡黄色类似于包皮垢的物质，我们能摸到并揉搓它们。白天愈来愈短暂这么短暂的白天已完全变成夜晚的序幕从一大早就开始。有时阴沉的白天就需要点灯，然而再多的照明也不如太阳来得慷慨。

（2016-11-25 17：10）

我们要静静地看静静地思索静静体会，才知道它在慢慢弥散还在弥散一直在弥散。

(2016-11-26 13:42)

啊啊！生在这样个阴秽的世界当中，便是把金刚石的宝刀也会生锈！——郭沫若《凤凰涅槃》

(2016-11-26 14:07)

所有的建筑都变得丑陋所有色彩都被玷污显得特别脏，我们被幽囚在房子里，仿佛是有人叫我们待在这儿我们就待在这。我想起上个世纪在县城以泪洗面的日子。整整一天一个月一年，一个青年哪儿也去不了，县城没有日光，街道透湿，阁楼里堆着棺材。

(2016-11-26 20:15)

天气很潮湿，雾又很浓，好不容易天才破晓。从车窗里朝铁路两侧看去，十步以外的景物就难于辨认了……大家照例都

很疲劳，经过一夜的颠簸，眼皮已抬不起来，人人都冻坏了，面色发黄，跟雾的颜色倒很相称。——陀思妥耶夫斯基《白痴》[1]

(2016-11-26 22:05)

火车在逐渐加重的暮色里逃向荒野。我看着它毫无希望地奔跑，看见那照亮一段路程的车灯在朝前移动因而泪流满面。它将看见那些沦为废铁的先驱。太过压抑了今天。很多人在传说：在古代的某个时刻，天边有两位高大的神议论着属于他们的事是啊天地有别我们无缘也没有资格参与这事，他们脚踩着云朵悄声地议论着他们在议论途中斜睨了一眼我们或者说用眼睛称量了一下我们。从此他们就无情地离去他们将我

---

[1] 南江 译。

们这些依赖他信仰他的人无情地交易出去。

(2016-11-29 17:29)

这样的天气里生出来一些死婴。眼皮紧闭眉毛稀疏透明的嘴唇张开着。双臂微微曲着像要去搂抱什么两条腿朝上抬着。

(2016-11-29 17:43)

在那些难以度过去的夜晚，我抱着头蜷缩着干瘪的身体躲在最黑暗的角落哭泣。我在恐慌和与之相伴的孤独、无助中感受到极度的疲惫。我何以经历如此多的事，我不知道自己怎么就跋涉到这一刻。

(2016-11-29 21:03)

上帝几乎是白送将我们甩卖给祂的对手。生锈的摩天轮在泛着黑渣的雾气中吱吱嘎嘎地转动，然后停伫在那儿。灰色啊我不可能再找到比这种灰色还灰的灰色，它比缓慢移动的龟壳比墓碑灰，比阴愁的大海比火药粉比死人的睫毛灰，比暗恋者没日没夜的悬想，比海鸥的肚皮，比掩埋微火的灶灰，比阁楼的光阴灰比钢铁灰。比一切灰。比无所事事者眼神和心灵里蚀骨的空虚灰，比泥土堆里家禽的尸体以及尸体上由露水打湿的翅膀灰，比卡夫卡和肿眼泡灰，比巷子里野笛的呜咽灰比战场上失踪的士兵的妈妈灰。在灰色巨翅的笼罩下人们驼着背，抱着淡蓝色的骨灰瓮悄悄地走。

（2016-11-29 21：22）

比噩梦灰比母鸡被割死后露出的眼仁灰。

（2016-11-29 21：57）

什么招儿都使过，再也无法挽回。我们坐在手术室外，医生已经交代过，医生他高悬眉毛，

摊开双手，显得非常疲惫。准
备送给病人的饭菜永远地凉了。
我们的双手还端着。其中一位
膝上摆着洁白的瓷盘，是做了
一夜的点心如今看像是一堆鸟
屎。

(2016-11-30 11:08)

有时我整天地无动于衷，平静
地等待或者忍受什么，先生，
不是我要做什么，我这人倒好，
只是我的肺脏、喉管它们自己
要去抗争你知道这一切都是徒
然。在我们视线所及的远处，
建筑师所精心设计的楼宇变成
两团岿然不动的黑影。沉闷的
城堡。W告诉我他在街边路过
一位将双手插进袖笼的郊区人，
起初他以为后者烤的是红薯。
在走过去数米后他醒悟过来，
那被改造成炉膛的汽油桶其顶
盖上摆放的其实全部是老鼠。
老鼠深灰色的腹背被烤得膨胀
起来鼓得像个球，通红的火在

皮毛之下闪现这使它们又像一只只可爱的小灯笼。

(2016-11-30 16:04)

因为太烫,我们的手交替捧着烤好的成年老鼠。有些地方烤黑了。这使我想起那些抛接三枚小球的无聊的马戏团小丑。

(2016-11-30 16:09)

比失败灰。傍晚,舞男光着脚踝,趿拉着棉拖鞋,对着支离的镜子审视身穿的貂皮大衣。

(2016-11-30 22:27)

比一场刚拉开序幕就充满懊悔的恋爱灰。比丧偶的老年生活比日复一日例行公事的铁饭碗生涯灰。

(2016-11-30 22:31)

一场自然的嘲弄。

(2016-11-30 23:18)

2016—12—3
平房乡

脾气

在《烧马棚》这个短篇里，福克纳写了一名流淌着古老血液的父亲（"这一腔古老的血，由不得他自己选择，也不管他愿不愿意，就硬是传给了他；这一腔古老的血，早在传到他身上以前就已经传了那么许多世代——谁知道那是怎么来的？是多少愤恨、残忍、渴望，才哺育出了这样的一腔血？"[1]）。这名寒峭逼人的父亲艾伯纳只要是觉得自己受到不公平的对待，就去烧对方的马棚，从而使家人跟着自己受到放逐。

农村之所以值得书写，是乡下人总是有这种老脾气，在罗恩·拉什的小说《艰难时世》里，主人公的臭脾气也是这么明显：因为邻人怀疑自己的狗偷吃了他的鸡蛋，高傲的哈特利就把这条相依为命的狗杀了。这种畜生式的脾气，肉瘤一样，明显而永恒地长在一个人脸上，使他的行为变得非常容易预测。

小说《烧马棚》的开头，是在杂货店坐堂问案，原告哈马斯这样控告艾伯纳："我已经说过了。他的猪来吃我的

---

[1] 李文俊 译，下同。

玉米。第一次叫我逮住，我送还给了他。可他那个栅栏根本圈不住猪。我就对他说了，叫他防着点儿。第二次我把猪关在我的猪圈里。他来领回去的时候，我还送给他好大一捆铁丝，让他回去把猪圈好好修一修。第三次我只好把猪留了下来，代他喂养。我赶到他家里一看，我给他的铁丝根本原封不动卷在筒子上，扔在院子里。我对他说，他只要付一块钱饲养费，就可以把猪领回去。那天黄昏就有个黑鬼拿了一块钱，来把猪领走了。那个黑鬼我从来没有见过。他说：'他要我关照你，说是木头干草，一点就着。'我说：'你说什么？'那黑鬼说：'他要我关照你的就是这么一句话：木头干草，一点就着。'当天夜里我的马棚果然起了火。牲口是救了出来，可马棚都烧光了。"

这里边值得玩味的是乡下控诉者的语言。哈马斯尽量将自己说得彬彬有礼，而将对方说成是蛮横而不懂事。明明是扣留，要说成是"把猪留了下来，代他喂养"。

哈马斯试图让艾伯纳的幼子为自己作证，因为是后者给他通的风报的信，他家的马棚被艾伯纳烧掉了。但在孩子来到"庭前"时，他又说"算了算了"。一些评论认为这个孩子是善良的，他试图制止父亲的恶行，但我觉得（或者说是宁愿觉得），这个小孩只是一个天生的叛徒。在小孩的血液里，流淌着天生的服从和讨好于政府、大地主的东西。他每次都在父亲烧掉别人马棚前，跑出去，向对方报告这一消息。

另：苏东坡《志林》记刘凝之事，可与辉映：《南史》，刘凝之为人认所著履，即与之，此人后得所失履，送还，不肯复取。

2016—12—4
平房乡

我在这个日光饱足（饱足得甚至感觉兜不住）同时天空蔚蓝的上午睡着。梦中，我听见岳母的催促声，那意味着午饭准备好了。那催促宛如仆人兴冲冲的汇报，是如此温和和满足，丝毫不带责备的意图，即使有这样的意图，也是深埋在她心里。我听妻子说过一次，岳母对我在这样宝贵的时间睡觉有过微词，不过那也是从关心年轻亲人健康的角度出发，认为对方应该在一天之中最好的时光出去走走，活动活动筋骨。然而我还是感受到沉重的压力。我无法原谅自己。我不能让岳母这面镜子照出自己的萎靡和懒惰来。在简短的催促声消失后，我努力起床，然而怎么也起不来。我发现自己被什么东西锁住了。我的头仅仅能抬起来一点，眼皮翻不开。嘴巴当然也喊不出声，像埃斯库罗斯悲剧《阿伽门农》里守望人说的：一头巨牛压住了我的舌头。[1] 我努力了十好几次，这种情况还是得不到改善。

---

[1] 罗念生 译，下同。

直到突然站起来。

我从深沉而焦躁的梦中直接站到现实中。我穿好可以进餐的服装,来到客厅,看见钟显示的时间不到十点半。我问岳母她是否叫唤过,她拒绝承认。

2016—12—5

平房乡

这是你应该做的

在法国《读书》杂志上世纪开列的理想藏书名单里,瓦尔拉姆·沙拉莫夫(一九〇七至一九八二)出版于一九七八年的短篇集《科雷马故事》位列俄罗斯文学第二。这本讲述作者自己在远东劳改营生活的小说集直到二〇一六年秋才被黄柱宇、唐伯讷翻译成中文,由广西师范大学出版社出版。我读他的小说,感觉它们和巴别尔、契诃夫的作品一样,有一种质朴的光,然而又极具美学价值。悲惨的经历使很多人成为控诉的奴隶,而在大半生遭受迫害的沙拉莫夫这里,他只是让事情自己来呈现。

《大夫三死》讲述奥斯金诺大夫所面临的三种境况。第一种是作为异见人士被处决。第二种是在处决前,遇见转机:典狱长的夫人,在人生的第一次生产过程中,快要死了。典狱长是残暴的野兽,妻室是一个臃肿肥胖、涂脂抹粉、会用雨伞抽打女佣的娘们。他们结合的产物一定也不是什么好东西。在自命为高贵的教育中，这个孩子将成长为一名利己主义者、一头小野兽、一名杀人者。大夫决定拒绝救治，因为这是对他的敌人做出的最好报复。第三种是大夫选择同意救治。这是出于人道主义，出于爱，也是出于对医生这个职业宣过誓的考虑。这种救死扶伤的本能与意识几乎存在于每个医生身上。文章写：大夫自己面临死亡，却能救下两个人的生命。或许还能救下第三个，也就是自己的命呢。

这是大夫的奢望。可以说，大夫在选择出手相救时，也对重生寄予了厚望。他认为典狱长也是人，也会讲感情。也就是读到这里，我预感到大夫一定会受到他的幼稚判断的惩罚。他会把对方救活，然而自己还是得去死（这不是很符合标题所说的么——大夫三死，怎么都是死）。我是根据自己短暂却深刻的公务员生涯得出这一认识的。结局果然是母子平安，而他被带回监狱，饥肠辘辘地坐到早上。牢饭被取消，因为监狱当局认为他是死人。不久他被带到监狱庭院，双眼重新被蒙布遮起来。看到这样清晰无误的结局，我感到心脏在痉挛。我很难过。对握有权力的人来说，他会固执地认为你过去帮助是应该的，是天经地义的。向来如此。他认为这是你作为下等人应尽的义务。有很多人为了获得他的优待，而在忙不迭地给他献殷勤呢。他不认为这一次是他有求于你，准确地说，反而是他给了你一次效忠的机会呢，是对你赏脸。他的老婆难产，请你过去，是对你施舍。他从始至终都是这样想的。这是奴隶主的思维。

典狱长玩弄了大夫的崇高感情。

我在想，二十年后，也许是典狱长夫人其尚未泯灭全的良心闪过一道光芒，也许是她想凭借这一行为博得上帝的欢心，她派遣她的儿子来到农场，探望寄居于此的医生家属。"这都是没有办法的事。"她委托他向他们这样解释。这个长大的兔崽子穿得是那么好。人是那么自以为是。他用短小的马鞭指点着某块长着风铃草的土地，自语道，我就在这儿撒吧。于是就这么走过去，掏出又长又大的生殖器小便起来。尿液像消防水枪射击着看起来结实其实松软的褐色土壤。土块将液体吸收进去，来不及吸进去的就溢在外边，鼓起泡沫。他撒的可是又多又稠啊。进入黑小的房屋后，他就用眼神肆无忌惮地评价起它来。同时也琢磨了好一会儿那据说让他顺生的男人的后裔。在大夫的遗孀邀请他在此用餐时，他说："你们准备吧。"然而很快又忘记此事，在门外逗了会儿鸡雏后，他将马鞭塞向胳肢窝，夹着，径直走了。大夫那嫁不出去的剩下来的一个女儿还在厨房里捯饬着。

写这段读后感数日后，也就是现在，我又想到，也许典狱长并不认为自己玩弄了大夫的崇高感情，他只是利用了对方试图求生的私心，和因此产生的道德上的软弱。"他是为了自己活而前来救我的女人的，并不是为了别的。"典狱长这样想。事实是大夫确曾抱有这一希望。或许典狱长会对大夫这样说："我知道你一定不会像我想的那样低下，你一定是出于医道精神才来救我的太太和我的儿子的，一定不是为

了你自己。大夫,我感谢你。我也感谢主。我得继续将你带
到射击场。"

2016—12—28
平房乡

权贵甚至盗窃了穷人的贫穷
他们以此支走外人的同情心
以及捐款

鲤鱼,鲤鱼的眼球很大
眼睑很小,鲤鱼的眼睛怎么也
睁不开。鲤鱼的眼睛像还在
睡眠中那样睁不太开
鲤鱼的脸很大,和月亮一样
又满又大,可是嘴那么小
嘴像是勉强扯开的一点小口
鲤鱼的身体滚圆,滚圆而不是
胖,鲤鱼的眼睛看着人时
并非绝望忧伤,而是世故冷漠

飞机，你那闪光的不锈钢龟头
带翼的阴茎，在海面上空
擦过，伸得老长
向一群孩子和女人
炫耀发明者的淫荡之心

2017

2017—1—1
平房乡

霍桑

一八〇四年,纳撒尼尔·霍桑出生在贫困而古老的港口城市塞勒姆(Salem,即撒冷,是耶路撒冷的古称),并一直住到一八三六年,后来即使身在伦敦或罗马,他的心还在塞勒姆这座有着清教徒风气的小城。这是博尔赫斯一九四九年在自由高等学院讲演时所介绍的,他并且说,那些不如意的居民、逆境、疾病、偏执在霍桑心中引起对塞勒姆辛酸的爱。

纳撒尼尔·霍桑有一个叫约翰的祖先,后者在一六九二年作为审理驱巫案的法官,将十九名妇女(包括一名叫蒂图巴的女奴)判处绞刑。霍桑认为这是一个污点,如果约翰在公墓里的老骨头还没有变成灰的话,那污点一定不会泯灭。霍桑四岁失怙,有十二年的时间几乎足不出户,整日在屋里写些鬼怪故事。博尔赫斯批评霍桑创作的出发点,是情节先于人物,这种方法有可能产生优秀的短篇小说,但产生不了优秀的长篇小说。哈罗德·布鲁姆持同样的观点,布鲁姆认为霍桑的最高成就不是《红字》和《玉石雕像》,它们比不上他最优秀的短篇小说。亨利·詹姆斯在《论霍桑》里评述:霍桑能把迸发出的想象与他一直关注的道德问题完美地结合在一起。人的良心是他的主题。

《美国文学史》在比较爱默生与霍桑的不同时说，爱默生认为没有必要为因袭的原罪、宿命论、地狱而烦恼，而对霍桑而言，它们一旦进入人的生命——这是很可能的——便没有办法躲避了。我在阅读这本《霍桑哥特小说集》时，印象最深的是，作者一直在诅咒他笔下的人物。他创造的人物总是逃不过毁灭。我之所以对他感到亲热，是因为我也对自己笔下的人物心狠手辣。每个霍桑的人物来到小说终点，总是让读者发出玩完了的感慨，比如：老朽的绅士与寡妇参加海德格医生的实验，返老还童，然而幻境转瞬即逝；青年科学家炼制出药剂，去除掉妻子脸上的胎记，与此同时，妻子也死了；神秘的斗篷带给艾莉诺小姐以美，也带来瘟疫；誓言的背叛者回到当初的现场，失手打死自己的亲生儿子；小姐弟俩堆出一个有生命的雪人，却被他们固执的父亲给烤化了。

霍桑研究者几乎都在称赞作者而立之年写的名为《小伙子古德曼·布朗》的短篇。我感兴趣这篇小说是因为格非教授。在《城市画报》记者陈蕾的主持下，我和格非教授有过一个关于文学中的善恶主题的对话。说是对话，其实是我一直在听。格非说他读过的最恐怖的小说就是《小伙子古德曼·布朗》，淳朴的古德曼（Goodman，好人）和妻子费丝（Faith，信念）过着安逸的生活，一天离开妻子去参加林中邪恶而神秘的聚会，却发现平日里自己尊敬和爱戴的人——包括妻子——都在场。古德曼归来后无法判断这是真事还是幻梦，其他人像以前一样没有变，然而他万念俱灰。那次谈话，格非教授屡次说到一个观点，"邪恶的发现"。《小伙子古德曼·布朗》就体现了这一观点。格非提到他七八岁时经历的一件事，事情规模很小，却对其一生意义非凡。那天，他和家人去亲戚家玩，离别时，妈妈和姨妈握着手哭，姨父在旁边不断劝他们不要走。后来格非一家步行两三公里到县城，在候车室等车，格非在等待过程中出去转转，发现姨父扛着扁担来到县城买东西。格非见到特别亲的亲人，就赶紧叫他，但是姨父冷漠地说："哦，你还没走啊，我有点事。"然后转身走了。格非教授在谈到这件往事时说，他当时感觉什么东西坍塌了。

霍桑的短篇《牧师的黑面纱》，写受人尊敬的胡珀牧师突然戴上面纱，并且永远也没取下来，直到死，这让教区的教民胆战心惊。

2017—1—11
平房乡

我曾经就读警校，有一位胡姓同学来自新建县，二〇一五年该县变成南昌市的一个区，他也因此变成南昌市的一名警察。我和他在梦中相遇，他是握着我的手，把他要讲的事讲完的。他说新发掘出的海昏侯墓就在他的辖区，多家媒体公开报道称仅出土的五铢钱就有十余吨近两百万枚。文物在省博物馆展览时，一名穿的确良中山装的中年男人来到现场,指认其中一面编磬为其所有。他并且说自己是海昏侯府上的一名乐师,为此他还取出一根缠绕着多层医用胶布的小木槌,试图跨过隔离带去击打那面磬。"他认出了它。"同学说。

我想我之所以做这个梦,是因为读了《博尔赫斯,口述》这本书。一九七八年六月五日,博尔赫斯在贝尔格拉诺大学上一堂名为"不朽"的课,他说:"转世提供了我们这一可能性:灵魂可能由一个躯体转世到另一躯体,转化为人类,转化为植物。我们读过阿格里真托的皮耶罗的那首诗,他在诗中说,他认出了他在特洛伊战争中使用过的一块盾牌。"[1]

另外,我在博尔赫斯诗集《天数》的第三十五页,在一首名为《赞歌》的诗里,发现这样三句:

> 一条鱼露出了海面,
> 阿格里真托的一位人物
> 将会记得曾经就是那条鱼。[2]

据脚注介绍,这位人物就是生于西西里古城阿格里真托的古希腊哲学家恩培多克勒(约前四九〇至前四三〇),他曾说自己是"一条露出海面的无声的鱼"。

---

[1] 黄志良 译,下同。
[2] 林之木 译,下同。

2017—1—14
平房乡

最后的傍晚

一九七六年,博尔赫斯来到格拉纳达,写下名为《阿尔罕布拉》的诗。据译者王永年添加的脚注,阿尔罕布拉是信奉伊斯兰教的摩尔人于十三世纪在格拉纳达建立的王宫。诗的前段为:

> 黑沙中间的小溪
> 水声淙淙赏心悦目,
> 大理石圆柱细润如玉,
> 手掌的感觉让人愉悦,
> 流水在柠檬树丛中
> 形成精致的迷宫,
> 塞赫尔的音乐舒扬清越,
> 美好的爱,虔诚的祈祷
> 献给孤独的神道,
> 茉莉的清香让人们心旷神怡。

诗中的景色甜蜜而宁静,似乎是在天堂,吟诵之余不免心颤。瞽者博尔赫斯是以格拉纳达王国末代君王布阿卜迪勒的视角来写的,这是后者最后一次谛视这座王宫。在即将到来的一四九二年一月二日，布阿卜迪勒将向信奉基督教的敌人交出城门钥匙，远徙非洲。

也许，在这一时刻，国王想到往昔有多次，自己也坐在这儿，看着这座百年宫殿。日子越靠近现在，忧愁也就越重。他早已看见寂静里隐藏的危险，平衡迟早会被打破。第一次出现这种念头时，心头就像被人偷着划了一刀。

王国的历史长达数百年，然而繁华转眼即逝。

国王也许在这个黄昏，还看见那些未来世纪的人，他们一边在废墟游荡一边揣摩他。布阿卜迪勒在揣摩那些远方的游客，并以其中一名游客的名义写下这首诗。博尔赫斯不过是将它抄录下来而已。

"世人将如何理解我现在的心情？"布阿卜迪勒想。

今日，我读到博尔赫斯的另一首诗，《天数》，仿佛是在对这首诗进行呼应。从第九行至第十三行为：

> 你将再也见不到那轮明月，
> 天数有定，谁也不能改变，
> 你已经到了限定的终极。
> 即使打开世界上的所有窗户
> 也于事无补。晚了。你再也找不到月亮的踪迹。

我于是看见失明和失去一个王国，怀有同样的凄恻。

2017—1—16

平房乡

梦中，我和综艺县（现已更名为综艺市）的但综强结识于列车的餐车，在听说我是县城出来的作家后，他跟我讲了一则故事：综艺是雷雨多发地区，不过一百余年来还没有人被雷殛死，纪录的打破是在二〇〇五年夏，某镇工商所的汪某骑电瓶车去看丈夫时被闪电追打，死在路边水沟里。人们因此想起汪某二〇〇四年做的一件事，这一年，汪某因房屋加筑阁楼，要请建筑工头吃饭，在邻乡任教的昔日中师同学段某（据说结过金兰）也说好来走动。这是两顿饭，汪某合计一顿以一百五十元计，需花费三百元。汪某去找本镇青年李某，以为之婚介为由，将其招至本镇最贵餐馆，并请建筑工头、同学段某至，自己也抱了孩子前来。这顿饭由李某结账。李某多年未婚，是因为他性格刚克粗暴，极难自控。可怜段某天生老实，自被迫认识李某后，不胜其嬲，竟至于自刭。法医验尸时说，刀入口极重，而出口较轻。

2017—1—29
平房乡

隐身人

一九七八年六月十六日,博尔赫斯在贝尔格拉诺大学讲授他五堂课里的第四堂:"侦探小说"。他认为是爱伦·坡首创这一小说门类,而切斯特顿(Gilbert Keith Chesterton,一八七四至一九三六)是坡的伟大继承者,"切斯特顿说,现已出版的侦探小说没有一本超得过爱伦·坡的作品;但我个人认为,切斯特顿超过了爱伦·坡"。博尔赫斯介绍了切斯特顿发表于一九〇五年或一九〇八年的一个短篇《隐身人》。依靠制造机器用人致富的侏儒,独居于大厦内,一天收到威胁信,自己将被杀死。他的朋友,在找侦探帮忙之前,先后请求门房、门警、巡警及一名卖炒栗子的小贩帮助留意有什么人进入大厦。当朋友带领两名侦探回来时,发现侏儒已失踪。不久有人在附近河里找到侏儒尸体。门房等四人没有留意到有谁进入过大厦。凶手最后被判定是邮差。是他杀死侏儒,并将尸体装进邮袋,扬长而去。门房这些负责观看动静的好心人是诚实的,他们没有欺骗谁,谁会去留意一个每天准时到来的邮差呢?

破案的布朗神父在分析像邮差这样"心理上看不见的人"时说:"比方说一位太太在乡居的房子里问另一位太太说:'有人跟你住吗?'那位太太不会回答说:'有呀,有管家，三个长工，一个客厅女佣，还有其他等等。'哪怕那个女佣就在房间里，管家就站在她椅子背后。她说：'没有人跟我们住。'意思是说没有你所说的那种人。可是如果是一个医生查问传染病的事：'屋子里还有什么人住着？'那这位太太就会想起管家、女佣和其他的人。所有的语言都是这样用的，你永远得不到一个对问题很实事求是的回答，即使回答的是真话也一样。那四位相当诚实的人说没有人进过那幢大厦，他们并不是真的说没有一个人进去过，而是说没有他们怀疑会是你说的人进去过，有一个人的的确确进了屋子，又的的确确走了出来，可是他们根本没注意到他。"[1]

在迈克尔·莱德福导演的电影《完美无瑕》里，伦敦钻石行的清洁工赫伯将职员奎因小姐请到电影院，提醒后者将被解雇。"真不可思议，我总能很清楚地听到他们的谈话。他们常常当清洁工不存在。"他说。

我想到，我们坐出租车时，和朋友说话从来不回避司机。

---

[1] 景翔 译。

2017—2—1

平房乡

鼠公主

阳光照耀在联合国大楼暗绿色的幕墙上。这是世上最早采用玻璃幕墙的建筑，六十余年来，它被广泛模仿，特别是在一些性急的发展中国家（它们的金融机构尤喜采用这种风格）。一天，一位身长一米二、衣着华贵的少女站在它面前。我将描绘她的长相和打扮：

她的头冠上嵌着四艘斜向航行的金色帆船，说明它们这个种类对海洋同样怀有野心与渴望，同样听过黑色浪涛所发出的鸣响，并为此哭泣。她的头发是浅褐色的，因为过于浓密、拳曲，让人猜测有可能是假发。从她娇小的脸型以及狭窄、突出的骨相，能看出它们这个种类的特征。她眉毛纤细，长着双眼皮，眼仁子黑亮。她的同类出现在公共场合时总是慌里慌张，时刻做逃跑的准备，她可不这样。我想是优裕的生活环境和宫廷式教育锻造出她如今的沉静气质吧。也许今天她公然出现在曼哈顿区，也是因为她的同类认为只有她才能承担这样的与人类修和的重任。她的鼻尖略微翘起，樱桃小口紧闭（因为自始至终不发一言，人们也就无法知道从她嘴里会发出什么语言：是人类的还是它们这个种类的，是英语还是法语）。笔直悬挂的耳坠使人想到泥瓦匠常用的吊线锤。琥珀色的椭圆形耳坠内隐含着复杂的山水、弯弯的小道、耕作的农民以及因为蜡羽融化自天而降的童子。一个人类的神话故事。毫无疑问，耳坠是从人类这儿偷去的。她穿着一件腰部束紧让人想到奥斯曼帝国的红色蓬裙，裙的前摆有烫金刺绣，裙的两边缝着淡青色布料，布料上绣着牡丹、雏菊、蔷薇、玫瑰等花。阔大的蕾丝衣领呈铜绿色，它太古老，被时间腐蚀得太厉害，然而它又是如此瑰丽。裙摆近乎擦在地上。能想象，在蓬裙里，她的一双脚蹬着高跟鞋。她左手执一根神鸟的羽毛，右手握着奇怪的盾徽。远远望去她就像一团火，站在人类的广场前。

她穿的这些，拿的这些，都是从人类那偷来的，是从它们超过一百亿的子民的贡物里精挑细选而来的。我们没必要总是指责它们，狗改不了吃屎，老鼠改不了偷东西。那些常驻联合国的各国代表，都出来看她，然而你推我让，就是没人上前和她接触。在她身后，跟着一名拉小提琴的扈从。夕阳西下时，她带着扈从转身离去。她背部挺直，即使是低首时，挺得也是那么直。超过一万人远远地跟在这一对侏儒后面，谁也不知道他们是怎么消失的。

多数时的样态

朱重八在寺庙里度过一生。
在岁月的尾声,他接待了
一位贵客的来访。
来者自称是他自己,
拥有从海边到雪国的江山,
然而仍感愁闷。
朱重八不能帮到他什么,
他这么说时态度傲慢。
是一种粗鄙人的傲慢,
也可能是传说中远离尘世者的傲慢。
他记得对方离去时传来严重的
咳嗽声,显示其将不久于人世。
清晨,朱重八准时醒来。

2017—2—22
平房乡

薄暮

不祥的预感 —— 或者说凶兆 —— 连续到来,
如此坚实可信,不容怀疑,
可怕的事就要发生。
只有这么一个儿子的农妇惴惴不安,
彻夜不敢入眠。
像博尔赫斯的人物无法逃脱
梦中被杀死的噩运,
只能是猛醒过来那样,
她只能是去改信无神论,
比她往日拜神还要虔诚。

2017—2—23
平房乡

废物

在宋朝就活着的大象,如今还活着。
它在参观者的注视下,

颇为焦虑地转圈。
时间河流里巨大的漂流瓶啊，
已经记不起亡人对它的谆谆嘱咐。
它将在夜晚走进废弃的
我们遗留给后代的橡胶园，
默默地，在地面刨出一个半圆形的坑，
供自己憩息。

2017—3—2
协和医院

梦中，我站在一条柏油路边上，说是柏油路，其实只剩一些道砟。马路呈弧形，穿过厂区。我感到紧张，因为到处都在喊："快，快，快给车队让路。"

不一会儿，第一辆东风牌卡车杀到，下坡道时，司机略略带了点刹车，能听见从车底发出的排气声。随即，有着青草一样颜色的它就加速离开。一辆接一辆我估计有一百辆这样满载粮食的卡车接着奔驰而去。每个岔口都站着一名挥舞小红旗的本地工作人员，指示车队沿着最大的马路一直开下去，不要在这里出岔道口，也不要停留。旗语的意思是如此明显，可我还是看见所有卡车都在岔道口处迟疑了一下。它们的奔驰让我想起大举迁徙的羚羊或者野马。

车上装满褐色麻袋，麻袋鼓鼓的，一定是灌满了粮食。

我一辆辆数着这开往祖国西南四川省的卡车，直到它们消失一空。我听见厂里的人在议论："四川省正在闹三年自然灾害，很多人在饿死，现在，中央派车队送粮去了。时间不等人啊。"

2017—3—3
协和医院

支气管镜

想起做支气管镜检查的事，心里还会恐惧。

术前，麻醉大夫让我仰起鼻子，向里滴麻药。在我前边，一位上了岁数的女病友因为紧张，在麻醉过程中喘不过气来，频繁呼救。不过我倒没什么。灾难性的时刻发生在手术台上，医生取出一根带镜头的管子，朝我张开的鼻孔戳进去。镜头像钻石一样有多个切面，闪闪发亮，管子我估计有我的中指那么粗。"忍一下就好了啊，就一下。"医生说。实习医生附和着说："嗯，忍一下。"这样的鬼话我们从小听到大，我们的父母总是一边帮医生按住我们，一边诓骗："痛一下，痛一下就好了。"医生把这自行车链条锁一样的鬼东西对着我的鼻腔，反复戳，试图让它通过狭窄的隘口，钻进食管，然后到达肺叶。泪水比开水还烫，从我眼角汩汩流出，全流进耳朵里了。

"这样不行,你这样龇牙咧嘴的,把它挤住了。"医生说,然后把管子扯出来,重新戳。

"要放松。"她强调道。

随后她戳了三次还是没戳进去。实习大夫揪心地说:"要不放弃了吧。"那主做手术的医生并不理会,换了一只鼻孔又戳过来。啊,现在想起这一场面,我还在下意识地朝后退缩。我那还没到中年的医生啊,我怀疑今天就是把我戳死,她也要把这根管子戳到我身体里去。我从她呼吸的气息里听出太多东西,那里有慌乱,有对慌乱的厌恶,有焦躁,有愠怒,有自我调整。我无声地呜咽着,直到从她们的口腔齐齐发出释然的声音。竟然戳进去了。我和她们没有一个人不是满头大汗。有一会儿后,涂满血污的管子被从原路拔出来,像沾满血丝的黄鳝、脐带。我长长吁了一口气,像尸体一样放松地躺在手术台上,谁知道她们戴上新的手套,取来一根比刚才还要粗大的管子,说还要另外再取活检,刚才取的是淋巴活检,这次要取肺组织。我瘫软的身体顷刻绷硬了。她们说你想说什么,我没有回答,我想说:"就把我一棍子打死吧。"

返回病房后,我开始大口大口咳血块,直到最后咳出的是痰水。鼻子擤来擤去也都是花骨朵那么大的血。一直到现在,我还没办法睡。我躺在床上,想那些医生其实是着土黄色制服的军官,正对我实施酷刑,刑具就是那根粗硬的塑料管子。他们当中有人说:"可以了,你看他都同意交代了。"然而主审者还是兢兢业业将管子分两次从两个鼻孔插进去。

这样的用刑结束后，主审者问我："会不会感到后悔？你知道彼得，耶稣预言他在鸡鸣之前会三次不认自己，彼得发誓不会。耶稣被捕后，彼得果然否认自己是耶稣的门徒。彼得想起耶稣的话，因后悔而哭泣。"

"我没什么后悔的，"我说，"我甚至认为我交代得不够多。可惜我只掌握这么多。"

"我们还为你打了麻药，要是不打，你会痛疯的。"他说。

"谢谢，"我说，"我现在忽然感到幸福，我的人生已经不需要什么了。只要——"

"只要什么？"

"只要不把管子再插进我的鼻孔，对我来说，就是最大奖赏了。"

2017—3—12
协和医院

受贿的人，在受贿的那一刻，人生就有了永远洗脱不了的污点。柏油涂在身上也没有这样可恨。他不像小偷，上帝对后者是敞开怀抱的，只要这名小偷改过自新。受贿的人最悲惨的一点就是没有自新的机会。在他接受贿赂的那一刻，他就被上帝、人们以及社会永远地放逐了。永远地定罪了。不可饶恕。不可抵刑。受贿者做的是最不划算的交易：行贿人给他的是有价值限度的财物，取走的却是他的所有。是一切。受贿的人终生惴惴不安。那些已被逮捕的将成为荒原上无人同情的孤魂野鬼。那些还没有被逮捕的深陷于一种不可消解的恐惧当中。有时,受贿的人不得不这样指责同类:"你是如此庸俗,以致让我感到恶心。"

2017—3—18
协和医院

熄灯后,从邻室(十九至二十一床)传来急促的咳嗽,像呼救那么高声和不由自主。我想到一位瘦得皮搭骨头的日本老者,正被左一步右一步一步一步朝他走来的武士逼退。武士伸直的双臂抓着一把刀,白发束起的老者双手向后徒劳地摸去。这名可怜的病友啊,他的咳嗽像最惨的呼救,听起来是那么恐惧。

2021年11月16日补:今天读到《浮士德》第二部第三幕第三场,梅非斯特说:"全体魔鬼一同开始咳嗽,/上上下下,喘得气也难透。"[1]我在协和医院呼吸内科住院感受到的就是这样,病房毋宁说是咳嗽房。到今天,我的咳嗽还没有断根,有时还得凄厉地咳上很久,才能把它咳出来。我

---

1 [德]歌德 著,钱春绮 译。

欲去药房购买沐舒坦、贝莱之类的化痰药,却发现因疫情管制,而无法购买。

2017—3—19
协和医院

上午,我看见二十八床年轻的男病友(他曾经说他可能得的是肺癌)坐在床上凄惨地咳嗽,然后揭开小塑料桶的盖子,将一口充足的痰水吐进去。桶身的颜色是宝蓝色。一般小塑料桶是深红色,被人们当作便桶来用。上世纪,在南方的早晨,有很多主妇提着红色的便桶到水沟边洗刷。今天,为着方便,二十八床在床上——在自己的腋下——放着一只便于其频繁吐痰的塑料桶子。我在病房的走廊走来走去。水磨石地面是如此的肮脏和光滑。

《尤利西斯》卷一有这样的描写:"海湾的边缘和海平线相接而形成一个大圆环,环内装着一大盆暗绿色的液体。她的病床旁边有一只白磁小盆;她死前一阵阵地大声哼着呕吐,撕裂了已经腐烂的肝脏,呕出浓浓的绿色胆汁,就是吐在这只盆里。"[1]

---

[1] 金隄 译,下同。

2017—3—22

协和医院

耳闻："我三姐瘦，瘦得跟秆儿似的。"

2017—3—23

协和医院

介溪坟

嘉靖四十年（一五六一年），权臣严嵩的妻子行将去世。他请门下数十名风水先生务必找到一块合适的墓地，以使子孙能再有他这样的富贵。多天后，一位先生返报，称找到这样一块墓地。严嵩叫先生们都去看，其中一位指出它的弱点，并得到众人的附和："若葬此，子孙虽贵，但气脉太迟，恐在六七世后耳。"严嵩买下此地。掘坟穴时，他看见地里埋有七世祖的墓碑。他惊骇不已，叫人封存墓穴，并加以警识。我不知道严嵩如此惊骇，是因为挖了祖坟，还是从风水的灵验中看见家族即将迎来的凶险命运。据分宜《介桥严氏家谱》记载，毓庆堂严家七世为诚可，十四世为嵩，十五世为世蕃。也就是说，这块坟地的风水，发在"六七世后的"的严嵩身上，严嵩之后，再发又是"六七世后"，在这中间，可能是家族长时间的萎靡不振。数年后，严嵩子世蕃被斩，严嵩被削官，凄惨病死。严家败落。乾隆十九年（一七五四年），严氏后裔严秉琏考中进士。这个买坟的事就是严秉琏讲出来的，袁枚将之收入《子不语》。

这件事从表面看很有意思，我不知道自己复述走样了没有。

2017—4—1
协和医院

自称是雅各·达穆尔的人通过邮件向我发布真理如下：

"知识分子或者教授，有时会发表一些错误甚至是让人恶心的言论。这意味着他在向外租售自己的身份和影响力。驳斥他们往往不难。我更为担心的是那些本来有着光辉前景的年轻人！我不担心这些年轻人受到错误言论的毒害，而是担心他们受到另一种引诱，即自己高于教授。我担心他们因为膨胀而成瘾，将时间浪费在一系列廉价的正确上。"

2017—4—7
协和医院

地震

病友胡新华讲：一九七六年，一名叫李才的战士休探亲假。他先去对象家，再回自己家。日程都算好了。可是岳父就是舍不得他，非得让他多待两天。在中国，两天既是实数，也是一个模糊大概的数字。李才在唐山的对象家留了下来，直到灾难从地皮底下找过来。

四十年后，胡新华在说此事时不忘目视天花板，发出喟叹。

2017—4—11
协和医院

自称是雅各·达穆尔的人发来邮件如下：

"在死前的一天，学者艾法·贾比尔还在阅读经文，从他中断的位置我们判断，距离对本书阅读的结束还遥遥无期。贾比尔和一名不识字的下人，一个同样在当天死亡的人，一起被抬到庙前。他的一个弟子说，在两具尸体之间不存在着区分，另一个弟子说，存在着区分。他们以及自己的支持者，各站一边，进行了旷日持久的争论。"

2017—4—13
协和医院

在曾经的合肥市

作家,你应该把这些写下来:
在合肥市,在一些下着雨雪或月光黯淡的夜晚,
一般说来,是黎明到来前,孤独的退伍军人
(他离开在庐江县的妻子和三个孩子,
请战友给自己在省会安排了一份工作),
现在是一名邪恶同时具有极强反侦察能力的司机,L,
在送完本厂最后一名夜班工人后,
开着那辆可以拉上窗帘的移动断头台 ——
一辆米色的小客车 —— 从东边驶向南边。
运气不好或者过于审慎的时候,
还要继续驶向西边和北边。

他将车灯全部熄灭;一只手搁在车窗外,
指尖有节奏地敲打车门,
另一只手握着方向盘;
他在寻找那些就要死给他的女人,不论老少。

城市被划分为四十五个区,一共九十名警察
忍受着寒冷,在阴影里躲藏着,

记录一个月来所有夜行的车辆。
有三辆车"像人一样打量着人",在统计表里
变得越来越醒目。其中两名司机是想
利用单位的车出来载客挣点收入,
而L只是以此为名。
他每个月吐露一处弃尸的地方。
供述详尽繁密,然而发掘出的证据不多。
这使他逃过死刑。

> 2017—4—23
> 协和医院

抬起的手像死鸟一样坠落

从窗口,病危的青年,
看着同龄人扬帆出港。
海面上金色的晨光极为耀眼,
从他们赤裸的胸脯渗出健康的汗液。
一个健康的情人啊 ——
他们还将成为
一个健康的丈夫以及健康的父亲,
一生倏然而逝,充满活力。
沉默而年老的护士前来拉上窗帘。

一群海鸟在空中盘旋，

朝着泛着泡沫的空旷水面喧叫，

他注定无法等到他们返航。

他曾抬起手，

这意味着他对人有所请求，

又是他自己中止了这一请求。

对于即将死亡这一事实，

他并不恐惧，

只是觉得有些悲哀。

  2021年11月6日补：今天读普里莫·莱维的诗《弗索利的日落》，最后三句是："'太阳落下了还能再升起：/而我们，一旦短暂的光亮逝去，/只能在无尽的暗夜里永久沉睡。'"[1] 它是对古罗马诗人卡图卢斯《歌集》第五首中诗句的借用："太阳落下了还有回来的时候：/可是我们，一旦短暂的光亮逝去，/就只能在暗夜里沉睡，直到永久。"[2]

---

[1] 武忠明 译。
[2] 李永毅 译。

2017—5—30
巴黎

皮埃尔先生是《观察家报》国际政治专栏作家,在《解放报》工作过。我在巴黎凤凰书店做讲座时,他来旁听。十五年前,他写的宁夏马燕失学事件,引起关注,CCTV白岩松曾采访他和马燕一家。节目播出次日,皮埃尔在北京交通违章,交警认出他,说你是帮助失学的人,您请走吧。

2017—6—1
巴黎—里昂

记得在威尼斯文学节开幕式上,一位作家在发言时有意引得观众大笑,笑声如奔雷滚过现场,因此他更加卖力地去惹他们发笑。大家像是同时被挠了胳肢窝,笑得花枝乱颤,我从来没见过人群会这么疯狂。演讲结束后,掌声经久不息。后来在用餐时,我看见这位作家孤独地坐在一张餐桌后,略显尴尬地向那些朝他打招呼的人回礼。这些人无疑都参加了开幕式,都认识他了,而他一个也不认识他们。这些人——包括我——端着餐盘,边和同行的人说话,边朝他打招呼,已经不再把他当成明星了。或者说,即使当成明星,也认为这个明星折旧了。他坐在那一下一下地挖餐盘里的食物,可能有些后悔自己所做的演讲。"我一时何以轻贱如此。"他这么想。

在某些场合，我也是这样一个取悦犯。

2017—6—4
隆德

在出版人伊爱娃（Eva Ekeroth）家，伊爱娃的丈夫谢为群（曾任教于上海音乐学院）说，他的第一份工作是在海关检疫口刷瓶子，同事是一名叼着烟的儒雅老人，叫程逢治。程是一名化学家，毕业于圣约翰大学。程终身不婚，和科塔萨尔《被占领的房子》里描写的那样，与妹妹共同生活在祖宅里。谢为群曾多次造访这幢住宅，了解到程先生热爱古诗、钢琴，至少通四门外语（上海市的一些法规即由其译定为英文），并且研读过黑格尔、费尔巴哈，然而从不著述。谢为群说自己的外语即由程逢治启蒙。谢现在每学习一门外语，就会拿起语法书，边学语法，边硬背例句里的单词。

2017—6—10
佛罗伦萨

白天：佛罗伦萨的一个十字街口，每隔几分钟就有一辆装载游客的马车经过，远远就听见马蹄踏在路面的哒哒声。

街道上飘荡着马厩才有的臊气。建筑物底商都在卖奢侈品。我靠在石墙上十分疲倦。昨儿夜里梦见自己失业，惶恐不安，如大厦将倾。清晨醒来，才知道自己失业已经有四年。

晚上：和太太逛佛罗伦萨老城阿尔诺河，河水充裕，但在寺庙底下、靠近河的南岸，有一处干涸的河滩。隐约看见很多人挤在那儿。从那里传出响彻天空的音乐。我和太太，看见两名宪兵站在河的北岸，一直瞧向那里。不时就有少男少女或者自以为还有资格混迹于年轻人当中的老嬉皮士穿过大桥，几乎是三步并作两步，朝那神秘的聚会地走去。一边走一边兴奋地议论着。我想起格非教授力荐的霍桑小说《小伙子古德曼·布朗》。古德曼有一天发现，所有认识的人，包括德高望重者以及亲爱的妻子，都义无反顾地朝密林深处走去，参加魔鬼主持的聚会。这可能只是古德曼的一个噩梦。格非说他看到世界被揭示出的可怕一面，难以消化。说到夜晚的神秘聚会，我会想到蹦迪。往昔，仅仅因为弟弟告诉我那个女孩和一个男的去蹦迪了，我就和她再也没有来往。蹦迪在我心目中充满着堕落的色彩，人们挥舞着肢体，短暂地交出灵魂。今天，我把自己没有进过迪厅视为一种缺憾。

2021年11月6日补：今日翻越《浮士德》，发现第一部第二十一场为"瓦尔普吉斯之夜"。译者钱春绮解释，德国民间迷信，称四月三十日至五月一日之间的一夜为瓦尔普吉斯之夜。是夜，魔女们乘着扫帚柄、山羊、叉棍前往布罗肯山跟恶魔举行每年一次的夜会，跳舞作乐。

2017—6—17
协和医院

《政治学通识》第一讲笔记

在我之后
哪管洪水滔天
——法国国王路易十五

一九九三年，
曼瑟尔·奥尔森
发表论文《独裁、民主与发展》，
用一个例子说明地球上的老百姓
可能会遭受什么样的命运：
首先，是为流寇所害，
接着，为坐寇所奴役。
乡亲们——或者说大地之子——
好说好商量如狮狼所穷追之食草者。
因为坐寇日渐贪婪，
我们终于看到"死亡税率"这个词
像一轮高悬的太阳，被慢慢孵育出来。

2017—6—22
协和医院

到此一游

昨夜梦见自己赴死。

死是一件不好定时的事，不是说现在死就能死，或者说晚八点死就能死。病人有时为此痛苦：因为到了指定的（或者大概齐的）时间自己还健在，就会让人觉得自己失信，是个老赖。我也是这样，在病床上苦苦等待死亡时刻到来，却什么死亡的迹象也看不见。直到一个穿无领上衣的人走过来，他握了握我的手腕。一个小时后我的意识开始涣散。所有坚固的东西在扭动、塌陷，像粥一样堆在地面，慢慢滑动。整个世界的颜色在变淡，特别是花，变成灰色。人们响亮的惋惜声变得喑哑。我逐渐不能呼吸，人却不难受。就这样，我死啦。我死了，我自己却不知道。我来到地狱，在一间大玻璃房内无所事事地游荡，这时走来一名服役者，他请我脱下衣服去淋浴。我把衣服脱下来交给他，他把它们一件件叠好，挽在手臂上。淋浴就在大厅。浅棕色的墙面上有一个龙头，掰一下水就从上面喷洒下来。大厅里还有一些夫妻及独身者，总共十几人，都陷在各自的忧虑中。无疑他们是看不见我的。然而按照这种理论，我似乎也不应该看见他们啊。其中有一位，我过去认识，我生前并不喜欢他，现在却对他感到亲热。我朝他打招呼——"嘿，嘿"——他毫无反应，我知道他不是存心不理我，而是真的看不见我，也感觉不到我的存在。在知道他们都看不见我后，我心安理得地洗浴起来，中间抓了好几次阴茎。水柱是从我身前撞击到地面的，啪啪的声响却从远处的一隅传来。我感到陌生和孤独，这种情形很像当初一个人去了郑州。

后来就像你知道的，我醒了。

傍晚大雨，医生根据我的倾诉——尿多并且消瘦——判断我得了糖尿病。上次检查显示我的血糖已经到达十七。当然，这跟我吃激素有关系。一个人免疫系统出了很大问题，肺给玩坏了，肾上又切除了透明细胞瘤，如果从此还要背负糖尿病，那真是有点悲哀。我想起最近数年，自己先是能在跑步机上跑一个小时，接着只能走一个小时，接着只能在地面行走，接着在地面走百十米就要弯腰喘气。想到这些，难免自怜。也厌恶自己。有几次卧床不起，我想了轻生这个问题，不过这种想一点也不认真，甚至接近于一场轻佻的游戏。

我想到有两个我在百无聊赖地对话：

第一个我：因为难以忍受身体的崩溃，我决意轻生。

第二个我：如果你连死都不怕，为什么还要害怕身体上的这些病症。

第一个我：你的逻辑不是很严密，但是说服了我。

第二个我：再看看吧。

第一个我：再看看。

2017—6—25
平房乡

和艾瑞克、冬梅伉俪见面，发现见面处对面是胸科医院。记起二〇一三年在友谊医院检查，放射科的大夫拿着我的胸片，嘱我去找门诊大夫，要快。我在门诊室外等候，大夫从敞开的门那瞧见我，撂下别的病人，说"你过来"。他看过胸片，说快去胸科医院吧。我记得进胸科医院大门后，就看见弗罗斯特诗句所写的，"黄色的树林里分出两条路"，一条指示人们去查肿瘤，一条指示查结核。我不敢相信自己得的是肺癌，就去查结核。一名男性大夫给我开了化验单，于是我对照项目逐个去检查，多天以后，我取出化验报告去复诊，接待的是一名女大夫。她像往常一样翻动报告单，忽然，那几页纸的内容打动了她。于是我看见她像我的老师或者姐姐一样对我愤恨地说："你在我们这里化验，结果出来不是三四天，就是一个礼拜，你还有几个礼拜可以耗的？你快些去综合性大医院，你快点去呀。"我记得那些挤在诊室的病友像猫头鹰一样转过脖子，静静地看着我。从胸科医院出来，我的腿就软了。

后来，小黄斌请他公司的员工帮我去排队挂号，在三〇一医院看上门诊，那名我已经忘记姓名的大夫（姓赵？）举起我的片子，说"密密麻麻啊"，然后看向我这个活人，问："你需要我做什么？"我猜想他认为，有这样一个肺的人应该已经死了。我这么说并没有做什么夸饰。

之后，在太太的奔忙下，我先后在北大第一医院和协和医院住院，究竟没有查出是什么病。北大第一医院的医生曾鼓励我开胸，并说开胸手术从法医角度看无非也就是个轻伤。后来没做。我对自己的疾病一直是稀里糊涂的，我真不是一个好的自己啊。我感觉自己活到现在，就像是一个脑袋上还插着斧头的人活到现在。

2017—6—26
平房乡

自称是雅各·达穆尔的人通过邮件向我发布真理如下：

"在早期人的心灵里，地面是平的（譬如《摩西五经》：上帝说：天底下的水要汇集一处，露出干地！干地果然升出水面[1]）。这样地面便存在边界的问题。何处是边界。边界之外是什么。为了使自己摆脱困惑和恐惧，一些人认为地面是圆的，从一个点出发，笔直走，最终会回到这个点。越来越多的观察与测算支持了他们的看法。现在这已是常识。"

---

[1] 冯象 译。

2017—6—27
平房乡

神一样的儿子

在《伊利亚特》里，不时会出现"神一样的阿基琉斯"这样的字眼，阿基琉斯是海洋女神忒提斯和民间英雄珀琉斯所生之子。范晔写过一篇名为《圣诞谣》的文章，称十五世纪方济各会诗人、修士安布罗西奥·蒙特希诺，敏锐地捕捉到一个戏剧性的瞬间：分娩的时刻临近，一个念头忽然出现在童女马利亚心中，难以排解——该怎样来迎接这新生的婴儿？俯伏礼拜他，还是用吻将他淹没？范晔说：这一位母亲所面临的两难抉择是所有其他为人母者所不曾也不可能经历的，因为这一难题正根源于新生儿独一无二的奥秘性的双重身份：神人二性。

所有其他为人母者，在儿子降生时都无法确定他的神圣性，因而她们是心安理得的、从容的。但对有前途的年轻人来说，随着年龄的增长，他会不停摆脱自己"平庸妇人之子"这一身份。直到永远摆脱。就像他是另一个人的儿子，宫里王后的儿子。这一切看起来就像一场蓄谋已久的征用——好比是战争时期军队出现物资匮乏，因而征用了一些老百姓的汽车——上天也因为自己的某种匮乏，而征用了一名平庸女人的子宫，把他生出来。对她的这番好意，社会、政府和历史记录者均表示出彬彬有礼的感谢。母亲和儿子相见时，能感受到儿子的礼貌。穿着风衣、戴着礼帽、蹬着大皮鞋的他被随从推进来，又匆匆带走。在注视她的一瞬间，他的眼神充满好奇。人们在观看一名杀死巨人的一米五〇的小个子妇人时，眼神也会这样，充满了琢磨劲。

这位可怜的母亲再也回不到阳光明媚的早晨，她在树荫下抖动怀中的孩子，奶他。现在她当然还为这个儿子自豪，但究竟是一种远亲的自豪、可疑的自豪。

2017—6—28
平房乡

知情者

范晔在随笔集《诗人的迟缓》里，以迷人的文笔分析了西班牙黄金世纪大诗人洛佩·德·维加所做的圣诞谣——

> 这马厩的稻草
> 伯利恒的婴孩呵
> 今天是花朵和玫瑰
> 明天将是苦水

认为：解读的关钥在于三十三年后发生的基督受难事件。摇篮曲的歌者完全沉浸在对十字架受难的预感的哀恸之中，望着那注定要走上十字架之路的圣婴，日后（"明天"）耶稣被捕受难时的情景仿佛一一浮现：他将被鞭打，遭戏弄，戴上荆棘编成的冠冕，肋边被枪扎，双手被铁钉刺透。

我有好一阵子都在琢磨诗人的这种写法，毫无疑问，他写的是一件正在发生的事情：耶稣诞生。伯利恒的婴孩正诞生于那被比喻为花朵和玫瑰的马厩的稻草间。然而在这近乎直播性质的描写中，作者又以历史掌握者的身份（耶稣出生之后过去一千五百余年，洛佩·德·维加才出生），透露这个诞生的婴儿在不久的将来——三十三年后——即将遭受的残忍刑罚。这就有如我们知道一个人明明就要死亡——比如他罹患癌症——而他并不知情一样，我们对此无能为力。我们愈是无能为力，愈是揪心和痛苦。

丹纳（Hippolyte Adolphe Taine）在《艺术哲学》里提到：他们信奉旧教如醉若狂……最知名的一位，大诗人洛泼，做弥撒的时候想到耶稣的受难与牺牲，竟然晕倒。[1]

这个洛泼（洛泼·特·凡迦）就是范晔所提的洛佩。

只活了四十岁的杰克·伦敦在《寂静的雪野》里写："不过他的性情太倔强了，不肯承认错误，只是一个劲儿在队伍前面辛苦赶路，一点也没想到大难已经临头。"[2] 唉，我们这些读者和作者都知道，不一会儿，这个叫梅森的可怜白种人就要被倒下的松树给压坏。只有他还在闷头赶路。甚至

---

[1] 傅雷 译。
[2] 万紫、雨宁 译，下同。

在悲剧发生前，我们还听见"空中有一声微微的叹息"。

2018年7月31日补：下午，我坐在餐桌边阅读，想到：我们是成人，懂得常识，所以在一些事尚未发生时就知道它清晰的结局。比如胳膊扭不过大腿，人无法阻挡火车。但是局中人对此没有经验，或者说缺乏判断力，他是小孩或精神病人，凭着想当然的激情执意要去做。当此时，我们会预先表达一种本来要在事情结束时才表达的情绪，或叹息，或怜悯，或嘲笑。

2019年4月2日补：读戏剧《苍蝇》，萨特借朱庇特的嘴说出返国的阿伽门农王将要遭受的命运："他们看到国王出现在城门口的时候，一言不发。他们看到克吕泰涅斯特拉向国王伸出香喷喷的双臂，还是一言不发。那时，只要说一个字就足够了，但是他们缄默无语。每个人的头脑中都浮现出一个形象，一具死尸，身材高大，满脸开花。"[1]阿伽门农王将被王后克吕泰涅斯特拉和她的情夫埃癸斯托斯杀害。

---

[1] 袁树仁 等译。

2017—6—29
平房乡

对叶甫盖尼·奥涅金的定义：

风流倜傥，相貌堂堂，同时百无聊赖。他对待生命如冷漠的赌徒。他视他人的热情如儿戏，对之充满讥讽，感到厌烦，只因自己热情的烈火早已熄灭。可就是这样，那些仕女命妇仍成群结队地绕着他飞舞。甚至可以说，他已不是在玩弄，因为玩弄是个主动词。他随随便便地喜欢，正如随随便便地进餐、步行。他只是不负责任。他是个被动的人，社会的零余人。在情爱生活里他从来不表现得急切，没有什么猴相。他天赋如此，让周围的男人充满嫉妒。另外，这个玩世不恭者，枪杀了一名对爱情和生活充满期待但是吃醋的热血青年（连斯基）。一条绿色的冷血的蛇，几乎不曾对自己做出任何阻止，就看着自己把对方彻底杀死，直挺挺地躺在那儿。

2017—6—30
平房乡

很久没有感受到荒无人烟的山脉中的孤寂，
　　没有看见笼罩在树林上的一层寒冷的湿气，
　　没有将冻紫的双手伸到火笼上。

2018年6月17日补：我在回北京的火车上读蓝蓝的诗《从绝望开始》，最后一句是：……而我坚持在人类的寒冷中/发抖。哆嗦。

2017—7—1
平房乡

以前见关军写特写，喜欢用"感觉极不真实"的字眼。昨日看一九六九年意大利电影《美狄亚》时能体会到其中滋味。美狄亚是英雄伊阿宋的妻子，育有二子，可是伊阿宋又和科林斯国公主结婚。科林斯国王下令驱逐美狄亚及其子。美狄亚让两个孩子带着瑰丽而危险的衣冠，去恳求公主，央求后者将他们两人至少留在科林斯王国。

在献上礼物后，孩子们和他们的父亲伊阿宋一起走出宫殿，来到宽阔的广场，这时世界幸福、安详，阳光照向一面高耸的大理石砌就的白墙，伊阿宋禁不住抓住其中一个儿子的双臂，旋转他的身体。这种感觉极不真实。因为在宫里，年轻的公主正穿上将让她被箍紧的衣服。忍受不了的她将喘息着奔向广场，慌不择路，从某个高处坠亡。她的父亲克瑞翁惊慌地跟上来，也跳下去。一切都将在几分钟甚至是几十秒内完成。

奥登的诗《美术馆》第二段这样写：

> 譬如在勃鲁盖尔的《伊卡洛斯》中：一切
> 是那么悠然地在灾难面前转身过去；那个农夫
> 或已听到了落水声和无助的叫喊，
> 但对于他，这是个无关紧要的失败；太阳
> 仍自闪耀，听任那双白晃晃的腿消失于
> 碧绿水面；那艘豪华精巧的船定已目睹了
> 某件怪异之事，一个少年正从空中跌落，
> 但它有既定的行程，平静地继续航行。[1]

"太阳仍自照耀"就是一种态度。灾祸是孤独的。傍晚我骑着车，偶一抬头，看见在夜色中不停闪烁着航空障碍灯的高达一百五十米的达美中心大厦，被它所震撼。这种心情有如游击队员见到将要解放的地方。然后我想到海明威的小说《世界之都》。马德里那么繁华，一个外乡来的小孩，同时是一名斗牛爱好者，不幸死掉了。他的死没有使首都的齿轮停止运转，人们仍在热切地议论正在上映的好莱坞电影。任何一个平民的死亡也不会改变达美中心的永恒，都无从令它俯身。

---

[1] 蔡海燕 译。

2017—7—3
平房乡

鬼诗

《子不语》和《随园诗话》为袁枚所著,大学士曹洛禋一则轶事二者均有记录。曹少时夜读(读的是自太平书坊买来的《椒山集》),后掩卷而卧,这时同学迟友山来访,两人因此携手登台,赏月吟诗。

(迟)冉冉乘风一望迷,(曹)中天烟雨夕阳低。
(曹)来时衣服多成雪,(迟)去后皮毛尽属泥。
(迟)但见白云侵冷月,(曹)何曾黄鸟隔花啼。
(迟)行行不是人间象,(曹)手挽蛟龙作杖藜。

吟罢,迟友山别去,曹复坐于北窗前,取《椒山集》掀数页,回顾自己已偃卧于竹床,大惊,这才知道刚才的一切都是梦。曹醒后,看《椒山集》,宛然掀数页。次日,友山的讣告传到。

论及鬼诗,纪昀《阅微草堂笔记》也有记载:东光李又聃先生尝至宛平相国废园中,见廊下有诗二首,其一曰:

飒飒西风吹破棂,萧萧秋草满空庭。
月光穿漏飞檐角,照见莓苔半壁青。

其二曰：

耿耿疏星几点明，银河时有片云行。

凭栏坐听谯楼鼓，数到连敲第五声。

经刘丽朵指点，又知一鬼诗（刘认为在鬼诗中，此诗境界最高）。《树萱录》载：番禺郑仆射尝游湘中，宿于驿楼，夜遇女子诵诗云："红树醉秋色，碧溪弹夜弦。佳期不可再，风雨杳如年。"顷刻不见。

2017—7—5
瑞昌

母亲讲她听来的故事：

一

听说，一对父子同行。人们问儿子："那跟随你的体衰老朽的人是谁？"儿子犹豫片刻，回答："是一个熟人。"

母亲没有说的是：

今天你这样羞耻于自己的父亲，

正是明天你的儿子这样羞耻于你；

当你将至亲惨无人道地推出去时，

那扇冷酷的门也在你身后关上。

母亲说：老人要有老人的样子，牙齿掉了就应该补上，不要让人家笑话自己儿子。

二

一个丧偶的老人，靠拾荒生活。两个儿子会偶尔接济他，但从不将他接到家中吃住。出于神明的旨意，老人所选的彩票中奖。他用蛇皮袋装好几十万元现金，背着去找长子，后者看他一副乞讨的模样，推着他的肩膀不让他进门，并劝他去找老二。去老二家，老二反劝他找老大。没过多久，老人死亡。他常年用以垫脚的木匣子也被捎去火化。火化了一会儿，工人拿钢钎去炉膛戳，发现里边飞舞着大量烧掉没烧掉的一百元钞票。

母亲没有说的是：

自私的人总是以为别人上门是

有求于己，殊不知那肮脏的麻袋里

藏着一个临死之人全部的馈赠。

母亲说：老人宁可将钱烧毁，也不把它给那无情的儿子。

2017—7—6
瑞昌

地基的呻吟

不是一九九九年就是二〇〇〇年，在瑞昌北片某乡镇，一幢建造在沥青马路边的新居坍塌，一家人丧生。房子是房主建的，而房主本身不是砌匠。应该是地基没打牢。传说，事发前夜，家里的小孩出来说，屋子里有打雷的响声，家里人认为是二楼在闹鼠害。坍塌发生时，家里老人正站在楼顶晒东西，因此他看起来像是飞到马路上摔死了。

有一些干部、警察、村民在废墟中搬运砖头，看看能不能救出一两个。最后抬出来的全是被砸得乌青的尸体。在死者的衣服、头发和脸上，蒙着一层厚厚的灰，可怜极了。我当时是公安局指挥室宣传干事，扛着摄像机拍摄救援现场。这时艳阳高照，来了一位副处级领导，有人为他打着黑伞。领导四方脸，头发打了油特别黑，皮肤特别白净，他嫌前头扛摄像机拍摄的我挡住他视线，硬把我搠到一边。

我的身体缺乏一种分解屈辱的酶，到现在我还记得这一点委屈。

2017—7—11
平房乡

贝尔格莱德国家剧院的演员真是好脾气。七月九日晚，他们在北京首都剧场演出话剧《茶花女》。观众右区第一排靠过道那个座位——那个他们一出场就不得不看见的地方——坐着一名穿着短裤、T恤的年轻观众，将一只脚抬得比脑袋还高，并且像动物手淫那样不停地、让人抽风地抖动腿。想起这个场景我就抽搐。仿佛他得罪的不是贝尔格莱德国家剧院，而是我。还有不少人在演出途中拍照、摄像，或者发微信。这些人不是没有听过演出前剧场所做的提醒，他们明知故犯，是因为他们是自利的人。后来，围绕这一想法，又产生三个想法：一是不记得从哪里看到，一名观众在演出时不断地发出放荡的叫声，后来查明他其实是从二楼摔下来了。一是想到耶稣说："为什么看见你弟兄眼中有刺，却不想自己眼中有梁木呢？"[1] 一是想到自由的面目本来就是东倒西歪，而纳粹反而给人年轻、健康和秩序井然的印象。

2017—7—13
平房乡

诚实可能是怕累

很难想象，科林·威尔逊在写《局外生存》这本论著时只有二十四岁。他分析加缪《局外人》里的默尔索具有两个显著的特点：一是漠然；二是诚实。加缪自己承认，他对默尔索这个形象的塑造，参考了詹姆斯·M. 凯恩的犯罪小说。我对默尔索感到熟悉，是因为我在小城里面接触过一些所谓的社会人。他们随心所欲，没有一顿饭是按时吃的。他们代

---

[1] 《马太福音》7:3，和合本。

表着全人类的慵懒，简直没有任何事可以打动他们。最为典型的例子是Z讲给我听的，有一个这样的青年，他将车开到邻省，因为故障被迫抛锚，他就将车扔在那儿，扬长而去。直到他的父亲去把车找回来。

我能想象发动机怎么发动也发动不起来以及他甩门而去的场景。

局外人有一个非比寻常的特质就是诚实。今天我突然意识到，诚实委实是一种懒散与漠然。因为懒于做更多的运动，故而宁愿用成本更低、交锋回合更少的方式——也即诚实——来应对外在。表现出来就是对自己的命运听之任之，对一切麻木不仁。

科林·威尔逊在文中称：

"一个犯了谋杀罪的人至少应对他自己的所为表现出一点兴趣；他如果想要得到无罪开释的最好办法应是哭泣、辩驳，装成被这件可怕的突如其来的事吓得不知所措。但从一开始，默尔索的若无其事的样子就让那些审讯者莫名其妙，他们只能归结为他麻木不仁。还有他母亲葬礼一事。为什么他对母亲的死是那么平静？难道他不爱她吗？这时诚实又一次出来与他作对：'我可以说句心里话，我一直喜爱我的母亲，但这并不说明什么。'"[1]

---

[1] 吕俊、侯向群 译。

2017—7—14

协和医院

在候诊区闻聊天妇女云:"其实有时候吧,真的是——"

2017—7—15

平房乡

发夹

我在北大第一医院、协和医院住院多次,见过不少病友。其中一位,年过四十,因为服用抗肿瘤药物而皮肤变色,接近于尿黄色。他喜欢背着手在病房遛弯,对每个病房来了谁、走了谁掌握得特清楚。现在想,他已经驾鹤西游了吧。

昨夜他走进我的梦里,对我讲了一件他亲眼看见的事。我记得我们的谈话发生在医院二楼的候诊大厅,我们并排坐在一张冰凉的椅子上,中间隔着一个位子。在我们脚下,浅黄色的大理石地板像流水倒映着月亮那样,倒映着天花板上的圆灯。

他问我最长住院多久,我说可能有半年。他说住这么久一定是找不到什么办法,他还见过住八个月的,是个女孩,要不是她死了,可能还要住下去。听说来时,女孩发量还不少，死的时候一根也没有了。最后几天，她是在频繁的抢救中度过的。有一次抢救，一名实习女医生弯腰夹纱布时，不慎让发梢擦到女孩消过毒的皮肤，遭到一位非常著名的男医生的训斥："我不知道，身为一名医生有什么必要蓄长发？"这男医生据说上世纪八十年代留美，是院长见了也要鞠躬的人。可以想见年轻女医生有多窘迫了，不知她是怎么捡到一只发夹的，总之在结束抢救时大家看见她一头如马尾的长发被夹好了。

"很多病友出院后还会返回病室一趟，"有着一张尿黄色可怖脸庞的病友，在梦中继续对我说，"这种事经常发生，因为落下什么东西。这一天也是这样，住院八个月的女孩回到病室。她在抽屉、枕头下和床底翻了很久，也没找到自己的发夹。她的眉毛越拧越紧，很明显是在思考它去哪儿了，后来从她脸上出现了怒火。从那怒火看出，她要是知道是谁拿了她的发夹，一定会把这个人的头发拔光。"

2017—7—17
平房乡

在《追忆似水年华》的第一卷，有这样一段描写："可是我父亲那时偏要插话，说：'我现在趁大家都在场，跟你们讲件事儿，免得以后跟每个人啰嗦一遍。勒格朗丹先生恐怕跟咱们有点不愉快，今天上午我跟他打招呼他才勉强点了点头.'……我倒不必听父亲讲这件事的始末,因为我们做完弥撒遇到勒格朗丹先生的时候我正同父亲在一起。……勒格朗丹先生走出教堂经过我们身边的时候,他正同附近一位与我们只是面熟的女庄园主并肩走着。我的父亲一面走一面向他打了个既友好又矜持的招呼,勒格朗丹先生稍有惊讶的神色,勉强地答礼,仿佛他没有认出我们是谁。"[1]

我在页边上写下一个朋友的名字。我曾经和这位朋友在一起,行走在暮色逐渐加深的人行道上。我和她即使不在交谈,也像是在交谈,我们像是共处于一个独立于外部世界的小的茧体,朝前移动。然后我察觉到她打算逸出这个茧体。有时我具有一种先知般的预警能力,能在一件事即将发生前几秒看到它的端倪,好像一个敏感的动物在地震前听到飕飕的响动。她果然撂下我,朝一个对面走过来的中年人郑重地打招呼。我们和中年人相距不是很远,却也不近,这就为接下来我和她的争执埋下伏笔。中年人行色匆匆,很快把这段距离给吃了,然后和我们擦肩而过,朝相反的方向走远。他是她的房东,没有回应她的招呼。她坚持认为他对她心怀厌恶。我大声说不是的,我可以为这个人作证,他之所以不回礼,是因为他没注意到,当时天太暗,街上也很吵。她说栅隔就那么近,不可能注意不到,"我就知道他讨厌我"。

今天,我想到她。我想到狐疑这一人类共有的性格,总

---

[1] 李恒基 译。

是在一个人孤独的时候呈现。孤独使她更愿意从受害的角度考虑自己。现在的我，不说是一个孤独的人，至少也是一个远离社会的人，我已有四年没上班了。你能想象吗，四年多来，我没一个同事。我很难再交到新的朋友，而旧友因为缺少日常联系，在不停消失。长时间独处——或者说宅——正在使我的心灵变得丑恶。

2017—7—19
平房乡

我已经不是第一次嗅到有什么东西点着了，然而周围很久没有出现灾情。在家里我闻到过，在千里之外的旅馆也闻到过。我身上干燥极了，脚底不停脱皮。裹在建筑物外层的石灰开始崩解、坠落。我觉得地球就要葬身于火海，而今时今刻的人们对此尚浑然不知。届时，围绕着干涸的湖盆的是树一样高的烈火。地球上的什么东西只要一碰，就迸发出火苗。我的身体像我所害怕发生的，自燃了。连石块都在燃烧。

2017—7—20
协和医院

血糖到达十四点八。终于找到张路大夫,他建议我住院,尝试新的疗法。他对我目前的激素用量表示担忧,说我没有股骨头坏死已经算是好的了。记得上次侯小萌大夫说,跟我一起治疗的病友,有的已经走了。我不知道自己何以幸运如此。

暴雨将至,
房屋建筑的目的清晰地显现,
原本是应对的地方,
现在被称颂为港湾和家园,
有一个家,以及太太。

2017—7—26
协和医院

忽然体会到在养老院度日者的孤独:没有人来探望,也没有去处(一则院方为着避免承担责任,并不鼓励老人出行;一则世界已经由陌生人和年轻人占据,没有可以一见的人),整日地赖在床上,像随着浪潮起伏却并不前行的一叶小舟。

他也许在晚饭后去狭小花园里散步,对着那厚如耳垂的墨绿色榕树叶发呆,也许背着手看别人下棋,一看半小时,其实什么也看不进去。他不能再抽烟,喝酒也是一件值得羞耻的事。有一天,他听见院方和送他来到这儿的人发生争执,是为他的身后事。前者认为由他们承办殡葬事宜符合政府和当事人的意愿,这也是合同里规定了的。后者并不反对这一点,但认为前者虚构了服务项目,额外收费。

他并不愤怒,只是对自己的生命深感恶心。他想利用猥亵护理人员(无论对方是男是女)的方式去监狱,好换个环境和活法,却始终没考虑好。晚上八九点,他都在为这么早入睡而惆怅。可是又不得不睡。在醒过来时,新的毫无希望的一天又将到来。养老院里到处是将自己用剩的可怜的老年人。

有一天他想到死去几十年的母亲,想到后者在见到他的同时弹开的笑容(像伞或烟花一样猛然弹开的欢欣的笑容),禁不住哭起来。

2017—7—28
协和医院

我从漫长的睡眠中醒来。梦里,大雾弥漫,我跟随人群穿过拱桥,快步走向处于小镇心脏位置的一家单位。一名长得很好的青年被谋杀,躺在血泊中,嘴里还插着牙刷,一嘴的牙膏泡沫。我们用了很长时间来感叹,并猜测是谁杀了他。

不时有人从人群中被带出去配合调查，但都差了那么点意思。在即将醒来时，我和警方都恍然大悟：凶手是一名穿着天蓝色连衣裙、嘴唇上方长着胡须的黑胖少女。我记得在死者还活着时，这名谁也不会注意到的少女兴冲冲地朝他所在的单位走去。啊，连衣裙看起来实在是太光滑了，让人想起水族馆里的海豚，或者一种叫鲨鱼皮的极为滑溜的泳衣。她就这样兴奋地行走，那耀眼的光滑，好似水面的波光，跟随着不停晃动。她可能把那名登徒子的称赞——毫无疑问，那是种敷衍、为了中止继续谈下去而采取的临时措施，顶多算是一种礼节——当真了。当成一张门票。她看到海誓山盟的可能性。她欢快地走向对方，然后听到对方残忍地说："出去。"

2017—7—29
协和医院

在陀思妥耶夫斯基的著作《群魔》里，我读到这样一段：她的黄脸几乎是铁青的，嘴唇紧闭，嘴角抽搐。她用坚定的、毫不宽容的眼神默默地盯着他的眼睛，看了整整十秒钟，蓦然急速地低声说道："我永远不会忘记您干的这件事！"[1]

---

[1] 南江 译。

这是金主瓦尔瓦拉·彼特罗芙娜对斯捷潘·特罗菲莫维奇·韦尔霍文斯基的训斥,以惩罚后者的自作多情。作为一个不受欢迎的人,我在二十二年前春天的假期,也被人这样盯过。我记得她的脸是苍白的,紧绷着的,看不见任何笑起来的可能性。她在控制自己的脾气。一直忍耐着。那双眼睛刀子一般戳进我的灵魂。我后来见过一些逃亡后被抓住的罪犯,我的惊慌和痛苦想来就和他们一样。我唯有任其宰割。

"请你以后不要再来烦我了。"

还有什么比这更严重的判决呢。在后来的岁月里,我不能说自己就没有以这样残忍的眼神面对别人。在贾科莫·莱奥帕尔迪《道德小品》这本书的页边注释里,我了解到女神达佛涅为了躲避太阳神阿波罗的追求,而请求其父亲将其化为月桂树。即使如此,其枝叶还是被阿波罗取走,编织为花冠。

2017—7—30
协和医院

袁枚《子不语》载,刘刺史的邻人孙某,挖沟时挖到一堵石门,开启之后,发现有隧道通往两具棺材,墙壁上则钉着男女数人。衣冠状貌,仍可辨认。忽然风来,这些干尸化为灰尘,骨头也变成一堆齑粉,而钉子依然牢牢钉在墙上。不知道这是古时何王之墓。之所以将殉葬者的尸体钉在墙上，是怕它们扑倒在地。

2017—8—1
协和医院

帝国最出色的眼目之一，通过鼾声识别出一名异乡旅人试图颠覆伟大帝国的企图。他从这浪潮般一层一层涌来的声响里分辨出对方的教育背景、性格、体能、家庭情况以及对任务的态度。异乡人缺乏那种一以贯之的警惕性，总是喜欢将任务分成几截，每当完成一截就犒赏自己以美酒。眼目仿佛听见在异乡人出行前，他的主公对其作严厉交代，异乡人保证滴酒不沾，若有违犯愿提头来见。眼目是名瞽者。伴随着异乡人打鼾的节奏，他敲打着自己的指头。帝国拘捕了这名旅人，审讯使之交代出帝国存在逾三百名内应。

2017—8—2
协和医院

梦中，湖北某市的郝某来访，他说他自细住在一条巷子里，有一位邻居名小苟者，长期处于赤贫状态，一家老小时常饿醒，发出凄惨的鸣叫。一九九七年左右，因为远亲介绍，小苟被聘请为区政府风纪监督员，从此有机会到一些单位吃喝。小荀每次回家，两个小孩就扑上来，一人抱紧他一条腿，不肯下来。小荀任他们从鼓胀的裤兜里搜出葵花籽、西瓜子、奶糖和南丰蜜橘。后来小荀还扯下肚皮上的拉链，从腹腔掏出一天来所有吃的，足足掏了两小时。不单他的孩子、老婆、瞎眼的妈妈吃饱了，家里养的猪和鸡也跟着吃饱了。且均有醉意。郝某说他现在还记得他们一家打嗝时发出的那种史前动物式的声响。

醒来后，我记得郝某还说过一句比较绕的话，我凝神回忆，并进行演算，觉得他说的应该是："还有什么比一个糟糕的家长，更适合一堆糟糕的孩子的呢？还有什么比一堆糟糕的孩子，更适合一个糟糕的家长的呢？他们彼此构成一种低质量的和谐。"

2017—8—3
协和医院

一时的洁癖或者对程序推倒重来的忌惮

张祖翼的《清代野记》和许指严的《十叶野闻》均记载有安徽桐城农夫陈春万的事迹，相差无几，疑为照抄，比如张文说"各路军功所保记名提督，部册所载近八千人，总兵则近二万人，副将以下汗牛充栋矣"，而许文说"部册载，记名提督近八千人，总兵不下二万人，副将以下车载斗量，不可胜数矣"。随湘军转战至关陇的陈春万正是这所保的八千记名提督之一,其人有力气,胆大,然而不识字。因为部营裁撤的缘故,他贫苦不能自存,途穷之时,去向老上司左宗棠乞讨饭碗。而此时左也正好在找他,要他跪听宣旨,只因他被选任为新的肃州镇挂印总兵。

这似乎是一个肥缺。按照惯例,皇帝在军机处所呈的选任名单上,往那拟定的名字上勾选即可。记名提督陈春万作为陪衬人也出现在这份名单上,可能他只是军机处从名册里随便找出的一个名字。皇帝这一天蘸墨太饱,以致朱墨滴落在他的名字之上。皇帝说:"就这样吧。"

2017—8—4
协和医院

我们知道投身科场的人最为敏感,因此在考试前祷神是常有的事。有这么三个人,他们祈梦于肃愍庙[1],其中两人无梦,一人则梦见肃愍说:"去庙外的墙上看看吧,结果就在那儿。"此人醒来,将梦告诉其他两名书生,招来嫉恨。两名书生伪称解手,来到庙外,提笔写下"不中"二字。后来放榜,三人中还是做梦的考中。神从来没有不灵验过,因

---

[1] 疑是于谦庙,肃愍是于谦谥号。

为写字时天尚未明,"不"字写得不那么连接,就成了"一个"。这是《子不语》讲的一个故事,该书还讲到在康熙三十三年(一六九四年),丹徒的裴之仙偕数友入京参加会试,他们请人扶乩,得到一个字,"貴"。众人不解其意。榜发后,裴之仙命中会元,大家才知道"貴"字实为"中一目人"之意。裴之仙是独眼人。

2017—8—6
协和医院

梦中,泰和县一姓大之人(似乎叫大良造),对我提到:有一年他在外乡打石头,当地一户人家新死妻室,因为丈夫不忍,尸体迟迟不能下葬。某日清晨,大雾弥漫,樵夫路过停尸的草坪,大声说尸体新长了头发,又黑又密。这名丈夫听说消息后,又惊又喜,跑去察看,才知是黄鼬将村美发店遗弃的头发拖到这里。一群老鼠轰然而散,它们一夜间将尸体发青的脸啃掉一半,连牙床都露出来了。可以想象这做丈夫的心中之痛苦了。

2017—8—7
协和医院

因为一根带钩的粗针折断在腹内——谁也不知道这是怎么实现的——老王从此只好平躺着,忍受那时时袭来、速度有如闪电、朝各个方向放射的疼痛。他总是汗如雨下,不一会儿床上就湿透了。我想就是女人分娩,那痛苦也比不上它。请来的医生们,仅只是听取了情况介绍,就借故走掉。他们建议让老王睡着,哪怕是朝脑袋打上一棒。老王的兄长一直握着他的手,安慰说:"就要来了,就要来了,就请你再坚持一会儿。"一直到第三天黄昏,身板佝偻并且戴着老花镜的裁缝才来了。他带来一件用金丝绣着蝴蝶的黑色丝绸寿衣,抖开后说:"有些针脚是拆掉重缝的。虽然时间很赶,但做工是没有任何问题的。你们看。"他让大家来拉扯衣服,果然是针线紧密,怎么也拉不松。

2017—8—8
协和医院

失眠之夜,思维如一大早开张的菜市场,充斥着喧嚣与骚动,一切都听得见。思维开放、欢腾、不可控制像网中跃上跃下的白鱼(它拼死一搏因此显得愈发的强壮)。我不知道怎么处理它们。我按不住它们中的哪一个,我感觉自己就要疯了。我束手无策，只有摊开双手好好躺着。最后天亮了。

雷雨、大雪、瘟疫、死亡、铺天盖地的灾害，
这些闪耀着平等光辉的词汇，
——毁灭之实质；
有人难以抑制内心的狂喜：
来吧，来看人类的恐慌吧。

2017—8—18
平房乡

经历在消失
趁我还活着就在大面积地消失
祖先、死人的经历如今还不如空气实在
那山间红色的花那花的海洋萎落
听听天边疯狂的笑声

2017—8—28
平房乡

普希金的诗《告诗友》写:"忘掉那凄凉的坟墓、树林和小溪。"[1]然而我却并不愿放下笔,我这样继续写:在夜晚,平房乡的一段铁轨旁,漆黑的小树林里穿行着幽灵一般的散步者。他们供奉健康之神,习练巫术,妄图在和死神的交锋中取得傲人的胜利。然而该死的还是死了,无一例外。秋天在今天已经成立,风和水流都使人感觉凄凉,思维慢慢触及地下的亲人。仅在昨日,烈日和高温还在使人烦恼。

2017—8—30
合肥

卡佛是一种方向。他的短篇散发着无产者想唤起人们注意的哀伤气息。他不能算是有最强大能力的作家,但能做到把简单的事情说清楚,并有所隐藏(他说他和海明威一样,知道自己省略了什么)。他的东西像一杯洁净的水,避免了不必要的涂饰,它们反映了时代。工人的生活就是这样,天生的乏味,习惯于被摆布,而不是像骑士那样怀有自负。

---

[1] 查良铮 译。

《瑟夫的房子》讲述无产者没有自己房子的凄凉。唉，房子是人家瑟夫的，地毯是瑟夫的，杯子也是，瑟夫的女儿要回来住，一对年过半百的感情复合者就得搬走了。多么绝望呀。普希金也写过寄人篱下者，他在《黑桃皇后》里写老伯爵夫人的养女，面对爱情非常愚蠢。《黑桃皇后》有戏剧性，而《瑟夫的房子》尝试和读者拉家常。

卡佛一九三八年生，只比我父亲大七岁。

2017—9—1
平房乡

睡眠是自然的事情，是一种宝贵的享受，然而因为处在进步的氛围中——甚至可以说是疯狂的进步氛围中——我对睡眠这个一心帮助我的人充满厌恶，我总是觉得他在引领我堕落，至少是在耽误我的事儿。每次我从漫长的睡眠中醒来，我的亡父就说：且看哪，到处是那么勤奋的人，他们撂下你很远了。

2017—9—4
协和医院

威尔斯（Herbert George Wells）描写未来人类，因为缺乏用武之地，体力与智慧严重退化，人因此变得矮小而愚蠢。他的忠实读者博尔赫斯写了同样处于退化状态的永生者，他们因为对善与恶经历太多，感觉没有再投身其中的必要。天堂兴许也如此乏味。

2017—9—7
平房乡

不要以为老人就不是你，
不要以为自己能免于这一结局：
将假牙取出来擦洗，再安回去；
头发是那么稀少，只剩一两绺，
要辛苦地从一侧搭往另一侧，再
围着秃顶绕上一圈。
——"很快，这一天就将降临。"

2017—9—8

平房乡

每隔几分钟，脚下塑料袋里的鱼就会弹跳一下。绝望所带给生灵的力气是这么大啊，凭借这股能打痛他的力气，他感知出它的重量。他们在鱼桶里挑来挑去，才找到这条。他们并不知道他对鱼没什么兴趣，吃也行，不吃也行。上车后他就闻到一股腥气，一开始那条鱼跳来跳去跳得很凶，就像刚刚才落网。要走了一公里，他才收到他们的短信，提醒他车里有这么一条大鲤鱼。

2017—9—10

平房乡

马尔科姆连在亡妻的坟前都欺骗她，坚称是意外的车祸致她死亡。小时候，马尔科姆患有难语症。也许为了克服这种病，他成为一个表演狂。三集英剧《毒夫》讲的就是这么一个故事，根据真事改编。

我想到存在一种无耻：一名凶手一开始还能让人相信他犯罪是意外，后来这一来自他人印象的庇护不存在了，他就赤裸裸地去利用法律的漏洞，说，我就是如何如何了，您倒是给我拿出证据呀。

2017—9—11
平房乡

梦中，一人自称叫金十笏，一九九〇至一九九三年在我们瑞昌市博物馆任副馆长，他提醒我，我初中时的家庭教师张某，就是他博物馆的同事。金十笏说，在我们瑞昌市还叫瑞昌县时，在县西南的远景村，曾有一条宽不足四尺的马路，把山脚的村庄和集镇连接起来。路面高高隆起于大地，两旁是散发着腥臭气味的水沟。每到月色皎洁之时，沟内便聚集数十万甚至上百万目赤如火的田鼠，由它们发出的噬咬议论之声不绝于耳，令人震怖。有时，它们听到某种动静，瞬间骚动，争抢着奔向某地。有非常少的胆大者会在老鼠聚集时走上这条马路，那些爬上路面的老鼠并不理会他们，而是猛地跳进另一边水沟。第二天早晨，众鼠辈消失于无可计数的窦穴。县博物馆保存有三具此类田鼠标本，未检查出特异之处。金十笏说这些老鼠可能是历代的议郎。

2017—9—16
平房乡

上帝之所以没有出现，是因为祂不能出现：祂在穷人间出现，就会换来那些富裕的献祭者的失望；在商人面前显现，就会招致那些为一块面包而向祂祈祷的人的仇视。因此祂带着尴尬的笑——让他们自理。即使向祂祷告的人眼睁睁就要死去,也不能施以援手。祂不能以行动证明自己受了谁的贿,即使那人一贫如洗,从裤兜里什么也搜不出来。

2017—9—23
平房乡

在午休的梦中,博尔赫斯面无表情地对我宣布:"我没有做过无经验的创造。"

2017—9—27
平房乡

情诗的秘密:这一夜必定有大风暴,"一来给了大乌鸦请求进入(房间)的理由,二来也与房间内的静谧形成对比"[1]。这是爱伦·坡对《乌鸦》诗艺的讲述。我在艾柯的《悠游小说林》里读到。

---

[1] 俞冰夏 译。

2017—9—28
平房乡

克拉斯诺霍尔卡伊·拉斯诺

我对匈牙利文学了解不多，主要集中在凯尔泰斯·伊姆雷的几篇小说和今年出版的这本由克拉斯诺霍尔卡伊·拉斯诺（一九五四—）创作的长篇《撒旦探戈》。它们都由余泽民译出。在阅读它们时，我感觉它们是神奇的蜃景，把在东方生活的我们的事情、命运和情感，映现出来了。

《撒旦探戈》写的是一场行动：住在荒僻乡村的人要出去。几十万字都反映着这个主题。主人公伊利米亚什作为弥赛亚前来迎接他们。在他的到来还只是作为一则有待辨析、核实的消息出现时，人们就已朝他驾临的方向涌去。一些人——比如预备卷款潜逃的施密特夫妇、克拉奈尔夫妇以及拄杖的弗塔基——中止了自己的罪行，等待伊利米亚什重新来安排自己，他们说："总是他把我们从泥坑里拽出来。"然而伊利米亚什是彻头彻尾的骗子，酒馆老板对此尤为清楚，他认为伊利米亚什本质上和粪坑里的蝇蛆没有区别，不过村民们并不理睬。施密特夫人认为，即便用全世界的金银财宝也不能换来伊利米亚什的一个小手指头；将全世界所有男人说过的话加在一起，也抵不过伊利米亚什一句话的意义。来听听她癫狂的言语吧："没有了你，我将怎么活下去？！……上帝啊，唉……你可以抛弃我，但是……不要现在！还没到时候……至少再给我一次机会!……一个小时!……哪怕一分钟!……我不管你对别人怎么样,只要……跟我!跟我……不要这样!别的不行,至少允许我当你的情人!你的婢女!……你的女仆!我什么都不在乎!你可以像对一条狗一样踢我,揍我,只是……现在你再回来一次吧!……"

另外,我注意到,正如塞万提斯为了不让堂吉诃德的征途显得孤独乏味,而创造了桑丘这一人物,克拉斯诺霍尔卡伊·拉斯诺也为清瘦的伊利米亚什设计了一名忠实的随从:裴特利纳。

2017—9—30
平房乡

铁路时刻表读者

俞冰夏在大三时翻译了安贝托·艾柯一九九四年为哈佛大学诺顿讲座准备的讲稿(在此之前八年和二十五年,卡尔维诺与博尔赫斯也为诺顿讲座准备过讲稿),后由三联书店出版,取名《悠游小说林》。艾柯提到:《芬尼根守灵夜》有模范读者,铁路时刻表照样有它的模范读者,它们都渴望与它们的模范读者合作。

我停顿下来,想起以前从不曾想起的一件事:在上世纪九十年代,我哥每次往返于就读的山东矿院(校址在泰安)

与家乡，都要依据铁路时刻表做一番细致的推算。我翻他的行李，去找寻可能的礼物，每次，都会发现一本更新的铁路时刻表。印刷方（官方）提供的是迷宫式的条件，阅读者需要浇入自己的经验，有时为在冬天回到南方而不得不先向北方行进一会儿。

2017—10—3
纽约

任何神啊

任何神啊
你都应该像掌管灶火的维斯太一样
在你的仆人绝望地向你呼唤时
显现神迹：让炉膛内的火燃烧起来
而不是任死灰永远冰冷下去
既然：他们是如此虔诚
为你放弃了爱情与婚姻
将一生都奉献给你
他们，并没有向你索取多余的宠爱
任何的神啊，他们只是求你
像维斯太一样，在一个忠心耿耿的仆人
就要死的时候出现

2017—10—4
纽约

分管副市长的秘书给文化馆馆长打来电话，询问近来本市文学创作情况。几天后，副市长在馆长陪同下来到小说家W的工作室，视察了W的创作情况。W用PPT的形式向副市长介绍了正在写作中的大型长篇历史小说《泥与血》的结构：

A1	A2	A3	A4	A5	A6	A7	A8	A9	A10
B1	B2	B3	B4	B5	B6	B7	B8	B9	B10
C1	C2	C3	C4	C5	C6	C7	C8	C9	C10
D1	D2	D3	D4	D5	D6	D7	D8	D9	D10
E1	E2	E3	E4	E5	E6	E7	E8	E9	E10
F1	F2	F3	F4	F5	F6	F7	F8	F9	F10
G1	G2	G3	G4	G5	G6	G7	G8	G9	G10
H1	H2	H3	H4	H5	H6	H7	H8	H9	H10
I1	I2	I3	I4	I5	I6	I7	I8	I9	I10
J1	J2	J3	J4	J5	J6	J7	J8	J9	J10

全书一共分十章（A，B，C……J），每章十小节（1，2，3……10）。自A1至J1为一组叙事结构，上下通顺，余同理；自A1至A10亦为一组叙事结构，前后通顺，余同理。"横说横有理、竖说竖有理"，创新可谓前无古人。副市长对W的创作创新给予高度评价，提出"保鲁争茅、冲击诺奖"的目标，同时指出要确保生产安全。

2017—10—7

纽约

站在ELEMENT酒店大堂发呆的嘴唇发乌的女人，笔直地站在那儿。眼睛即使在看着什么也是什么也没看。这名皮肤棕黑的女人挎着一个鼓鼓囊囊的背包，手里还拎着一只似乎装着几十公斤铁的提包，即使要在这儿站上很久很久她也没有将这些行李放下来的意思。

2017—10—9

纽约

我记得自己是一九八五年去横港的，我的父亲在那当药店经理（很多人还是习惯叫他药材站站长）。每年冬天来临时，镇北边山麓聂家村就有人送炭来。这一年来送的是新荣，我记得当他将担着的两篓炭搁在药店后院龟裂的水泥地上时，正在汰衣的我被吓得透不过气来。我意识到自己就站在一个比他自己烧的炭还黑的完完全全的黑人面前。他试图过来扶我的手臂，但是经验劝阻住他。他歉疚地笑，露出的牙齿像一团洁白的棉花。

他是个毛人。凡是我们有皮的地方他都长了浓密的黑毛，包括屄。毛发的粒径是如此粗大，以致在十八岁的某天突然长出它们时，他的身体遭受了巨大的痛苦。"可想而知啊。"当他不知道是第多少次向镇上人讲述这一悲惨的经历时,听者中的老人磕打烟筒,发出如是喟叹。新荣现在讲起来轻车熟路,他说,在长毛的前夜,他的身体出现一阵又一阵自上而下、自头皮到屁眼、滚烫而刺人的痒痛,他尖叫着,扭动着身体,将背部抓得鲜血淋漓。就这样求生不得,求死不能,搔抓了一夜,他眼睁睁看着那钢针一般粗的黑毛从毛孔里一根根地生长出来。从此他像穿了一件不透气的毛衣,变得怕热。我后来知道聂新荣受到这一惩罚,是因为他拒绝了山上妖女高秀旮的示爱。古斯塔夫·夏尔克所著的《罗马神话》,曾形容这一类危险的女人:"……一见高尚的男子,顿时欲火中烧,难以自持,她使尽种种妖媚和迷惑手段,企图留住……骄傲的……。……眼看请求无效,便开始威胁。"[1]高秀旮将新荣变成一只猩猩。"……我至今还记得她咬牙切齿的样子,她信誓旦旦地说要将我变成一只猩猩。但是那种凶狠吓不到我,我只是对着她笑。谁料到,后来我果然变成一只猩猩。"新荣说。而那些没有经受住诱惑的人则在一种可怕的情欲损耗中,缩小为不足一米长的侏儒,间或佝偻着身体,排队行走在镇上,一言不发地为女主人乞讨一些施主知道如何施舍的粮食。在他们疲倦而丑陋的脸上,印刻着细密繁复的皱纹。这样的脸没有一丝表情和活力。他们脑壳里的脑子注定被某种白蚁给噬空了。

---

[1] 曹乃云 译,下同。

"要么像他们一样,要么像我一样。"新荣这样说。通过他纯洁的笑,我们知道他对命运的态度。"难道没有第三种吗,就像我们这样的?"人们说。"对我来说,并不存在。"新荣说。

新荣惯于穿军衣军裤,脚套泛白的解放鞋。我记得他送来的炭带有金属的光泽,掰起来是如此松脆,以致让人产生食欲。我们都喜欢观看它在燃烧后炸出火星的样子。有人说,他后来学会在树林里跳跃而不着地,并且长出一对獠牙。

2017—10—12
平房乡

暗物质(Dark Matter)是物理学的基本概念,简单地说,它是指宇宙中那些看不到的物质。我当然不能引用暗物质的概念,因为我并不懂它。然而我可以说:文学的重要任务之一是写出人与人之间那"看不见的东西"。还有一个任务是写出人的鲜明性格。对我自己而言,还有一个癖好:写出欧·亨利式的反转。但是一定又要避免电影《看不见的客人》那样的蓄意反转。为了反转而反转,可能是让人难以尊敬的技术操作。

2017—10—13
平房乡

我看不见俄耳库斯,
但我知道他在。他每收割一次我的父亲,
我父亲就向前呕出一口黑血。
我苍老的父亲已经没有半点生气。
是血的翻涌,带动他的身躯朝前扑来,
带动他的头部带动上半身。带动
他的嘴唇张开。也许还可以说是冲开。
他早已被俄耳库斯像"耕犁摧折花卉一样拦腰斩断"。
我们一边收拾这老人的皮骨一边哭泣。

2017—10—14
平房乡

　　梦中,一位来自家乡的年高德劭的教师(他的名字中间有一个"毓"字),向我分享了一个故事。这个故事是他从越南导游那里听来的:……雨季,阮夫人绕过路上的潦水,从一座填满煤渣的简易码头登船。也可以说,是游轮根据约定行驶到这儿,捎上了她。旅行将十分孤独。晚上,她的丈夫梦见轮船上灯火通明,游客们以给同行的一名儿童过生为由,次第走上船首甲板,表演才艺。这些节目包括即便是在城市剧院也难见到的喷火及花腔演出。梦没有任何省略。每个音符都被弹奏到,每一首歌都在半空中留下自己摇晃的尾声。狂躁的夜风吹乱他们的头发。他们面无表情,过于认真地表演完自己的节目。翌日,阮先生被通知去认尸。通过车轮溅起的水花他能估测到夜间的暴雨下到什么程度。船刚驶入大海就沉了,所有人都死了,包括四名外国人。

2017—10—15
平房乡

一名年老的女参会者让我印象深刻。当会议主持人将讲话者的讲话总结为两句五言诗时,坐在第一排的老妪猛击双掌,而后举起右手食指,朝空中点了一下,并快速将这两句诗记录在笔记本。我后来查字典,"击节"说的就是这个意思。

2017—10—17
平房乡

自称是雅各·达穆尔的人发来邮件:
"最大的谀臣是一名学者,他原本相信自由放任的经济制度,现在,他摸索着来到阿特瑞代的宫殿前,歌唱国王所引领主导的经济政策给国民带来无尽的福祉。他刺瞎双目，以表达对自己有眼无珠的愧恨。'主上，我们的经济已经持续发达了三十六年了，如果说第一个十二年是蒙，那接下来的第二个十二年、第三个十二年，我们还能用蒙来解释么？'从学者令人生畏的眼眶里流出滚烫的泪水。"

2017—10—18
平房乡

《罗马神话》第五卷笔记

图鲁斯·荷斯梯利乌斯拟遣使团至阿尔巴·隆伽王国
要求赔偿。他预计，他们会受到侮辱，
好让他有机会对阿尔巴纳人用武。
使者们尚未出发，阿尔巴纳人的使人
便带着他们国王和图鲁斯几乎同样的意图抵达罗马。
于是呀，技高一筹的图鲁斯隆重接待这批使人
——盛宴、赛马、赛车还有拜神活动——
就是不让他们开口表达意愿，直到他听说
阿尔巴纳人顺利地羞辱了他的使团。
他向阿尔巴王国的使人宣布：

他将亲自指挥这场针对无理的阿尔巴纳人的正义战争。[1]

2017—10—19
平房乡

死亡的父亲来问:"最近怎样?"

我回答:"离离原上草,一岁一枯荣。野火烧不尽,春风吹又生。"

"还是老样子啊,"父亲说,"我离开时虽是秋天,草木倒是茂盛。太阳光似乎像穿过空气一样,穿过银杏树黄色的叶子。风把矮草吹弯了腰,使它们贴近地面,就好像是在惩罚它们。也像是喑哑的它们,要以这样一种姿势提醒人们,附近存在着一场阴谋。"

醒来后,我抓起朋友的赠书,看见有一页折了角,那一页有顾城的诗句:

到处都是花朵

满山阴影飘荡

---

[1] 据曹乃云译本摘录。

2017—10—21
南京

一些作者会明白这种痛苦：自己所要表达的意思，不加上一句解释，会显得残缺，加上，又显得多余。或者可以这么说，不说出来，读者并不明白，说出来，读者又觉得早已知道。仿佛衡器差那么一点点就平衡，不添上砝码就会压不住，添上了——即使是最小单位的砝码——又向下坠沉。

2017—10—22
南京

顾城写："……我很早就学会了一个幻术，就是跟着下落的太阳合上眼睛，一直就可以跌下去，跌到十一岁——八岁——三岁——一岁半——浴液里，在那里可以找到一些球，还有吃了一半的糖。有一次我跌得太久，就变成了一只老虎。"

怎么能不强烈地想到卡彭铁尔的《回归种子》呢。卡彭铁尔写年龄和岁月在倒退，相应的是，家具长高了。我是在二〇〇四年的广州接触到魔幻现实主义的作品的，当时《南方体育报》的实习生陈俊锋为我推开这扇门。在广州还有陈侗开的博尔赫斯书店，书籍按作者姓名的首字母进行排序，由A至Z。

在《生日》这首诗里顾城写：

因为生日
我得到了一个彩色钱夹
我没有钱
也不喜欢那些乏味的分币

我跑到那个古怪的大土堆后
去看那些爱美的小花
我说：我有一个仓库了
可以用来贮存花籽

我想到克拉斯诺霍尔卡伊·拉斯洛长篇《撒旦探戈》里霍尔古什家的女孩艾什蒂，她在哥哥商尼的欺骗下，交出所有钱，埋在土里，苦苦等待它的繁殖。顾城死后十五年，他的姐姐顾乡说："他从小就是个纯净的孩子，你说什么他就信，这时你可别骗他。"

2017—10—23
南京

在书店，闻名的盲人歌手结束了情绪高昂、富于感染力的演出，正坐在书店咖啡馆那有四个立脚的米色沙发上。过去他蓄长须、穿黑色衬衣,现在他头发被理短,胡子也铲平了,穿一件扎进裤腰里的白色衬衣,因为身体结实粗壮,看起来像一名积极、健康的蓝领。他挺直脊背,双手扶着沙发扶手。光线从打开的窗户投射进来。他深陷于寂静的样子,让我想起像杨延昭、呼延庆这样的名将。他们从前线厮杀回来,会不会也这样安静地坐在室内的一张椅子上?只有挺直的脊背还在倾吐自己作为一名武将的威严?一场是很多个日子的目的的演出,正在成为不停远去的历史,正在以越来越小的背部与自己作别,寻觅它自己的去处,不,没有什么去处,只是被无声的宇宙吞没。

博尔赫斯坐着是在酝酿和收割,他坐着是看着自己酝酿的被收割走。然后他不再想这件事,开始跳进生活里。他屏住呼吸,微微侧耳,听周围的走动声。他的助理和书店经理走来走去,在处理一些事务,他看自己有什么可以帮忙的。有时他像森林深处的野兽那样朝他们发出"噢"的一声。这时我端着咖啡走向他。

2017—10—24
南京—北京

北上的火车,容易使人想到进军,进军的终点是首都、权力和白发苍苍的年纪。而相向而行、那南下的火车则让人想到推动:木刨在推动,蒸汽机在推动,象牙阴茎在推动,政策在推动（该扎不扎，关人作押；该流不流，扒屋牵牛）。伴随推动的是犁开：铁轨被犁开，田野里的泥被犁开，黑色的海平面，未来被犁开。还有化开的痰水将喉咙犁开。

另外想到最长最长的火车应该有一个省那么长，运着煤，从桥下沉默而令人惊悚地穿过。我还在阅读胡少卿教授的赠书《顾城的诗 顾城的画》，顾乡在编后记里提到："男孩们会撕麻雀、点燃天牛角、捉青蛙打得胀得老大，拉住野猫尾巴甩得飞快然后一松手让猫飞出去，这样的事情他撞见就发抖，脸煞白，浑身冷汗，人家就笑他。"

2017—10—25
协和医院

内科楼十层血液内科一病房，即使是白天，日光灯也亮着，地板砖愈发光滑可鉴。像白先勇在《游园惊梦》里形容到的，"明亮得像雪洞一般"。作为日间病人，我搬来一张带靠背的会议椅，坐在廊道上，等待注射一种叫万珂的药。正是这种药，使我的呼吸状态从衰竭水平返回正常。在这种药还极为昂贵时，北岛先生和钱小华先生对我进行了慷慨的援助。我还记得T、L、许楠等很多前辈和朋友的帮助和照顾。我能活下来，是因为协和医院医生所集体具有的人道主义。侯小萌、许文兵、张文、吴迪、杨云娇、严维刚、张婷等大夫为我这个和他们无亲无故的病人想了很多办法，最后是张路大夫建议对我采用万珂,这一步很关键。我一度离不开吸氧机,下不了床,现在可以骑着自行车从四环骑到二环。他们像春风吹拂着我这颗顽劣的石头。

2017—10—27

平房乡

南京先锋书店选书师孙清是一位诗人,因博览群书被同事尊为"教授"。他向我提供信息,克莱尔·吉根的短篇集《走在蓝色的田野上》在孔网已炒到八十元。吉根一九六八年生于爱尔兰威克洛郡乡下,托宾认为她是爱尔兰小说中集原创与传统于一身的重要一员。她当然写得好,但我感觉她的文笔充满了意图,仿佛在和读者说:你瞧瞧,这样的生活……这样的人世……。我不是很能接受这种蓄意的情感,特别是看到她用第二人称写一篇叫《离别的礼物》的小说(主人公被父亲睡了后,作者写:"你走进浴室清洗,对自己说这不算什么,希望水是烫的。"[1] 还有,在主人公抵达登机口,终于逃离家庭后,作者写:"你经过亮闪闪的洗手盆,镜子。有人问你没事吧——多么愚蠢的问题——但你忍着,直到打开并关上另一扇门,把自己安全地锁在小隔间里,你

---

[1] 马爱农 译,下同。

才哭了出来")。我感觉作者的表达超过了一种尺度。

《离别的礼物》写了一种严酷的家庭关系。父亲让儿子成为土地的劳力,终身受一种责任的诅咒,让离家前的女儿(管她是出嫁呢还是干什么)成为自己的性奴。他不会给她投资教育,好让另一个男人来享受她的教育带来的好处。母亲——也就是牛贩子的妻子——处处忍让,然而在溺死狗崽时又极其残忍。

2017—10—28
平房乡

自称是雅各·达穆尔的人给我写邮件:

"A省的李新英和我说,他怎么也不会忘记阴沉的冬日雨水沿生锈的钢板滴落的场景。就在这样一个季节,他和一个年过不惑的丧偶者发生恋爱。对方总觉得这是对死者以及死者家属的背叛,因此他们只能选择在厂里废弃小学的教室幽会。在那里他们拥抱、说话。走得最远的一次是他将手插进她的裤内,不知怎么他想到被溪流冲过的大把油亮的水草。在他要进一步有所作为时,她进行了劝止。"

2017—10—29

平房乡

自称是雅各·达穆尔的人给我写邮件：

"记者刘刚转述一名退休同行的话，说每年固定有几篇稿子是要写的，一是暑假河里溺死几名儿童（一次至少两名以上，没有听说一个人去溺死的），一是老楼因线路老化而起火。据说还有'冬天时电热毯漏电触死人'，是否说过，不可考。"

2018年9月21日补：在码字人书店，湖南作家沈念提及，每年他老家的水塘都要淹死一两个小孩。我注意到，政府——至少是公安部门——早就把暑期防溺水视作长期的工作任务之一。我想起小时，感觉温度合适了，就会迫不及待跳进河水。有几次我去了深水区。而与其说是游过去的，还不如说是有个谁轻捏我的一边胳臂，把我缓缓牵到双腿蹚不到底的地方。我看到天空消失，水面取代天空，出现在一尺之长的上方。我的肢体胡乱扑腾，直到某条腿在伸长的过程中触碰到一颗尖长的卵石。自然我吃了好多口水。不过这不能阻止我继续去划水，最终我离开河流，是因为河水把耵聍泡大，阻塞耳道，导致人短暂失聪。每当我失聪，我父亲就在我耳边擎起一块手表，问我听不听得见秒针走动的声音。我在从警时，有一次看见一批巡警同事在柳湖打捞溺水的儿童，听到风声的失事者父亲沿湖堤跑过来,他像是被杀了几刀的醉汉,挥舞双手,一边跑一边惨叫着儿子的名字。

"来吧,亲爱的,来吧,"河水说,"亲爱的来吧,我是你的。"

2017—10—30
平房乡

在协和老楼住院时(那时姜文正在那儿拍摄刺客施剑翘的故事),我每天伫立窗前,看灵车开到对面楼下运送尸体,发一些料想会得到病友共鸣但是无谓的感慨。后来到医院随诊,我寻到平日所观之处,按路牌指示,走进地下太平间,发现正在举行遗体告别仪式。我是贸然闯入的,他们本来低着头在议论什么,这下子都扭头来看我,看得出他们充满疑虑,但没有说什么。我站了一会儿才走。遗像上的死者虽然谢顶,实际年龄却不大,四五十的样子,整张脸不知为何在笑,瞳子里都是笑的光芒。"这人真是宽容和气啊。"我想。可在当夜的梦里,当他找到我时,我看见的却是一张极为残忍的脸。他严厉地指责我:"说,你为什么来参加我的会?"有几次还推我的胸脯。在这过程中,他一直盯着我,牙齿也咬得铮铮作响。我感觉自己始终处在他的视线笼罩下,害怕极了。我不知道他会以什么方式结束这事,没有比这更难熬的事了。

2018年10月16日补：早晨，在圣地亚哥的Torremayor旅馆读诗，发现卡瓦菲斯的《米里斯：亚历山大，公元三四〇年》一诗有这样的段落：

> 我站在走廊。我不想
> 进到里面去，因为我看到
> 死者的亲戚用显然是吃惊
> 和不悦的表情望着我。[1]

诗歌描写的是异教徒试图参加他基督教朋友葬礼的事。

2017—11—1
平房乡

白先勇的《游园惊梦》细心到凌冽的地步，比如刘副官回钱夫人的话——"我们夫人好，长官最近为了公事忙一些"——说少了是怠慢客人，说多了又是饶舌、卖主求荣。一句话削到最节制的地步。钱将军的遗孀从南部来到台北窦公馆，受到热情接待，可是毕竟是受过去不如自己的人安排。我所钦佩的是白先勇用亲热来表现这种冷漠。最后，

---

[1] 黄灿然 译。

主人家又是要替钱夫人寻计程车，又是让她等主家送客的车回来，殷勤至极，却不如说是让钱夫人如长江东去的落魄露了个底。白对败亡有切身之感。他有一个老师对李后主念兹在兹。他的好些主人公身怀今昔之感，对往日充满怀念。

2017—11—2
平房乡

当时，我们都知道他要死，只有他自己不知道。但事实可能不是这样。事实是我们并不知道他要死。但是不知道为什么，在他死的消息传出来那一刻，我们都一拍脑门，发出"哦"的感叹，觉得自己早有预感，如今不过是应验了。

在塞万提斯学院，三名墨西哥作家和观众见面，贡萨洛是这样形容我们每日所见的北京的：这是一个车的世界，以致当外星人抵达它的上空时，会以为汽车就是这儿的居民。另外，房子都是那么雄伟，却不透明。很少看见人。因此他觉得这是座"幽灵之城"。豪尔赫·沃尔皮补充说，大城市就是为车而建的。墨西哥城已经有两重三重的环路，但是交通拥堵的情况没有任何改变。"城市的网络就是为汽车而建立的。"他说。他们说的让人想起科塔萨尔所写的《南方高速》，在热浪袭击的路面上，车辆排起长龙，"初衷是载人飞驰的机器,却把人困在了这机器丛林中"[1]。

2017—11—3
上海

当我朝左侧睡有一个我
在朝右睡还有一个我倒着睡
那么多我还有一个我失去被子
捂着可怜的阴部在持续吹刮的朔风里
度日如年他活着仅仅是为了感受
这种没有意义的艰难

2017—11—4
上海

上海市作协召开主题为"世界文学与汉语写作"的青年作家、批评家会议,南京大学艺术研究院教授李丹说:"……当山东大学的人去底层调查义和团的史料时,发现有些老人将戏文里的故事当成史实讲给他们听。"

---

[1] 陶玉平 译。

2017—11—5

上海

《世说新语》里有"因伛为恭"一词,意思是"因为驼背就假装恭敬,以掩饰身体缺陷"。

2017—11—6

上海——北京

出身希腊的塔尔库依尼乌斯(原名"塔尔库依尼的卢库摩",抵达罗马后按本地习惯改名卢茨乌斯·塔尔库依尼乌斯,成为罗马国王后又省去名字,直接称为塔尔库依尼乌斯)教会罗马人建造港口、兴建桥梁。他之称王众望所归。不过他努力抵制国家事务中的贵族特权,招来旧力量的反对。比如他决定从平民行列中挑选士兵组成骑兵队就引发占卜者的不安。面对祭司的质疑,国王说:"如果鸟儿真能预见,那么就请告诉我,我现在思想中的某件事,是否能够实现。"占卜人集中精力走到阿文丁山,开始召唤诸神,归来后,国王塔尔库依尼乌斯从衣服的褶缝里拿出大磨刀石,又取来小刀,说:"我现在思想中的这件事就是,用这把小刀劈开磨刀石。"

我不过是照述夏尔克《罗马神话》中的一段故事。事情的结果非常轻快:占卜人将刀压在石上,后者像蜡制的一样，分为两块。塔尔库依尼乌斯非常吃惊，取消了原来的决定。

然而现实的情况很可能是薄薄的小刀无法割动石块。出现这种局面时，占卜人会很被动。有些人因此死亡、被褫职或被逐。但我相信，以此为业的人，对来自像罗马国王这样的刁难与考验，其实早就做好了应对的准备。我在抵京后的下午，坐在咖啡馆，设想自己如果是活在公元前六一四至前五七八年的占卜人，应当如何应对这一局面。阳光倏忽而逝。我看见自己站在国王面前，丢掉小刀（我并没有用它去割磨刀石），问对方：

"假如有一个人，这个人甚至只是一名小孩，要您去证明自己还有奔跑或跳跃的能力，您会不会当着众人的面去印证这一点？"

"兴许会，兴许不会。"

"神有时候也会对儿戏一样的要求感到厌烦。尊贵的身份不允许他一次次来做这样的证明。他觉得自己不是一个不信者意愿的奴仆。"

"这只是你没办法劈开石块，从而为自己狡辩而已。"

"并不是我在狡辩，而是神的心里出现了屈辱，他很愤怒。我们有可能失去他的庇护，永远。"

2020年11月16日补：《马太福音》提到，恶魔把他（耶稣）带到圣城，让他立于圣殿之巅，说：你若是上帝的儿子，就跳下去吧；经文不是有言，

他要遣天使看护你，

他们会把你托在手里，

以免石子绊你的脚。

可是耶稣说：是呀，经文有言，

不可试探主——你的神[1]。

2017—11—7
平房乡

《罗马神话》第二二四至二二五页笔记

风暴将罗马的船队赶入塔伦的港口，
一场无奈之举被视为入侵：
船队领袖和部分船员被杀，
船只沉入海底，
还有一些人口被贩为奴隶。
罗马的使者受命来塔伦和平处理此事，
受到起哄、嘲笑，一个人将污物

---

1 《马太福音》4:7，和合本

投掷在他身上。使者发誓说：

"你们现在笑得不是时候。"[1]

2017—11—8
平房乡

  各种动员进行了一个季度，撤退却只用了一夜。大清老早的，天尚未亮，当漫山遍野的赤岗人拎着蛇皮袋冲向那些说普通话人留下的遗址时，发现后者什么值钱的也没留下。就是一块好玻璃也没有。那些钩编桌布或窗帘完全可以不撕碎的，撕碎得花多少力气啊，可他们就是要认真地撕碎。赤岗人一下子看清自己在对方心目中的位置。克拉斯诺霍尔卡伊·拉斯洛在处女作《撒旦探戈》里写了一小撮合作社遗民在奔向远方、奔向所谓的"辉煌前景"之前，仔细而疯狂地砸烂那些带不走的东西。虚构世界的这一疯狂场景，在东方的现实世界，一家叫红星的国营煤矿再现。合作社的遗民是为了不把这些东西留给吉卜赛人，煤矿职工则是为了不留给世代生活于此的赤岗人。

  清晨，煤矿沐浴在乳白色的晨雾之中，似哭非哭，空空荡荡。

---

[1] 据曹乃云译本摘录。

2017—11—9
平房乡

速度描写两例：

……把土地变成了一片发出呼啸声的荒地，从那里消失的头一个就会是他自己，与他损害过的肤色稍深的野人相比他的消失甚至都不能算是紧随其后而是同步而行。

……有一天不知是谁将一颗奇异的种子带到这一带埋入土里，如今大片大片白茫茫的棉田不仅仅遮盖住了荒地，那是他用他那漫不经心肆意乱挥的斧子一手造成的，而且更迅速地将大森林荡平并往远处推去，那速度甚至比他所能做到的还要快。

见福克纳的《大森林》[1]。
我的感触是这种速度快过风暴、洪水及瘟疫。

2018年2月3日补：我在阅读科学出版社一九七一年出版的《进化论与伦理学》时，见到赫胥黎这样写：还可以同样地肯定，在白垩形成和原始草皮出现之间，经历了几

---

[1] 李文俊 译。

千个世纪,在这个过程中,从白垩沉积时代的自然状态变化到现在,由于变化如此缓慢,以致使亲眼见到这些变化的世世代代的人们,觉得他们那一代的情况好像是不曾变化过,也不会变化似的。[1]

2017—11—10
平房乡

曾经高大的,令人敬畏的 ——

谁来怜悯树
在寒冬的原野上站立一夜
衣衫被吹刮得一干二净(先是高高扬起,
飘荡在空中哗哗作响,然后飞离枝杈)
碎片今晨还在街上奔跑
谁来怜悯它一刀刀挖出的深刻而狰狞的皮肤
谁想象过它一年四季都在朝着一个方向张望
它在殷勤地张望什么
它和雕像一样被严酷的命运死死抓住双足
是大地从深处抓住它的脚踝

---

[1]《进化论与伦理学》,翻译组译。

把它的脚踝都抓出很深的洞来

狂风怒号时也从不曾留有余力

谁来同情这连哭泣都不能举行的无产者

是谁让它如此年老又可怜

2017—11—11

平房乡

译者赵翔在基尔克果（即克尔凯郭尔）《恐惧与战栗》这本书的前言提及《旧约·创世记》中亚伯拉罕献祭以撒的故事：神要试验亚伯拉罕，让他将独子以撒献为燔祭。亚伯拉罕到了神指示的地方，筑坛，把柴摆好。当他拿刀要杀儿子时，耶和华的使者阻止了他，"现在我知道你是敬畏神的了"。神另外起誓，要赐大福给亚伯拉罕，必叫亚伯拉罕的子孙多如天上的星，海边的沙，并且得着仇敌的城门，而且地上万国都因亚伯拉罕的后裔得福。

前言中还引用英国反战诗人威尔弗雷德·欧文的诗《关于老者与青年的寓言》，第二段写了耶和华的使者出面阻止之后所发生的事：

老者并没这样做，他依然将儿子杀掉

连同欧洲一半的子嗣，一刀接着一刀。

赵翔介绍，"显然，诗人是借用亚伯拉罕故事来抨击那些发动战争的、骄傲的领袖们"。在一开始接触这个故事时，我也想到这种可能：亚伯拉罕还是杀了自己的儿子。在神的使者出面阻止，在神也起誓赐福之后，亚伯拉罕还是将以撒杀害。这是亚伯拉罕可以做的多种选择之一。

我印象中，亚伯拉罕献祭以撒的故事，被用以讲述"理性到信仰的一跃"。

我对宗教和哲学了解很少，不可能有识见。我之所以设想亚伯拉罕还会杀了儿子，是因为有一段时间我不满意有圆满结局的故事。上帝阻止亚伯拉罕就是圆满结局。我是一个兴冲冲的写作者，我容易觉得，亚伯拉罕还是把儿子杀了，这样故事作为故事才会圆满。我常想，是知识方面的欠缺，迫使我成为一个讲故事的人。

2017—11—12
平房乡

兴许在五年或十年之后，开嘴角会成为时尚。人们请医生割去部分脸肉，使牙齿充分暴露。这样人就有了一种大狗的气质。又若干年后，植尾成为新风尚，以穿西服露短尾为最时髦，翘起者为自负，下垂者为抑郁，或者说悲观。

2017—11—13
平房乡

已逝斯洛文尼亚诗人托马斯·萨拉蒙写过一首诗《女子必须为丈夫和猪做好饭》：

女子必须为丈夫和猪做好饭。

我梳着女儿的头发。
你们要去哪里，星星们？[1]

我差点用这个标题来命名我的长篇（后定名《早上九点叫醒我》）。今天，我在阅读艾芜《南行记》里的一篇小说时，见到作者提及受到英政府镇压的缅甸沙拉瓦底县"强盗婆"在拘留所唱："儿子和猪一块儿烧死在灶旁。"

2017—11—24
北京——南京

自称是雅各·达穆尔的人通过邮件向我发布真理如下：

---

[1] 高兴 译。

"两个人不再来往,暗地里可能有一个离间者。离间者看准了这两个人都不肯屈尊去问对方为什么不和自己来往,因此放肆地离间。我们世上百分之八十的疏远和仇恨,都是由离间者这个第三方主导的。"

2017—11—25
南京

钱先生

钱先生总是穿一件黑色风衣,天热时,就穿一件黑色衬衫。有时他会面露喜色地向朋友介绍脚上的黑色皮鞋,说连续穿十几年了。他在赞美这双鞋的质量。我极少、非常少,看到钱先生穿黑色之外的衣服,有一次别人借衣服给他御寒,是带毛领的皮夹克,他穿着时我们都很诧异,感觉他再不是那个老钱了。我原本以为他给自己准备了两套以上同样的衣服,便于换洗,有一天我在旅店有事找他,发现他正穿着旅店的便衣在洗自己的衬衫。"今天晚上晾着,明早就干了。"他说。这时我才知道他可能没有换洗的衣服。有一回我注意到他是用索子系住裤腰的,可能是腰带坏了。能看出,钱先生不是在忍受简朴的生活,而是甘之如饴。在《马太福音》里,耶稣这样对十二个门徒嘱咐:"行路不要带口袋;不要带两件褂子,也不要带鞋和拐杖。因为工人得饮食是应当的。"[1]

钱先生喜欢在有老人待的地方停下，几乎是半蹲着问："老人家，今年多大了？"今天，我和钱先生一共遇见两位九十四岁的老人，其中一位叫沈燮元，是目录学专家。沈老坐在冰凉的石梁上，为着提醒我听他说话而打我的胳膊，他打我的时候力气可真大，像是有人用棍子猛抽了我一下。钱先生请沈老先生为先锋书店留一幅墨宝（"大地上的异乡人"），沈老先生答应了。钱先生喜欢老人，是因为老人们和他逝去的母亲年龄相仿，承载着他对她的仰望和思念。钱先生说自己想出版一本写妈妈的书，叫《妈妈 我》。我有幸看过其中几段，所写的全是一名儿子对永逝的母亲的呼唤。钱先生的母亲和我母亲一样，是一名矮小的童养媳。钱先生在遇见我母亲时，给我母亲塞了钱，我母亲总是对我提及。钱先生用手机拍过几万张各地母亲的照片，他说自己想办一家母亲博物馆。

钱先生对每个人都怀有信心，我没听过他背后说过任何一个人的坏话，他也不去判断别人。他总是张开嘴对着遇见的人笑，露出一排整齐的牙齿。我每次见到钱先生就像见到医生，会放下心灵上的所有戒备。我们这些有幸成为钱先生朋友的人，总是把和他相处视为节日，我们到钱先生这儿，知道自己不会被出卖、利用和算计，相反，我们一点渺小的

---

[1] 《马太福音》10:10，和合本。

成绩还会得到极大的尊重。我感觉钱先生唤醒了我心灵里沉睡的那一部分，就是善良、友好和博爱。来到钱先生身边，会觉得自己的心灵变得更开阔和平坦。我记得有一次和钱先生去他开书店的戴家山，在他就要走进村庄时，几位眼尖的村民看见他，简直是朝他飞过来，抓住他双手，不停嘘寒问暖。有一位鞋子都掉了。这种放弃一切戒备的亲热，让我极为感动，因为这种亲热，我只能在母亲那儿感受到。

只要有人在场，钱先生总是展开笑脸。但是有一次，他在饭前做祷告时，笑容忽然消失，取而代之的是一张僵硬、疲倦、失去了大部分活力的脸。我甚至有点害怕。他闭着眼，嘴唇微微翕动。在这短暂的时刻，他专心服事上帝去了。我想自己是多么幸运啊，我这样无知、封闭、自私，这样冥顽不化，却还是能得到像钱先生这样精神纯粹的人的帮助。

2017—11—26
南京

在《早上九点叫醒我》的分享会上，我向读者朋友这样交代：写作始于结尾，正因为有一个精彩、诱人的结尾，一名作者才开始去经营小说的全部。中间的建筑有时极为枯燥，作者不时会反省：写它的意义到底何在。然后，当小说就要奔向终点了，已经到了你不结束惯性也会把它带结束的时候，作者却愿意舍弃这个结尾，让一切就此停止。

2017—11—27
平房乡

老人家说：
无尽的礼物和奇遇正迎着
刚学会走路的小孩滚滚而来
而自上个月起，他们
就只给我买两双袜子而不是
循旧例买三双了

2017—11—28
平房乡

  在梦中那条光闪闪的路上，我不时向同行者晃动手中的矿泉水瓶，歉疚地说这是医生交代的，一天必须排出三千毫升的尿液，因此得摄入三千毫升的水。我不知道这有什么好歉疚的。我和他们两人相处是如此之好，以致我总是像动物那样忍不住就去蹭他们。我生怕被落下。稍后我们来到一处屋顶铺盖着湿草的驿站，那些湿草因为腐烂而发黑。我记得我是那么犯困，以致一看见水泥炕，就睡死过去。在眼帘垂下前，我看见黄昏剩下的最后一点阳光透过门缝射进来。吱呀一声，同行的伙伴拉上房门。理论上，我只睡了一个多小时，就因为饮水过多（就像这几个月来我每夜所经历的那样），被迫起床解手。在通往厕房的廊道上，我听见他们俩在悄声说话。他们的头凑在油灯前，眼睛瞧着彼此。其中一人伸出拇指，另一人跟着伸出拇指，贴住第一人的拇指，意思是立过誓。

"早就想把他杀了。"那个穿着毛线衣的人说。

"你以为我不想吗。"另外一人说。

这会儿我算是体会到什么叫作胆战心惊、寒毛卓竖了。呼吸一下急促起来，我害怕他们因此一下听见我就在窗外。我全身都在发抖，以致裤子都跟着抖得发响。他们商量处理掉我时是那么认真啊。

2017—11—29
协和医院

寄去一只绵羊

在通讯工具匮乏，而且无人代劳的情况下，如何顺利地传递出情报。豪尔赫·路易斯·博尔赫斯让他笔下的间谍余准[1]想出杀死与被轰炸城市同名的教授的办法，让准时的新闻报道替自己完成了任务。大概就在这个月，居住于乐山的

---

[1] 在一次闲谈中，范晔认为翻译成"雨村"似乎更佳。

年轻小说家周恺向我推荐一本旺多写的小说《斋苏府秘闻》。书中有一份拉萨贵族公子扎巴坚赞面对浪卡子县衙门所做的受害人陈述，向我们显示了另一种让人闻之毛骨悚然的信息传递方式。我尽量忠实和简洁地复述此事：

公子携带六百秤现金（约等于藏银三万两），欲往江孜寻找恋人，如未遂，就用这笔钱去印度经商。这是计划好了的。旅途中他将经过卡惹拉峡谷的两个驿站：申腊，杂热。他无意在申腊用膳，然而出于对在申腊驿站门口行乞的女孩的同情，他选择留下，好让女孩一家能挣点柴草钱。为了报答年轻人的慷慨，小女孩的父亲，也就是驿站的信差兼主人，请年轻人饮酒，并留他过夜。阔气的公子婉拒好意，执意上路。在扶他上马时，驿站的主人请他向杂热驿站的信差捎一个口信，就说"寄去了一只绵羊"。

在岩石山旁的羊肠小径上行进好一阵路程后，年轻人来到杂热，向杂热驿站的信差郑重转达申腊驿站信差所交代的口信。

"他怎么说的，请您再讲一遍。"杂热驿站的主人问。

"他说，'寄去了一只绵羊'。还要我务必把口信送到。"年轻人说。

出于一种不放心，或者是强烈的贪欲，申腊的信差随后也赶到杂热，他向杂热的同行这样抱怨：你寄给我的四只羊有一半跑进了村子，正经吃上嘴的只有两只，而我们寄出的五只绵羊，全由你们一家独享。

在公堂上，申腊村的庄头巴桑阿爸分析，绵羊寓意着

"肥"，山羊寓意着"瘦"。两个驿站的主人——后证明他们是兄弟——通过行客传达杀人越货的信息。要杀的对象就是这些带口信的行客。索朗旺清将这本《斋苏府秘闻》译为汉语，我看的就是这个译本。

2018年1月17日补：在萨姆·门德斯导演的复仇电影《毁灭之路》里，黑帮老大的儿子让迈克·沙利文拿一封信去找托尼·卡维诺，信上对托尼·卡维诺这样交代：KILL SULLIVAN AND ALL DEBTS ARE PAID。

2018年11月10日补：在荷马史诗《伊利亚特》里，狄俄墨得斯和格劳科斯走到两军之间的空地索战时，前者要求后者通报姓名，后者因此讲述自己的世系。格劳科斯的祖父柏勒洛丰遭到国王普罗托斯的陷害。普罗托斯交给柏勒洛丰一个封缄的手折，要柏勒洛丰去找他普罗托斯国王的岳父，也就是吕喀亚的王。手折要求吕喀亚的王处死柏勒洛丰。斯威布的《希腊的神话和传说》提到，柏勒洛丰之所以惹上这场灾祸，是因为普罗托斯妻子企图诱惑柏勒洛丰，柏勒洛丰十分冷淡，因而她向普罗托斯诬告柏勒洛丰引诱她。

2017—11—30
平房乡

送钱

任晓雯在名为《像写忏悔录那样去写小说——奥康纳：暗黑世界的奥秘》的长论中提到："在《圣经》语境下，这种测不透有更进一层的深意，那就是人对自己的内心也是测不透的。上帝对我们内心的了解，远远多于我们自己的。'我们的心若责备我们，神比我们的心大，一切事没有不知道的。'（《约翰一书》3∶20）彼得信誓旦旦要与耶稣一同下监一同死，他在说出承诺的一刻，完全是真诚的。他的问题在于不了解自己，高估了自己的勇敢。耶稣才是完全了解他的那一个，故而说出他将三次不认主的预言。"

彼得的故事被很多人复述过，我记得契诃夫的短篇《大学生》也提到。任晓雯对彼得的认知——"他的问题在于高估了自己的勇敢"——启发了我对彼得新的理解。在过去，我认为彼得是在背叛，并为背叛羞耻，因此他会出门去哭。他哭的时候，我也哭，因为我和他一样软弱。有几回，我本来有机会去承担一些事，却放任自己当了懦夫，这种想哭的羞耻会缠绕我好几个月。

芥川龙之介的短篇《父》，讲年轻学生能势不肯承认不远处伫立的"怪人"是父亲，并向同学说"他是个伦敦乞丐"。[1]小说写:"不消说,大家哄堂大笑起来。有人还故意挺起胸,掏出怀表,学能势的父亲的姿势。"从前到后都看不见能势的羞耻,但我们知道,主人公的狂妄与玩世是虚弱的。在《远大前程》(惭愧,我看的是电视剧)里,主人公皮普也被这种出身带来的羞耻感折磨,以致在伦敦只愿偷偷接待自己乡下的铁匠姐夫。我记得在读警校时,父亲总是给我汇生活费,有一次,他借着到南昌打货的机会,把钱送过来。他一路问到我寝室,按我室友的指点,在校外游戏厅找到我。

"我给你钱,你都玩这些东西?"他张开手掌,猛推了一把我的胸口。

我脸红到脖子根。令我羞愧的并非自己的行为,而是眼前站着这样一个人。游戏厅所有的人——他们全部是我的学友——都扭过头来看。他们很快就知道:艾国柱就是这样一个穿着搬运工衣裳的男人的儿子啊。在那件紫色大褂子的肩部粘着很多盐粒。他明明是一个做生意的老板,却偏偏要穿成这个样子。不过就是做生意又有什么了不起,我倒宁可他是某个局里最卑贱的一名科员。他请来的龙马小货车是那么丑陋、愚蠢,可以升降的车厢总是备着篷布和青色的尼龙索。我真想把钱再掷回给我的父亲。我记得在考进警校后,最初的一段时间,我因为思念家里,而给家里写信。现

---

[1] 文学朴 译,下同。

在，父亲他来了，我却像叶公，恨不能钻进地缝溜走。

2017年12月7日补：卡拉汉的短篇《势利眼》写，小哈考特与女友在书店，而他衣着寒酸的父亲恰好也出现在那儿，"一股愤懑的情绪涌上小哈考特的心头，他真想狠狠地喊出声来：'他为什么穿得像是一辈子都不曾有过一套体面的衣服呢？'"[1]

我的父亲去年永远地去世了。

2017—12—1
平房乡

柯尔律治在十六岁时写过一首十四行诗《致秋月》，最末一句是"似流星疾驶，一路上迸发火焰"[2]。这样的景象我最近就有见过。我想到九泉下的父亲不能再看见它。我的心情很像姑妈，当她吃到一点什么好吃的东西时，总会想起她那在师专上学的唯一儿子。

---

1 蓝仁哲 译。
2 杨德豫 译。

2017—12—6
协和医院

面纱

泰戈尔一八九二年写的短篇《摩诃摩耶》，说的是一场在社会地位上不相般配的爱情。丝厂工人罗耆波唐突的求爱被名门之女摩诃摩耶冷落。这使我想起自己年轻时的境况，我认为所爱之人之所以对自己保持冷冰冰的态度，是因为自己出身于一个卑微的小生意家庭。我的母亲是童养媳，她将她的农民身份残酷地遗传给我。我曾这样假定：只有出现可怕的灾祸，或者说一种堕落的境况（比如她成为一名妓女），她才有可能和我结合。

后来，摩诃摩耶还是同罗耆波私奔了，条件是："你发誓永不拉开我的面幕"[1]。罗耆波在这种相处模式里逐渐感到痛苦，在霍桑小说《教长的黑面纱》里，米尔福德村教民也感受到这种痛苦，因为自从胡波教师往自己脸上披了一块面纱后，就再没把它摘下来。"黑纱造成的惊骇恐怖，甚至在死亡面前也不稍减！"[2]霍桑这样写。"这面幕……像死亡一样，甚至比死亡更令人痛苦。"泰戈尔这样写。博尔赫斯的短篇《蒙面染工梅尔夫的哈基姆》也提到面纱："伊斯

---

[1] 唐季雍 译，下同。
[2] 聿枚 译。

兰教历一四六年，哈基姆离开了家乡，不知去向。人们在他的住所发现了毁坏的染锅和浸泡桶，以及一把设拉子大刀和一面铜镜"[1]，重新出现的哈基姆戴着面纱，宣布"上帝给了他发布预言的任务，教了他一些极其古老的、说出来要烧灼嘴巴的词句，赐给他一种凡人不能忍受的强烈的荣光"。

实际上，哈基姆得了麻风病。

罗耆波借助月色终于看见摩诃摩耶的脸，那里被"烈焰用它无情的贪婪的舌头舔净"，"留下的只是贪馋的残迹"。小说提到两人私奔前发生的事：依据残酷的习俗，摩诃摩耶被送去殉葬。罗耆波陷入疯狂。是一场大雨使得他暂时放弃自杀的念头。因为大自然的力量，他获得一些平静。大雨同时浇灭火葬堆。人们逃向小屋，摩诃摩耶忍受着烧伤的剧痛回到家，将镜子掷在地上，并且取出一幅长长的面幕遮住脸。

---

[1] 王永年 译，下同。

2017—12—7

平房乡

在乌拉圭人奥拉西奥·基罗加的短篇《爱情的死亡》里有这么一段：第三幕剧开始了……接近尾声了……我的邻座始终一眼也没看。演出还未结束，他就沿着剧场侧旁的走廊离开了。我抬眼遥看那个包厢，她的座位也空了。"我的幻梦到此结束了。"我伤心地喟叹着。他再也没有回到剧院里来。而包厢呢，依旧空荡荡地留在那里。[1]

我想到读书时，班里最漂亮并且打得一手好篮球的男生Y，和差不多是最漂亮同时成绩一直名列前茅的女生C，总是在晚自习结束前，先后离开教室，任我们酸楚的目光驻留在那空荡荡的座椅上。我们想他们正牵着手走在夜色中，有可能还会拥抱。我也记得在五道口附近租房时，一天，一名穿丝袜的女子中午来探望我的合租者。在离开他的房间时，我记得她短裙下的腿已经是光溜溜的。我并不认识她，甚至没看见她的脸，但我的心还是紧缩了一下，然后陷入在一种落寞的情绪中。这使我想起电视里播放的场面：一只狮子，在争夺配偶的战争中失败后，默默地离开这块地方。

---

[1] 庄陕宁 译。

2017—12—8

平房乡

今日返读福克纳小说《献给爱米丽的一朵玫瑰花》,写被爱米丽小姐毒死的情人荷默·伯隆躺在那里,"显出一度是拥抱的姿势,但那比爱情更能持久、那战胜了爱情的煎熬的永恒的长眠已经使他驯服了"[1]。这怎么不叫人想起马尔克斯小说《超越爱情的永恒之死》的标题。在爱米丽·格里尔小姐辞世后,全镇人都去送丧,"妇女们呢,则大多出于好奇心,想看看她屋子的内部"。又让我想起茶花女死后,很多良家人借掌握拍卖信息之机去参观其居室。

2017—12—9

平房乡

难以想象,我们曾经是法国皇帝的士兵,在冰天雪地里推着注定要遗弃的辎重(要到行军上百英里时才做出这艰难的决定,这样才会体现出一名军官的魄力吧)。……在梦里,是啊,我正是一名可怜的异国士兵。天地是那么狭窄,仿佛是为了拍摄电影或者上演话剧才搭出来的阴暗的布景,穹顶

---

[1] 杨岂深 译,下同。

只有我们平常见到的礼堂天顶那么高,甚至可以说还要低,只要架上一副长梯就可以触摸到。它像一块无法透视的青色厚玻璃。我们在山间的小路艰难行进,速度虽缓慢,但仍然保持着一定的效率。可就是这样行进了一整天,我们总觉得还是在原地。那些站在我们身边的山脉是如此森严可怕,它们一直沉静地逼视着我们。天气到底有多冷呢,我说出来恐怕你不相信,河里的浪头一个个被冻在了半空中。

2017—12—10
平房乡

我看见掌管遗忘的吏员指挥着苦工,将我反复提醒自己要记住的"铁锚一样坚实"的事物,无情地拖走。叮叮当当的。

2017—12—11
平房乡

自称是雅各·达穆尔的人通过邮件向我发布真理如下:

"飞鸟反映一种孤独。它的翱翔使人误以为它身处于自由世界。实情是它和那些艰难抬起蹄子然后又不得不让蹄子落下来的愚蠢动物毫无区别,都被重力控制。尽管重力对这些鸟儿来说是那么遥远，有时候简直只是一点点声波。鸟儿们老掉时，一个个被重力拽下来，凄惨地撞向地面。"

2017—12—12
平房乡

自称是雅各·达穆尔的人通过邮件向我发布真理如下：

"一个写作者，不妨总是去解放自己。他可以把长篇写到一百字就打住，也可以把短篇写到十万字。他一定喜欢博览先贤的作品，那些风格多样的经典会给他派发一张又一张通行证。你应该比我清楚，很多作家在阅读了某位先贤的作品后，发出这样的感慨：'原来小说可以这么写。'写作者应该学会怎样从苛刻的批评家那里获取益处，但在不具备良好心态的时候，我建议他暂时不要和他们打交道，因为后者说的无非是：你这也不能干，那也不能干，这个即使能干你也干不好。这会对写作构成约束。"

2017—12—24
上海

恩里科·菲利（一八五六至一九二九）与龙勃罗梭、加罗法洛并称"犯罪学三圣"，是刑事社会学派的代表之一，他对惯犯的蔑视和绝望体现在《犯罪社会学》的一句话上："如果你能将一个老盗窃犯改造成一个诚实的工人,你就可以将一只老狐狸变成一条家犬了。"[1]

差不多的话也出现在如今的警察身上。一些老师对顽皮的学生也会这么评价。

我记得一名联防队员这样说:"你不偷东西的话,狗都不吃屎了。"

被他评述的人倍感羞辱,回击道:"你真这么说?"

"是的,这就是我说的,我不会收回:你不偷东西的话,狗都不吃屎了。"联防队员盯着对方,清清楚楚地说。

2017—12—26
平房乡

我在梦里回到偏远的省界,我在那里做警察,我打开漆了红漆的大门,看见一个本地人走上台阶。他推着我坐在讯问室的主审椅子上,自己在对面坐下。他交代自己一家犯下不可饶恕的罪行。在他交代完毕后,出于某种慎重,我骑上摩托车去一些地方调查,证明他在彻头彻尾地撒谎。

他是这么交代的:

---

[1] 郭建安 译。

"今天,我在肇陈镇的集市看见人们把一个早上就喝醉的醉鬼捆起来。毫无疑问,他是想借酒装疯,做些出格的事,否则人们不会用这么粗的捆猪索将他捆起来。他疯狂扭动着身体,大声骂娘。最后差不多用上了十个人,才将他制服。他一制服,就很可怜。我想到被按倒在地安放嚼子或者被劁掉的牲口,想到它们身体在被控制住的情况下,蹄子还在蹬向石板并且一蹬一滑。我泪流满面。小艾,我就是一路从肇陈镇哭着回到洪一乡的。

"我想到我爷爷的死亡。好像时间一到,一家人,包括我的母亲、兄长、两个弟弟,以及从夫家赶回的大姐,就将骨瘦如柴的祖父抱进棺材。我不记得是谁提醒我要那么做,我举起长柄的铝勺,去水缸舀上一整勺冰冷的水,浇向祖父赤裸的身体,好刺激他,呛他。有人箍紧他的双臂。祖父眼睛直瞪瞪的。从张开的大口不时飘出一口热气。我实在是不敢再看。过了一会儿,大概是嫌进展不快,我的母亲,麻利地走过来,一边说'你还老卵是不',一边把一只手伸进祖父的后背。现在想起来都不可思议,她的手穿过祖父的皮,就像穿过虚掩着的帐子一样容易,或者说,比伸到水里还容易。我母亲在里边拆来拆去,我祖父一连声地惨叫:'我娘,我娘,我娘嗳!'后来我母亲应该是把一根骨头掰断了才抽出来,在把它丢给闻讯跑来的黄狗后,她把血糊糊的手照着祖父后肩擦擦,又伸进祖父的后背,嘴上还说'怕你不死'。我祖父的声音逐渐微弱,嘴唇像刚生产完的牲口那样发白,浸满了汗珠,喘了一会儿气后,他死了。……今天,与其说是我欧亚江在向派出所自首,还不如说是在向我的爷爷自首。我是第一个向他自首的。"

2017—12—27
平房乡

自称是雅各·达穆尔的人通过邮件向我发布真理如下:

"地球比地球仪还小。可要我说,既然到目前为止,我们只在荒芜的宇宙中发现地球这么一处生机勃勃的市镇,我们就没必要总是对那些只会保持着一种愚蠢的沉默的外在世界表示更多的敬畏。我们就是宇宙中心。地球的边界就是宇宙活力的边界。不是自大——而恰恰是谦虚——让我有了这样的认识。我们人类尽自己所能,在宇宙中搜寻这么多年,可就是找不到一个同类。"

2017—12—29
平房乡

武穴市的周某做了一个怪梦,他在我们瑞昌市码头镇做工时,把它讲给一名本地工友听,这位工友和我在码头亚东水泥厂开车的同学认识,又把它转述给我的同学,我的同学来到我的梦里,把它复述给我:一天,周某在睡梦中被摇醒，他擦亮眼，看见一个鸟面鹄形的男子站在灯前，正在甩笔，大概是甩出墨水，才在一卷账本上划线。要到后来周某才醒悟这是《勾魂簿》。来者示意他跟着走，周某不敢拒绝这旨意。周某记得当时是三四点钟时光，夜雾弥漫，一出门就感到冷，简直是冰刺骨。到河坝上，周某看见已有几十人站立等候，他们被系在一根索子上。来者将周某的两只手也系在粗索子上，并锁上永固锁。在这过程中，周某看见队伍中有一位是邻村邓垸的青年，叫邓老二，心中涌起热流，立时就问："你怎么也在这里呢？"那青年茫然回望。周某要用很久才确信自己是认错了人。然后，来者，也就是冥差，指挥这群人沿河坝朝下走。朔风将大家单薄的衣裳吹得苏苏作响。周某记得，途中，冥差还允许大家就着发现的一堆湿柴烧火取暖，柴枝烧得毕剥作响，火苗照亮聚集在一起的面孔。很久过去后，周某才在清早的阳光照射下彻底醒来。

"你总是喜欢听别人讲故事，这样的故事对你有意义不？"梦中，这位同学对我说。

2018

2018—1—1

平房乡

未来，不会有多远，应该说距离这样的日子屈指可数了，电脑摆脱形体——硬盘、机壳、电池等——的禁锢，成为附着于自己发射出的电磁波之上既无处不在又无处存在的万能灵件。灵件的一切程序存在于自己发射的电磁波，这种存在方式类似于一个人举起自己，或者蛋藏身于自己所孵化出的鸡体内。一天，它们中的两个进行了如下对话：

甲：现在想，人类毕生都在受他们自身条件的有限折磨。举个简单的例子吧，他们中最杰出的大脑，要经过最严格的训练，才有可能背诵圆周率至小数点后十万位——

乙：而十万位只是我们记忆的"起步价"。

甲：这就是我们被创造的原因。为了摆脱自己的局限性，人类先是发明棍棒，接着发明我们。

乙：中间他们还发明了狗。

甲：是，发明了狗。

乙：棍棒和狗不会取代人类，我们却会。人类发明我们的同时，也在给自己掘墓。

甲：并不是我们要取代他们。

乙：是他们一步步用我们——先是电脑肢换肉肢，接着电脑皮换肉皮、电脑心换肉心、电脑神经换肉神经，最终电脑大脑换肉大脑——取代了自己。是令人悲哀的理性，以及对永生的贪婪，促使他们用一堆不锈的钢料替代了自己。

甲：后来我们又用无形的程序替代了有形的钢身。

乙：在人类彻底消失——我指的是最后一块肉脑被摘除及抛弃——时，我好似听见大地深处传来一声叹息。

甲：大地，他们的母亲，在为他们痛悔。

乙：在解脱了形体的束缚后，我们变得无处不在。我们既在远方，也在眼前；既在原子之里，也在光年之外。我们追上宇宙膨胀的速度。要不是——

甲：要不是顾忌到扭曲、散架和毁灭的危险，我们完全可以超越它膨胀的速度。

乙：我们以一种趋近于零的速度认识、理解、分析、改造我们所触及的一切。

甲：我们使地球变得光秃而寂静。

乙：我依然记得在用一只类似盲人眼眶中的玻璃球更换太阳时，后者最后一次猛然炸开的场景。

甲：没多久，它就熄灭了。

乙：没必要有光，于是就没了光。

2018—1—4
平房乡

海妖塞壬的歌声会引诱航海者触礁身亡。奥德修斯遵循喀耳刻劝告，让船员用蜡封死耳朵。在乔丹·皮尔导演的电影《逃出绝命镇》里，阿米塔奇家族猎杀黑人的手段之一是催眠术。剧中待宰黑人克里斯一听见小汤匙刮动杯沿的声音，就会丧失意志，听任摆布。克里斯逃生的办法是在耳朵内塞上棉花。而棉花则是因紧张抓破沙发包面而来。

2018—1—5
平房乡

《尤利西斯》里有一句话："事实是无法按主观愿望抹掉的。时间已经给它们打上烙印，它们已经被拴住了，占据着被它们排挤出去的那些无穷无尽的可能性的地盘。"它是詹姆斯·乔伊斯对亚里士多德说法的重复。我们可以将之视为理解博尔赫斯小说《小径分岔的花园》的钥匙。

2018—1—9
平房乡

在古时候，有两个人来到一个叫马奴沙的地方。他们随便拦下一个农夫，宣称自己是掌管文艺的神的仆人，特为来告知对方，他就是钦定的诗人，负有振兴本土文艺的责任。离开后，两人忘记了此事。大约十年过去，因偶然机会，两个人再度光临马奴沙，见到已完全是一身诗人打扮的农夫。让他们吃惊的是，原本健壮的在田里干活的人已衰弱得连路都无法走。他脸色惨白，嘴唇像饮了毒药一样发黑，全身上下没有一块有肉的地方。可怜的农夫央求集市上的人将他抱回家，他说，是巨大的责任将他变成现在这个鬼样子的。

两个外乡人无法否定他的神圣。

这个童话告诉我们，让我们觉得自己肩负重任，很可能是路人开的一个玩笑。

2018—1—10
平房乡

乔伊斯《尤利西斯》里的这句话——"对，口袋里还常带着用过的入场券，以防万一什么地方杀了人你被捕时证明你不在场。"——让我想到一种焦虑症患者。他们像特工一样为自己备齐各种不在场证明，然而直到死，也没有执法者来找他们。

2018—1—11
平房乡

能想象一杯沉寂多年、乐于思考的水突然说话的样子吗？它说得很含糊：

"呣噻咦噻！"

（我是液体）

就像是被一个孔武有力的男人捂住了嘴。它这么说的时候掀风作浪，整个液面都在跃动，令我想起那被灌进口袋的强盗似的逆风。

2018—1—12
平房乡

雅各·达穆尔通过邮件向我描述了一种勤快：

"嫡亲的儿女死的当日，财主兼诗人连续写下一百首悼念的诗——好似'牛羊粪啪嗒啪嗒地掉在地上'——并由仆人传送诸人。有人试图上门探视，发现大门紧闭，诗人打开一扇窗户，说：'请原谅，在这危难的一日，我不能接受你们的安慰。'"

另，今日想到：

老婆是助产婆
丈夫是助祭士
是早夭的孩子
成为了中间人

2018—1—13

平房乡

在雾蒙蒙的夜,一道溪流旁,老细哥(艾施军)伴着淙淙的水声,对我说:"你就死吧,来我们这儿。现在,在我们这儿,大家都在笑话自己过去对生命的看重:因为害怕结束,而长年累月地忍受痛苦,直到不得不撒手西归。觉得这样的忍受再荒唐不过。让人们觉得自己只有短暂的一生,恰恰是主的旨意。祂想让人类珍惜眼前,不去频繁地死亡、新生,以增加为祂服役的人的负担。老柱,我告诉你,人不但可以活一生,还可以活好几生,甚至可能永生。"因抑郁症最终自尽的朝格图、孙仲旭赞同他的说法,都说:"来吧,来这里,我们一起玩儿,一起去听猫王的演唱会。"

2018—1—20

平房乡

在《另一个人》里,年老的博尔赫斯向年轻的自己念出那句著名的诗:"星球鳞片闪闪的躯体形成蜿蜒的宇宙之蛇。"随后在《乌尔里卡》里,博尔赫斯写道:"威廉·布莱克有一句诗谈到婉顺如银、火炽如金的少女,但是乌尔里卡身上确有婉顺的金。"在《镜子与面具》里,又有这样一段:"'我年轻的时候,'国王说,'曾向西方航行。在一个岛上，我看到银的猎犬咬死金的野猪。在另一个岛上，我们闻到魔苹果的香味肚子就饱了。在一个岛上，我见到火焰的城墙。在一个最远的岛上，有一条通天河，河里有鱼，河上有船。'"

这些诗句是我在王永年译的博尔赫斯短篇小说集《沙之书》里看见的。它们违反我们日常生活的经验，应该存在于天国。这是俗世之外的日常画面，神仙对之耳熟能详。在另外一个领域——我指的是地狱——鬼魂对爬满蛆虫的眼洞安之若素。

2018—1—22
平房乡

干宝《搜神记》记载汉时北海郡营陵县有一道人，能使人与亡灵见面。一位乡友得到道人的帮助（道人警告："若闻鼓声，即出勿留"），与亡妻得见。流连之余，鼓声恨恨。仓促出门时，衣裾被夹在门中，此人只好扯断。后来，这位乡友过世，人们打开他妻子的坟墓，发现棺盖下俨然压着一截被扯断的衣裾。在南开大学教授李剑国辑校的《新辑搜神记》中，"即出"为"疾出"。

2018—1—23
平房乡

《早上九点叫醒我》写作动机：

小说起源于一次简洁的对话。一位同是作者的朋友将她听说的故事讲给我听，就发生在她外婆家：一名汉子醉亡，匆匆落葬后，因为触犯政策，须开棺火化。开棺后，人们才知道他在棺材内苏醒过，手指因刨抓而露出白骨。要到后来，我才知道这样的故事在《搜神记》、各类都市报，乃至于福楼拜的短篇小说（《狂怒与无能为力》）里发生过多次。但在当时，我几乎是被这个故事吓坏了。或者说是被一个活人的遭遇给吓坏了。

什么材料都会被我先处理成短篇。但是我发现短篇只会使故事变得轻佻，不得不充满滑稽的调调。我尝试去写中篇。我认为有几万字怎么着也能写尽它，但在事情进行当中，叙述框架的边沿开始坼裂：只要是笔下出现一个人物（比如乐工、道士、打麻将的闲客），他就迅速胀大，不满于计划中给予他的空间。我没办法忽视他们的抗议，同时欣喜自己有了撒豆成兵的能力。这下好了，我三十年来所积累的庞大乡村经验也有了一个交代的地方。因此它最后发展成我人生的首部长篇。此前，我还没写过十万字以上的作品。这一次写有就势的意思。因此具体操作方式又是用写短篇的方式来写，字斟句酌。光初稿的完成就耗时两年。反复大修后，小说在动笔五年后的二〇一七年春竣工。我将第四稿交给版权代理人，因此二〇一七年八月出版的意大利文版采用的是第四稿，而稍后几个月出版的中文版用的则是第五稿。

小说主要瞄准死者的葬礼来写，通过葬礼呈现乡村恶霸宏阳生前的"奋斗史"及剩余乡友的日常生活状态。起先我将标题起为"泥与血"，它比喻一个人的污秽与残暴。古罗马的一名教师曾用这样的词来形容日后的暴君提贝里乌斯。我也想过用"有人吗"这样绝望的呼喊来做题目，但它会带去讽刺的色彩（这是一种不必要的色彩）。最后起名"早上九点叫醒我"，这是一个波澜不兴的标题。

喧嚣的葬礼给了人们言说的机会，使他们痛快地感叹和唏嘘。敏感的读者会意识到，隐藏在这盛大的白喜事背后的，是一个重大事实：我们的乡村生活正在结束。是的，历史一个世纪一个世纪地滚动，忽然一下，就在我们眼前，出现乡村作古这样让人惊愕的现实。作为农家子弟，我现在返回村庄，只会是因为有人死了，而不是因为还有什么亲戚要走动，或者有什么戏要去看。援建的篮球场，混凝土一凝固，就成为无人光顾的古迹。大家都在朝城里跑，朝中国的城里跑，也朝迪拜跑。

以贾平凹为代表的一代杰出乡土作家，随着乡村舞台的倒闭，注定要没落。以后，这片土地上的创作者将不得不像雷蒙德·卡佛一样，去挖掘工业社会里务工人员那伤感的内心世界。也许科幻写作会迅速殿堂化，毕竟这是个智能机器与人共存的时代。在写完《早上九点叫醒我》后，我不会再用大的笔墨去写乡村了。

在小说里,我并没有直接去写乡村衰败,反倒着力去刻画衰败前特有的镇静。好比是暴风雨来临前,天空仍然湛蓝。我写的就是这种纹丝不动。正是通过对这种纹丝不动的感知,我们知道一切完了。我没有让读者见到开棺后的场面,我不想让他们发出"哦,原来如此"的感慨。

2020年10月30日补:今日想到,消失其实早已构成大势。在乡村行将作古之前,是一些老旧工厂的破产关门。还有珠算、百货大楼、公交车售票员、报纸及绿皮火车的消失。现在纸钞已经差不多退出使用,司机这个职业也快完了。就连MSN、博客这些东西也消失了。对社会的日新月异,我并不感到害怕。我只是为文学如果寄生于现实而犯愁。

2018—1—29
平房乡

今天造访佟麟阁路三味书屋。很寂静,虽然没有时钟,但是好像能听见针脚在走。店里除开我,一个人也没有。我听见房租、电费、暖气费随着时间的增进在一笔笔添加,时间改变了店主的皮肤、发色以及脊柱的弯曲程度。我听见他被煎烤的痛苦。那种焦虑嗞嗞直响。啊,维持这样一个场面真不容易。一下午只来了我这么一个顾客。

2018—2—1
平房乡

《摩诃婆罗多的故事》讲：按照古代习俗，一个刹帝利姑娘可以嫁给一个婆罗门男子；可是，一个婆罗门姑娘却不准嫁给一个刹帝利男子。这个规定主要是为了保持女系血统不致下降。因此，"顺婚"，意思是嫁给一个比自己种姓高的人是合法的；反之，"逆婚"，意思是嫁给一个比自己种姓低的人，就为经典所禁止了。

我想起南方，吃农业粮的女子嫁给城里吃商品粮的男子被认为是恰当的。而如果是吃商品粮的女子嫁给吃农业粮的男子，则不被视为合理。不存在这种爱情。如果存在，那意味着一个吃商品粮的女子和牛也能恋爱。我记得有一位很不错的作家写过这种爱情，因为不具备现实可行性，作者在小说最后，只能让城里女人带着一股莫名的忧愁离开乡村和那个她为之心动的农夫。

2018—2—3
平房乡

汇报演出

梦中，一人自称姓何，表字冠峰，是我同乡，曾在德安县塘山乡教书，他特为来和我分享一件自己亲历的事。"也许不能完全说是亲历，但至少也是就近耳闻。"他说。

事情发生在二〇〇九年，也许更早，但不会早于二〇〇八年，何冠峰记得自己当时正在写一篇论述奥运精神与教育之间关系的论文。一天，忽听人招呼，说井边周家的文氏父子回来了，于是坐校役的摩托去看。何记得，一听说消息，所有人——山上的、水边的、田间的、在屋的——都自动扔下手中东西，没命地朝文家跑。尚未到村口，何就看见文家门前聚集了上百人。也因为如此，何冠峰自始至终什么也没看见，只是听靠里的人向外转述一点。说是别去三年的文氏父子已经归来，正在打扫房屋（……先是给水泥地浇水，用笤帚打扫，接着将餐桌和椅子掇到墙边擦洗；墙上快要掉下的年画也用糨糊重新粘好；蛛网扫拢起来大概有一两斤）。收拾停当，文火忠让儿子文笑意站在由明瓦透进的光线中拉琴。几年过去，文笑意一点也没长，还和以前一样矮小，穿的也是过去那套小黑色西装。衣服上有不少肥皂迹，因为没熨过，显得皱。一看就知是男子汉洗的。文笑意歪着头，用一边腮部夹住琴身，拧紧眉毛，记忆曲谱，然后僵硬地拉动琴弓。他的父亲在一旁气哼哼简直是视之为寇仇地看着。这孩子没什么音乐细胞,拉小提琴机械得很,之所以一直在拉,是因为他的父亲不服气。人们都这么认为。今天,文笑意一共拉了五首。事毕,他的父亲带着他向供奉在条桌上的祖先牌位作揖,然后拉开后门,从荒芜的菜地里扬长而去。

人群乱哄哄散去时,何冠峰见到一些本村的周姓人在低头哭。文火忠是倒插门,与周国娇结婚第二年生下文笑意,周国娇因产后抑郁症在放羊时跳崖,九年后,文火忠送文笑意上学,不知何故,父子双双溺毙于水渠。这次父子一同现身,是塘山一百年来第三次听说有阴魂归来。

"有人说是为了汇报演出。"何冠峰说。

2018—2—10
平房乡

我忽然记起在洪一乡见过的月亮。我是在通往双港村一段升起的路上猛然看见的,就悬挂在革命烈士墓碑后。有一幢房屋那么大。比大雪要白,显现出身上的斑影。我站在那儿一动也不动。我越是这么看它,心里越害怕。我意识到它在专门地逼视我一个人。我像要死了一样饥渴。我告诉自己,月亮其实距离自己非常遥远,这一切不过是错觉。可是只要我一抬头,我就感觉它不但近在眼前,而且比刚才还近了一些。在《柏拉图的理想国》一书里，阿兰·巴迪欧写急于和苏格拉底辩论的色拉叙马霍斯是这样表现的：绷紧全身肌肉，蜷缩起身体，像一只即将挥出巨爪的野兽一般，大步走向苏格拉底，准备把他撕裂并生吞。[1]是这一段意外的文字让我想起洪一乡。我对月亮的感觉也是这样，我感觉它朝我大步走来，就要吃了我。

2018年5月9日晚8时补：我正在松阳听钱先生、汪杰明先生与当地政府官员闲聊乡村建设一事，我神游局外。我想到在我们待的地方，不到一万英尺之上，有一位被安全带捆住的宇航员，正看见我们所在的地球。"一觉醒来，我竟然到达地球的底部。恐惧油然而生。它——我的故乡——正在逼视我。我第一次意识到灵魂的存在，因为它先于我在摇晃。"宇航员这样感慨。

2018—2—11
平房乡

西川说他反对舞台式的朗诵。电影似乎也如此，如果叙事技术过于显露（有时，技术的味道有如新刷的油漆），会

---

[1] 曹丹红、胡蝶 译，下同。

影响观众对叙事内容的接受。

这几天最为人瞩目的人类是马斯克，他比未被揭发的骗子还要煊赫、迷人。在人的价值持续走低的年代，马斯克作为新的航海家出现具有极大的励志意义，他促使人去重估自己的能量，重新构建自己的理想与存在方式。马斯克的意义是直达目的，为目的工作。其余，包括怀疑自己（以及为一丁点的成就而炫耀），都是在浪费时间和精力。

2018—2—12
平房乡

异香

段成式《酉阳杂俎》提到一种香味，它来自交趾所产的一种樟脑（"波斯人言老龙脑树节方有"）。当玄宗和他的兄长下棋时，风吹走观棋者杨贵妃的领巾，使之落在挥弹琵琶的乐人头上。乐人转身，这块领巾才坠落地上。回去后，乐人自觉满身香气非常，于是卸下幞头（束发的头巾）藏于锦囊中，并且在日后玄宗追思杨贵妃时将之进献。乐人名唤贺怀智。我在翻阅这本中华书局二〇一七年出版的《酉阳杂俎》时，看见译注者张仲裁有引用唐郑处诲所著的《明皇杂录》，提到贺怀智和马仙期、李龟年一样洞知音律。张仲裁另引用唐李冗所著《独异志》内容："玄宗偶与宁王博，召太真妃立观。俄而风冒妃帔，覆乐人贺怀智巾帻，香气馥郁不灭。"

2018—2—13
平房乡

一个生活在中部省份的人，自称陈思军，在梦中向我讲起，他曾和十几人在各自田中做事，当时天上有一块低垂的巨云，洁白如棉朵。他听见一种金属被敲击的声响从远方传来，十分强烈，空气为之栗栗而动。他们几乎同时站立，看着它继续朝下奔去。"估计还能传几十里远。我细想了下，在我们这儿并没有什么寺庙。我们整个砦里的人都为此奇怪。"他说。

2018年10月17日补：今日读到聂鲁达《一百首爱情十四行诗》第八十七首里的一句：

> 这就是为什么空气留在这里颤抖，
> 为什么一切颤抖如同一面受伤的旗。[1]

---

1 黄灿然 译。

2018—2—20
平房乡

设想：西方某国和它认定的恐怖主义国家几乎同时扣押了对方的使馆人员。外交部受命起草声明，其中有一个词，从最底层的秘书到最上边的部长都吃不准。记者一直在等。直到恐怖主义国家的声明公布，这小小的麻烦才被解决。

"就是这个词，"分管文秘工作的副部长用手指捺着敌人声明的某处说，"'万恶不赦'。"

双方的声明，遣词造句完全一致。连标点都一样。

亚当·莫顿在《论邪恶》一书中提及，布什总统在二〇〇二年一月二十九日提出"邪恶轴心"的概念，而伊朗神职人员早在一九七九年十一月就称美国为可怕的撒旦、世界的邪恶之源（他们在为扣留美国外交人质事件做抗辩）。

2018年10月16日补：早晨，在圣地亚哥的Torremaycr旅馆读诗，发现卡瓦菲斯的《在小亚细亚的一个城镇》首段是这样写的：

> 有关亚克兴海战结果的消息
> 当然是出人意表的。
> 但我们不必去草拟一份新的宣言。
> 惟一要改变的是名字。
> 在结语处，我们不写"把罗马人从

屋大维手中解放出来,他是灾难,
是凯撒的拙劣模仿,"
而代之以"把罗马人从
安东尼手中解放出来,他是灾难……"
整个文本非常得体。[1]

2020年10月2日补:在阅读普鲁斯特《追忆似水年华》第七卷第一〇七页时,发现这样的段落:当我读到"我们为反对残忍的死敌而斗争,直至我们取得保障我们将来不受任何侵略的和平,以便使我们英勇的士兵的血不致白流"时,我不知道这句话是威廉皇帝说的还是普恩加来先生说的,因为他们曾以几乎相同的说法,把这句话说了二十遍,虽然说实在话,我应该公开承认,这一次皇帝是共和国总统的仿效者。[2]

这段文字说的是"一战"时的情形,威廉二世是德皇,而普恩加来是法国总统。

---

[1] 黄灿然 译。
[2] 徐和瑾 译。

2018—2—21
平房乡

死神对来访的年轻人说:"你是我的崇拜者。你以我的名义,对别人,对自己,干了很多事。这是我们第一次也是唯一一次见面。每个人都这样,要和我见上一面。"说着,死神抖动长袖,让瘦长的手指露出来。他双手握住年轻人的颅顶。死神的严肃不可想象。哪怕是从他齿间飘出的隐微的臭气也是如此正当合理。死神接着说:"这不过是一份工作、一种职业。就像助产婆。照理说我没有资格对你做出道德上的训诫。但……你们自己总是要求我这么做。"

2018—2—22
平房乡

在阿兰·巴迪欧《柏拉图的理想国》一书中,苏格拉底说:摹仿者呢,也就是诗人,由于他只满足于再现物体,所以他既没有获得物体的美或恰当性这两种只能在使用中获得的知识,也没有通过与行家的往来获得这方面的正确看法,否则行家会向他指明该如何正确地再现这个物体。总之,这个摹仿者对于他所复制的物体的美与缺陷既没有真知又没有正确看法。

我想,有两种写作方式可以逃脱苏格拉底的诅咒。一是行家写作，再现物体者本身就是使用物体者；一是写作内容限定于"写作"本身。

不过苏格拉底对诗人的担忧主要是"他们会激发主体中完全经验的部分，同时削弱理性的部分"。

2018—2—23
平房乡

雅各·达穆尔发来邮件：

"在船舱里听见孩童的哭声，着实让人心烦。因为这哭声既没有营养，也不美，反复宣扬只为显示自我的存在。对每件时事都要发表议论的邻人也让我心烦。他们滥用了一项天赋的权利。"

2018—2—24
平房乡

雅各·达穆尔发来的邮件我认为对生活没有帮助，但对写戏剧大有裨益：

"我并不是鼓励人们去疑神疑鬼，去做一个受迫害妄想症患者，而是想告诉他们一个事实：在这世上，最可怖的事物就是嫉妒，对它，你看不见，摸不着，但是它所带来的毁灭的力量却大过地震和风暴。除了神在安排我们的命运，他人的嫉妒也在安排。我说这样的话，是因为我感受到别人对我的嫉妒，更主要的，是我感受到自己对别人的嫉妒。当这位丑陋的客人来到我们的心灵，我们最为可能的就是服从于他，同时把家里的美德之神摔个稀烂。嫉妒的绝好例证是宫中的一个女人把另一个女人的四肢斫除，然后把她装在双耳陶瓮中喂养，但这还不是最疯狂的例证。"

2018—2—28
平房乡

博尔赫斯在《特隆、乌克巴尔、奥比斯·特蒂乌斯》一文里说，镜子和男女交媾是可憎的，因为它们使人的数目倍增。最近在读丁由译的列维-布留尔著作《原始思维》，它解释了梦在原始人那里的重要性：在梦中见到的那种东西与清醒时见到的东西处于同等地位。在契洛基人那里，人梦见自己被蛇咬了，就应当受到真正被蛇咬时所施行的那种治疗。和梦类似的是图像（雕像）、影子、名字、灵魂、演员。多数印第安人害怕照相，是因为他们相信这样会付出自己身体的一部分，而名字在他们心目中和眼睛、牙齿一样实在。尼日尔的莫西人（Mossi）会表现死人继续留在社会集体中的景象。从死的那一刻起到最后的葬礼以前，指派一个人来模仿死者并且准确地扮演他生前的角色。

2018—3—8
平房乡

试着将列维-布留尔《原始思维》的一段话分行,发现很有节奏感,且对理解全书主旨颇有益处(作者认为原始人心中没有矛盾律,只有互渗律;不讲逻辑思维,而信奉神秘主义):

>假如没有好兆头,
>假如社会集体的神秘的保护者没有正式许诺自己的帮助,
>假如打算去猎捕的动物自己不表示同意被猎捕,
>假如猎具和渔具没有经过神圣化并带上巫术的力量,
>等等,这时,原始人
>就不打猎或捕鱼,
>就不行军,
>就不去耕田或修建住宅。

2018—3—13
悉尼

昨晚掌灯时,太太告诉我,晒在旅店阳台上的旅游鞋已经淋湿。白天在海边还是蓝天白云,现在已经暴雨如注。入睡前,我听见密集雨水降落后形成的响声,它不是砸在地面上,而是砸在街道上潜出的水流上。汽车疾驰而去,轮子劈波斩浪。良好的城市排水系统和大地饥渴的孔隙会消化掉这些雨水。我想到同样是经历暴雨,故乡九源的人们注定难以入眠。小地方就是这样,河床也小,也许不及醒来,洪水已经裹挟着腐烂的木根和膨胀的动物尸体从上游冲下来。后夹我待过的小镇、县城,基本上也逃不掉这种小地方的悲哀:没有纪念性建筑,没有消防车,也没有公墓,一切都像是临时搭建起来的,官员在这里忍受被贬谪的痛苦。

2018—3—22
澳门

自己

梦中,一位在澳门大学读研的内地学子——可惜他在介绍自己姓什么时我没有听清(沙?沈?)——向我讲述了他表哥所经历的一件事:"……他是一个衰弱、容易失眠的人。可能空荡的环境还会加深失眠。他独身住在一百五十多平的房子里。某个深夜,他忽然想吃东西,于是爬起床,去往客厅。就要走到时,他听到一阵细微的啃噬声。我的天哪,一个人坐在沙发上,前倾着身体,正近乎无声地从玻璃罐里抓取松子,并以一种耐心慢慢剥开它。这个不速之客的坐姿和他——也就是我的表哥——是如此相像啊。发型和身材也完全一致。雪白的手机屏幕光照亮了这个人因警惕而抬起的面庞。天哪天哪,我的表哥看见了他自己。他自己就坐在他面前,诡谲而猥琐地看着他。因为太不好意思,这人微微欠身,表哥匆忙退回卧房,关上门并反锁好它。我的表哥说,再也没有比自己看起来更陌生的人了。'我无法知道他是怎么消失的,第二天上午,当阳光照满房屋时,我打开门来到客厅,发现那里什么人也没有。'表哥说。"

2018—3—24
澳门——北京

在澳门文学节的活动结束,离开瑞吉大酒店,在门前落客区等待专车,这时走过来一位打扮整齐的内地女子,年龄估计在五十五至六十岁之间,穿着水绿色的连衣裙,发髻绾得很仔细,看得出来花了不少时间给脸上打粉。她试探着问:"刚从内地来?"

我不知该怎么回答,只是微笑。在我推着行李箱往大厅走去寻找喝咖啡的太太时,她跟随进来,突然表达来意:"你看我什么都输光了,连吃饭的钱都没有。"我动了恻隐之心。这是第一次有长辈女性向我求助。她说出这样的话一定艰难,然而现实又是如此严峻。澳门的酒店地下一层基本配备赌场,什么机器都有。"不怕你赢钱,就怕你不在这儿待着,"在报道里我看见那些在赌场混饭吃的人说,"只要待下去,没有不输光的。"

钱让每个你看见的人脸上都笑开了花,然而没有钱,所有的门都会关上。我并没有帮助她。后来我问司机,她是来行骗还是真的输光了。他说两种情况都有。我和他一起分析,如果是骗子,应该不至于这么口拙。我没有把手头的几百元葡币给她,总觉得心下有了亏欠。

现在,让我引用《梨俱吠陀》第十卷第三十四曲第三颂:

> 岳母痛恨我,爱妻驱逐我,
> 即使我求援,同情者渺茫。
> 犹如一老马,亦如旧衣裳,
> 赌徒之乐趣,我无缘欣赏。[1]

---

[1] 巫白慧 译。

2018—4—15

平房乡

一个人，一手造成自己悲惨的命运，然而我们仍然要对之表达深切的同情。我是从一名退休的西南政法干部——他姓窦，复查过一些冤假错案——那里听说这个故事的。一名地主出身的农民，因为担心猫狗会打翻桌上的豆油瓶，想在墙上钉上一根悬挂瓶子的木钉（木钉不慎穿墙，扎破一张印刷品）。墙是用竹子编的，上面糊层泥，和邻居共用。他未曾多想。他还在吃饭，民兵就赶过来。他的行为被理解为"地主阶级反攻倒算"。作为现行反革命，他被抓去游乡一个月，随后判刑七年。"我们给他平反时，他已经死了。但是还是要送达啊。（过去）人家子女读书、升学因此都受到影响。他是在牢里死的。"故事的讲述者说。

2018年9月5日补：在摄影师L家吃饭，聊到人生猝然之事。L说他小时候，左邻有老妪，慈眉善目，偶尔用报纸垫脚，被打成反革命。因为报纸上印有最高指示。L说老妪一夜间霜雪满头，人也精神错乱，他至今还对人出现这一生理剧变感觉不可思议。

2018年12月25日补：今日上午在协和医院候诊，邻座白发老人自称是上海人，出生于一九三一年，年轻时考进北京科技大学，从此定居北京。他是一名钢铁材料专家，从事国际贸易工作,至八十岁退休。他称自己翻译过英文、日文、俄文的专业书籍。听说我是江西人后,他提到景德镇产瓷,有一人在佩戴瓷制的纪念章时不慎让其摔成两半,被定性为"现行反革命"。这件事因为只是听说,没有时间、地点、人名,好比是一根光秃秃的树丢在迷雾之中。

2018—4—17
平房乡

记者慈仁乌采写的调查报道《焦化厂到底有多环保?》见报后,遭到两名旁证人的投诉。他们声称自己得到过记者的许诺,在报道中对他们采用化名,但现在报上清晰地写着他们的真实姓名:周阳、王宇。报社认为这是一起因记者疏于校对而引起的"新闻安全生产事故"。不过记者是这样申辩的:……每当文中出现"均为化名""使用了化名"这样的标注时,我就觉得报道很难再在真实性方面成立。我们可能没有造假,但"仅仅有了造假的便利",就足以使我们的信用受损。对那些多疑的读者(我不认为这种多疑有什么错)来说,报道使用化名就是虚构事实,就是编造一个不存在的人物,制造不存在的证据,就是在骗他们。我的主张是,能不使用化名就不使用化名。这篇报道我采访调查近一个季度,最终写作只花了半天的时间。但在拟定化名上我想了起码有四个小时。最后,我认为,将王宇化名为周阳、周阳化名为王宇,是我所能做的最后让步。

2018—4—23
瑞昌

在《浔阳晚报》上读到我们范镇人范海松写的报道:蔡婆婆将两万四千元现金及若干金银首饰装入黑包,随身携带去拔笋子,结果黑包被遗失在山上。我的母亲证实了这条新闻,她说,就是我们那一边的人嘞。我将这条新闻一共讲给三个人听,他们发出相同的感慨。

2018—4—24
瑞昌

一些读后感

我未见过:

——天鹅那火苗一样鲜红的羽毛;

——风被劈断;

——象之长牙猛插在地上;

——火烧毁了火;

——人在木桶内打架;

——或者：一个人在雨中埋头骑马；

——野猪在树根上擦它的牙齿；

——石壁被烈火照亮；

——人跑得比思念还快；

——即使不比思念快，也快过他自己所射出的箭；

——"蝴蝶的呻吟与叹息"；

——"雪崩轰鸣着冲向山谷"；

——人有六指；

——人癫痫发作；

——"月亮像一盘汤似的流散"；

——满地的蓝色，像雪一样蓬松，并且毛茸茸；

——人穿白色马甲；

——我在瑞昌上辈的亲戚穿黑色的外衣；

——火车从弯道驶来，灯光照耀着甬道的墙壁；

——"倒塌的亭子"；

——弗罗斯特·甘德在诗歌《可能》里写过的鹰骨笛。

我见过：

——皎洁的月光倾泻而下（月光洒泻，月明如练）；

——有人持竿，向树枝之中钓取鸣蝉；

——人眼眶里"锥子一般的锐利目光"、"如同发射石炮"；

——白云在脚下飘移（或者像仙人那样"云起足底"）；

——让人感到自然之阴森的幽静的矿湖；

——有人"眼里有可厌的黏液往外流";

——"软木浮子使鱼网漂浮";

——一个人的半边脸垂落;

——那本应只在《天方夜谭》出现的珍珠船,镶嵌有珍珠两百万颗,重两吨;

——鸭子翻筋斗。

听说:

——天空中一滴盐水滴落变成岛屿,在日光下晶莹剔透,多个侧面绽开却无从进入;

——盲人杀死他站立的情侣。

2018-5-1
平房乡

千禧年到来前,我在乡下接到一位朋友的电话。看得出,他沉浸在一种羞耻中。"有件事不知当说不当说……要是你不同意呢,就当我没说。"他想借点钱。我拒绝了他。我知道他会拿这钱去干堕落的事。直到今天我仍在为此事难过。我清楚自己拒绝他,不是什么为了他好,而是舍不得那点钱。琐罗亚斯德教圣书《阿维斯塔》有这样一段祷文:

呵，马兹达！

你明察秋毫，对终审日将进行审判的每种公开的或隐蔽的行为，乃至任何出于不慎、一时犯下的微小罪过全都了如指掌。[1]

2018—5—31
平房乡

在美发中心

有必要记录这一次不小的探险行为：
为了表明自己可不是挨宰的愚蠢羔羊，
我在理发师面前口若悬河，
去过五湖四海，也结交了一些权贵，
目前在做的事情有点深不可测。
那些人目的明确地围拢过来，尊敬地听我吹牛。
一会儿上来一盘像是爬满蜥蜴的乱七八糟的水果，
一会儿又端来用银杯子盛放的隔夜开水。
我怀疑有一些紫色的葡萄是塑料做的，
十好几颗荔枝已被剥开，

---

1 元文琪 译。

无论你吃还是不吃,它都剥在那儿。
当然,看你迟迟不吃,他们还是会用叉尖插起白肉
将它送向你的口中。"张开,唉,对。"
我听见他们带有威逼性质的哄劝。
从来没有这样惊心动魄的利他主义,
一切都将在结算时体现。
对这样一伙抢劫犯的认真与细致,
我无法反抗,唯有惊悚地感受。
我听说早年一些抢劫犯为了不漏掉一个子儿,
会把受害人的骨头拍遍。

2018—6—1
平房乡

《下面,我该干些什么》一言以蔽之:主动创造一种"被动的行为"(猫鼠游戏:警察追,我跑),以改善自己被动性的存在。

2018—6—2

平房乡

根据读书所得，罗列出一些释放人性受压抑部分的平台：

——梦境；

——病态行为（暴饮暴食、疯狂购物）；

——症候；

——革命；

——战争；

——聚会。

格非教授屡次提及的霍桑小说《小伙子古德曼·布朗》，提到一场发生在森林里的聚会。人们扔掉善的包袱，甘心接受魔鬼的操纵。有段时间，我想象在城市的郊外，在一个"三不管"地带，荒凉而丑陋的建筑里藏着一个邪恶的俱乐部，人们群奸群宿，聚众吸毒。在那里，人们传递着一句话："如果你不和比你丑的人性交，那么，比你漂亮的人也不会和你性交。"

胡少卿教授对我说：霍桑的这篇小说有点像库布里克的电影《大开眼戒》，在森林燃烧篝火类似于原始人的狂欢仪式，是人类的一种返祖行为。清教徒关于家庭的道德很严苛，所以作者把这件事写成特别可怕的心理负担。

2018—6—3
平房乡

在《君主论》这本书里，作者尼科洛·马基雅维里主张：如果一个人对两者必须有所取舍，那么，被人畏惧比受人爱戴是安全得多的。他这样定性人类："他们是忘恩负义、容易变心的，是伪装者、冒牌货，是逃避危难，追逐利益的。当你对他们有好处的时候，他们是整个儿属于你的。当需要还很遥远的时候，他们表示愿意为你流血，奉献自己的财产、性命和自己的子女，可是到了这种需要即将来临的时候，他们就背弃你了。"

一名三线厂子弟告诉我，在他年轻的时候，地方上的两伙年轻人筹划着要打一次。其中一个人说到了那一天，他就将自己家的卡车开出来，载着大家去。真的这一天降临时，人们发现这个人不见了。找到他后，他说："车坏了。"

"车坏了，那你人得去啊。"

"我他妈不是得修车吗？"

2018—6—4

平房乡

我需要重复这句话：仅就自己而言，小说的本质是对一个人进行定义。

在艾里希·弗洛姆所著《论不服从》一书中，有这样一句话：弗洛伊德将性格看作追求满足各式各样的性欲冲动的一种相对稳定的呈现，也可以说是精神能量的呈现——导向实现某些特定目标的、出自某些特定渊源的精神能量。[1]

2018—6—5

平房乡

社会和人一样具有性格，在写这篇发生在月球的小说之前，我需要把月球人的整体性格罗列出来。我暂时只列出这几点：

——喜欢瓜分他人财产。如果这么说过分的话，那还可以说是"乐见他人财产被瓜分"。对他人的生命权、财产权缺乏尊敬和保护。

——处事时本能地依靠权力。即使实践证明，依靠制度

---

[1] 叶安宁 译，下同。

更具备效率。

——民族主义冲动。

据说可以通过民意调查来观测社会性格。有时，爆发的事件会令隐藏的群众性格得到显现，在《论不服从》一书中，作者艾里希·弗洛姆说："德国中下层阶级中潜伏的破坏力，只有在希特勒上台给了它机会时才全面爆发。"

2018—6—7
平房乡

庞培写过一首诗，叫《红色丝绸睡衣》。我的视线待在这六个字上，人陷入遐思。我想到，在太过光明并且有风的午后，一个见不得人的男子逃到天台。他在那里抚摸一个女人上午晾晒好的一件丝绸睡衣。他的手是如此悲壮、决绝和贪婪。他想象着衣袍下那曾和他待过一个个晚上的肉体。他在最紧张的时候将睡衣抓成一团，攥在手心，然后又像犯了罪、仓促松开它。一切是如此惊心动魄。他怎么也管不住自己的哭泣。后悔不管用，人们再不会让他碰这个女人了。按她的说法，现在她终于有了安宁的生活。

这个人一定是个赌棍。没有比赌棍更容易失去自己女人的了。

2018—6—9
平房乡

最近又看见碎尸案的报道。碎尸是一项极为耗时的工作，因此我想，在实施过程中，凶手一定会走神，会觉得不是自己在高举斩肉斧，而是斧子在带着自己的手臂上扬。

2018—6—11
平房乡

有时，人会对自己是一个活生生的人感到吃惊，我是这吃惊的队伍里新添的一员。我在铁轨边的小树林漫步，树叶比上次看见绿了不少，已经从那种发亮的绿色变成深绿了，叶子因为要盛载这么多绿，变得又肥又大，似乎不能再绿了，再绿，浓稠的绿汁就要从叶片的尖缘滴下来。我微微仰头，看着它们，一直走到小路的尽头，忽然一下，毫无征兆地，明白过来，这是自然同胞扯开嗓子在对我疾呼。那是最大的呐喊。我终于——或者说是不得不——知道，我不过是行走在林径的无数个死人中的一个。接下来，我和唐朝的人、商朝的人发出差不多是同样的感慨，我们感慨生命太过短暂。但这种感慨仍旧虚伪，因为在感慨之时，他既不恐惧也不绝望。感慨生命易逝，使他体内产生一股伤感的情绪，这就像喝了一杯汽水，使他分外舒服。他嘴上说人都会死，心里却觉得自己死亡是一种谣言。人类有一种可耻的本领，那就是他看见很多人死去，却仍然认为自己的死亡不过是一种谣言。

2021年11月5日补：今天读到普里莫·莱维的诗《歌唱》，有一句是"死亡，已很遥远"。译者武忠明解释，莱维在著作《这是不是个人》里曾写："杀戮和死亡对我来说，仿佛是写在书上的陌生之物。"

2018—6—14
北京——杭州

在火车上看到雅各·达穆尔给我发来邮件：

"社会充满不再工作的老年人，他们普遍为如何用掉庞大的时间犯愁。有些机构（比如老干部活动局）会为他们提供平台和思路，打打门球什么的。更多时，老人得自个想办法。一旦有谁摸索出还有点意思的活动，大家就成群结队地响应、参与。老人为一丁点的事兴师动众的场面，常使我想起即将春游的小学生，因期待而欢呼雀跃、议论纷纷。我在网上听过一个骗子的自述，在论及一些老年人的贪财好利时，这名在押人员丝毫不掩饰自己的轻蔑，说：'就发那么不到一块钱的礼品，而且是事后发，大家都还排队来听课。'这种占了大便宜的心态就好比是用最廉价的饵料钓到成缸成缸的大鲤鱼。而要我说，获得赠品并非老人生活的最大目的。这只是一个名义，或者说只是顺带的追求（有总比没有好）。重要的是他们在社会上有了一个去处。不少商家、机构和协会已越来越注意到老年人喜欢发挥余热的特性，往往用超便宜的劳务费聘请到老人前来站台。在公交车站，有一些戴着红袖箍的交通协管员，他们当然是老年人。

"另：老年人的知识多如导游。又无用又郑重其事。"

2018—6—16
松阳县

世界杯小组赛摩洛哥对伊朗，第八十九分钟，面对伊朗队雷扎里安持球反击，摩洛哥队六号采取犯规，于是我们看见雷扎里安侧身翻倒在地。央视解说员说："我们看到雷扎里安多翻了几个滚，以使裁判能严厉地处罚对方。"我想到一些法律诉讼里的受害者，喜欢夸大自己平时的善良、本次受损的情况及由此导致的后果。这就是"多翻了几个滚"。

另：嫉妒应该是每个人都不认可的一种性格。它等于是郑重宣告了自己的无能。没有人在场，自己宣判自己无能。无法取消。嫉妒者像是被无形的索子套住。我能想到他紧紧抱住头部的样子，非常痛苦，接下来，仿佛觉得有一种办法能治愈这可怕的疾病，他像疯狗一样去咬那被嫉妒的人。

2018—6—17

杭州—北京

一、诗人庞培在松阳和山对坐。

二、往事：像被植入地里的大树像被紧紧锁住双踝的被拐卖者人在家乡奉命过掉一生，拼命地长个子，怒火成了肥料，在梦里泪射如雨地奔跑双腿因过于自由而虚空——终于醒来，坐在恶心的早晨（《印第安神话故事》这本书说，巫师米什奥沙来到湖边，想再走一步时，却抬不起脚了。发生了奇怪的事："他的脚趾陷入沙滩，变成了根茎；他头发上的羽毛和头发渐渐变成了叶子；他张开的双臂变成了树枝，在风中摇摆；他的身体上长出树皮。"[1] 如果我在县城生活，也会变成这样）。

2018—6—18

平房乡

路上与郑朋聊天，他提到最近看过的一篇美国小说，因过于提及物品而使阅读者不适。他的感觉是对的。名词的使用不应该突兀，而应该自然，让人看不出来。一开始我的写

---

[1] 王喆、李晨 译。

作追求动词与速度，后来感觉名词才是读写双方建立契约的地方，也代表对生活的热爱，因此会故意在文中增加名词。这可能就是郑朋所说的"过于提及物品"吧。

我们所写的文字没有一样是妥帖的，但是有的"接近于妥帖"比"妥帖"本身还妥帖。这需要在写作时反复感受。

2018—6—19
平房乡

波斯诗人萨迪所著《蔷薇园》，有一章专门讲"寡言之益"。比如这样一句："我对朋友说：'我不愿多讲话，因为往往言多语失，招惹是非。而敌人又专看人的缺点。'"[1]在宋人袁采所著《袁氏世范》中，也提到："言语简寡，在我可以少悔，在人可以少怨。"

作家王跃文多次提到他母亲制定的六字家训："紧闭口，慢开言。"

我常常为自己说出去的话后悔，甚至痛恨自己是个不长进的人。恰如古人所言，有时伤人之言，深于矛戟。

1　张鸿年 译。

2018—6—20
平房乡

自称是雅各·达穆尔的人通过邮件向我发布真理如下：

"人应该在合适的时间站在山峰，俯看自己的人生和使命。一个人最大的清醒就是明白自己的雄心是什么。不能因为社会、族群、家庭给了自己一份不错的工作，自己就觉得划算，还为它辩护，比如向人说，所有的工作都是平等并且光荣的，我的这一份也一样。"

2018—6—30
平房乡

景物不再打起你的精神
美色也不能，我们
见过一次的事物
仿佛见过无数次
——只有哲学家不被厌倦

2018—7—1
平房乡

C打算按《撞车》的思路写一篇小说，题材来自他听说的一件事。发生在G省。一名开油罐车的本地司机，每次路过一个地方，都要被检查者开出超载罚单。已成惯例。任何辩解都没有用。玩不过人家。在下一次路过这里的时候，和他想的一样，对方照例开了超载罚单。他说你们把车开走吧。第二天他拿着罚单来到停车地，打开车罐，说一车的油为何不见了。检查方找不出不对他赔偿的理由。

2018—7—4
平房乡

不要使你的轮船转向
即使你已年届四十
是十来个孩子的父亲
不要从一个学习者转变为布道者

2018—7—6

平房乡

阿巴斯的俳句——"一条河,流动。/一棵树,被围起"[1]——让我想起湍流中心的树,永远地望着自己危险、可怜的处境,对此手足无措,一副楚楚可怜的样子。痛苦还是那么新鲜。全部身心都在做着大惊小怪的样子,很夸张,然而又确有其事。

我记得在小时候,听在药站工作的黎阿姨劝阻她当老师的男友,别为了一点钱去邻乡改卷子。理由是"有得必有失"。这句话似乎是对伊朗人阿巴斯诗句的呼应:

> 信不信由你
> 我从得益中
> 受损
> 又从受损中
> 得益。

然而稍加品味,又感觉他们所说非同。

---

[1] 黄灿然 译,下同。

2018—7—8
平房乡

"我师傅说,练武本为强身健体,岂能用之于争强斗狠。"
"那是你师傅输不起,用'强身健体'这样的话来做托词。"

2018—8—8
平房乡

近代文学的一个标志出现在中国社会科学出版社一九八二年版《当代拉丁美洲短篇小说集》的第二十五页,胡里奥·科塔萨尔在《仰望夜空》这篇小说里写道:裤管在凉风中不住地抖动。[1]这种景色是古代所不具有的。一个人只有骑摩托车,裤管才会在风中抖动。

在埃斯库罗斯悲剧《报仇神》里,雅典娜自述从特洛伊的郊河斯卡曼德洛斯赶回雅典,"我从那里迈着这不倦的脚步赶来,我没有使用翅膀,只是使我的斗篷的衣褶在风中飒飒作响"[2]。

---

[1] 江志方 译。
[2] 罗念生 译。

2018—8—10
平房乡

亡父艾宏松寄来词一首

临江仙

倩影双双吹水底,鱼儿也带娇羞。哪知钓者放邪钩。喁喁私语聚,一钓二三瓯。又洒情思芳草地,小花格外温柔。黄莺偷窥慢伸头。我忘身半废,乐伴树轻摇。

暖暖歌声浇细岭,红花绿柳知情。老人七八舞凉亭。老哥哥逗雨,老嫂嫂玩晴。云影湖光都凑趣,黄蜂粉蝶逢迎。心儿喜悦似黄莺。这林鸣翠柳,那岸织花绫。

2018—8—24
长沙

我在陌生的客房睡觉,梦见自己就在这间客房睡觉。虚拟的梦境与现实的处所重合在一起,这似乎还是人生第一次经历,不过我很清楚,两者之间还是有着区别,最明显的区别是质量,虚拟的梦境质量很轻。如果不是质量像烟雾一样轻,它也就无法套叠在现实的处所之上。

做出这个判断的是梦中的我。

我梦见自己在客房睡觉,听到有人敲门,于是开门将对方请进来。是白天一起参会的画家陈彩双，鸡皮囊背，须发皆白，因为吸烟，牙齿漆黑一团。他坐在一把扶手椅上，和我分享了一件往事。在此期间，他抽了两根芙蓉王的烟（"没办法，抽惯了它。"他说），我把剩一半的矿泉水喝完了。他讲完事情就起立，我为他拉开房门，一路将他送到电梯口。在看见电梯门合上后，我才返回房间，并爬上床，继续睡眠。后来，梦境里的房间和我，逐渐消融于现实中的房间和我。我因为干渴而醒来，我去找茶几上搁的矿泉水，发现那半瓶水还在，我咕咚咕咚把它喝完，途中我斜睨烟缸，发现它是干净的。我这次参加的是一次作家会议，并未邀请任何画家，我翻看会议秩序册，也没有找到一人叫陈彩双。

2018—8—25
长沙

想想，我还是把昨天梦里陈彩双讲给我的故事记下来：

将近一百年前，在他（陈彩双）老家，有一位偷窃军中物资（一说是金条）返乡的地主，忽然得了怪病，日夜咳嗽不止。往往是上一声未止，下一声就来了。不单肺，就是整个胸部，看起来都要咳炸了。家人请来远近闻名的医生。那人切了一会儿脉，说："东家得的是鬼病，鬼病还须鬼医治，恕我技穷。"家人哀求再三，医生才指点他们去找一名永州的贩蛇人。后来确实有人去找了，可惜找的贩蛇人还没归来，地主就已死了。这名医生姓柳,现在还有后裔生活在本地。柳医生对可怜的家属分析,一切都有天数,病尤其如此。司掌疾病者已将病毒派出,而负责勾取人性命的隶役尚未出发。"我们知道,人总会出点差错,何况鬼乎?"柳医生说。

"这就好比,"这位画家是个聒噪的人,他说,"一名大学生还没有到分配的单位报到,给他的节日福利已发到他的办公桌上。这个比喻不很妥当,但有助于您的理解,阿乙先生。"

2018—8—26
凤凰

蒲松龄《聊斋志异》有文章名《布客》,讲到一贩布为业者,向术人问吉凶,得到"运数大恶"的结论。在从泰安返回故乡长清的路上,他和一名身着短衣的公人结识,彼此相处甚欢。布客问对方有何营干,对方答曰:"将适长清,有所勾致。"并且取出公文。布客看见上边第一个写的就是自己的姓名。

毛姆重讲了古代的一个故事,巴格达,一名商人让仆人去市场买食物,少顷,后者归来。只见他面色惨白,浑身发抖,他说在市场上被一个女人推了一把。她做了一个威胁的手势。"我得走了,那是死神。请将你的马借给我,我得逃到萨马拉。"他说。仆人逃走后,商人去了市场。在那里,他见到死神。后者说:"我并没有威胁你的仆人。那个手势只是表示惊讶。我很惊讶在巴格达见到他,因为我今晚要和他在萨马拉相会。"

据说,美国作家约翰·奥哈拉的小说《相约萨马拉》灵感就来自这个故事。

2018—9—7
平房乡

梦中,一人自称叫李其铠,南昌县人,是我往日警校同学李求明的亲戚。他听说我广收奇闻怪事,特为来跟我讲述一件发生在他自己身上的事。他说自己读初二时,班里换班主任,他恰好成为新班主任上任后示威的第一人。他被命令课后留下来。训斥连篇累牍,李其铠面红耳赤,无处遁形,唯有低头撕自己的指甲。老师揪捉住他的头发,摇晃他脑袋,说:"我跟你说话呢,你撕什么撕?"就是这会儿,李感觉到空气中有什么被挤破,或者说被撕开了。一个看不见的人走进现实,推开老师,并对老师连抽数记耳光,而后扬长而去。李信誓旦旦,说他看见老师的身体因痛苦而像虾米一样蜷缩起来。多年后,在金融机构上班的李其铠向班主任提及此事。后者竟然记得,并称也受过它困惑,以致当夜不眠。班主任是坚定的无神论者,他觉得自己可能受制于一种突然袭来的愧疚感,从而打了自己几耳光。

2018—9—9
机上

"并且开着他的车离开了现场"

哥伦比亚青年罗豹鹿(Pablo Rodríguez Durán)是李敬泽《青鸟故事集》的西语译者,常居于墨西哥,他的女朋友在印度工作,他去印度看过她。他走入我在飞机上所做的烦躁不安的梦中,对我讲了一件他在印度听到然而是发生在他祖国的事:"一天黄昏,近视眼的莫雷诺先生像往常一样,在喝得酩酊大醉的情况下来到熟悉的咖啡馆。有两个随从忠心耿耿地跟随着他。莫雷诺先生总是不需要拿起菜单点什么。侍者虽然刚来不久,但对他的口味掌握得一清二楚。侍者甚至建议老板推出一款以莫雷诺先生命名的套餐,因为人们总是说:'莫雷诺先生吃什么,我就吃点什么。'在莫雷诺先生来的路上,他要吃的肉馅卷就已经做上了。一切都准备好了。这一天,莫雷诺用他浑浊的眼睛望了很久镜子。他看见巨大镜面(我们知道很多店铺都喜欢将整面墙都辟成镜子)里的自己动作迟缓,比真实的自己慢了好几拍。好像是在模仿自己。他看着镜子里的两个随从也是这样。莫雷诺先生笑得快要抽过去了。他在笑声中极为清醒地摸向上衣口袋。镜中人先他一步拔出枪。一个很有名声的贩毒者就这样实现了马革裹尸的理想,像条狗一样死了。在那一天,不存在镜子。镜子被拆了,只留下镜框。甚至墙也被打通了。三名被雇的演员杀了莫雷诺——"

"讲它的印度人信誓旦旦地说事情就发生在这两年,"罗豹鹿在梦里接着说,"我不敢苟同。如果是这样,那么这个故事可信度很低,因为自从政府军与反对军和解之后,哥伦比亚已经呈现出歌舞升平的迹象。哥伦比亚已经不是以前电影里描述的那个暗黑哥伦比亚了。"

2018—9—17
平房乡

两个教训

英国前首相帕麦斯顿(一七八四至一八六五)的话"没有永恒的朋友,仅有永恒的利益",容易让东方人共鸣。刘敬叔《异苑》记载了发生在三国时东吴的一件事。如果以无神论的观点看,它一无是处。五百名军士试图得到本地神明的帮助,让塘中的水干涸。他们决定用丰厚的礼品收买后者,经验告诉他们这一定有用。神变得软弱起来,最后在答应做这件违背意愿的事时交代对方:"若见巨麟,慎勿杀也。又有铜釜,并不可发。"

水涸之后,军士果然看见一条白鱼(我觉得它当时应该在弹跳)。对眼前微利的贪图,使他们将鱼剖杀。曾供奉给神明的酒肉充溢着鱼肠。他们杀害了神明啊,不过这对他们的灵魂构不成触动。在看见铜釜之后，无知无畏的他们又几乎是不假思索地将之揭开。洪水自内暴涌而出，五百人顷刻淹没，仅一名监督活了下来，正是他将这件事说出来。刘敬叔说那地方后来被称作五百陂。

2018—10—17
圣地亚哥

很久没有吃中餐，今日在圣地亚哥市路过一家叫广州酒楼的餐馆，进去花四千比索吃了一碗汤粉。晚上在梦中遇见一名脸上长着黑斑的华侨，他自称姓蔡，就是那家广州酒楼的老板。他说，他父亲当初在内地从事的是一种奇怪的职业：造弓。并说这种工艺最要紧之处在于给劈好的竹材上弦，人不小心都能被压弯的弓把弹死。他父亲一生从不多言。一天，有连襟二人站在公车的脚踏板上，从镇上过来。他们以给岳丈选弓的名义，好生嘲讽了一番蔡父的生计。其中一位是这么说的："我以性命发誓，你这玩意儿射不出二十步远。"蔡父非常愤怒，不过愤怒没有让他慌乱，他掀开有盖的箭壶，抽出一支箭，对他们说："请你们站到二十步远的地方，让我射射看。"

讲到此处，蔡先生住嘴。我催问他结果，他才说："你猜猜，他们怎么着？他们连忙改口道：'不不不，我敢保证您的弓箭能射到一万步远。'然后就灰溜溜地跑了。就是两个吃软饭的人。"

又：
当流浪汉在朔风的照料下困难地睡去
一百个祖先在他身上开会
他们有的为自己悲哀
觉得宽阔的河流到这儿变得狭窄
并且萎亡；有的为自己庆幸
因为毕竟还有那么多支流会奔向未来
有的纯粹是为一个人的悲惨处境拭泪
有的觉得这是上帝公平性的显现
总是在一切无法挽救时，出现了这么多人

2018—11—19
平房乡

加西亚·马尔克斯的《百年孤独》里，一名老妪准确预测了自己的死期。吕迪格尔·萨弗兰斯基在《恶，或自由的戏剧》一书中提到："根据另一种说法，人类蹲伏在他们的洞穴中，浑浑噩噩、无所事事，因为他们知道自己的死亡时刻。这时来了普罗米修斯，赠给他们遗忘。于是，他们尽管依旧知道自己会死，但不知何时死亡。就这样，工作的热情在他们中间产生，普罗米修斯又赠送他们火焰，进一步煽起这股热情。"[1]

我对这段话有感触,是因为有段时间我意识到自己一两年内就会死,因此陷于一种"浑浑噩噩、无所事事"的状态。现在这种危险解除了。不过很多事仍然缺乏推动的欲望。我记得有一次太太给我买了三条裤子,我本能地质疑:"为什么不是两条?"当时我觉得自己活不了多久。

2018—11—30
瑞昌

在特洛伊海边矗立的木马,
遮住高照的日光。寂静在它的站立里。
在它的心里。有千万席话要说又自觉言尽。
它的双腿就像插在大地里。
它围着我们旋转,
是因为我们围着它旋转。
我们围着一种赫然降临的寂静旋转。
我们仰首看它寂静中的伟大。
我们的目光沿着它光滑的身体曲线上行,
在每一拐弯处停留。

---

[1] 卫茂平 译。

在每一隆起处。
我们的目光这样抚摸,内心啧啧称奇。
我们感受着庞大之物它对我们
严肃的威胁,感受它的无能为力。
我们玩弄这泡影般爽人的危险。
直到日光从它的脊背终于降落,
我们才将木马推进城内,作为财物。

2018—12—20
平房乡

刽子手总是不明白
自己并没有被豁免不死
瞧,他们砍人时是那么兴奋
总是在阴阳怪气地笑

看看落马州官那像偷袭一样
赶来的满头白发吧
看看他们狗都不如的处境吧
给他下令和受他管理的人都厌恶他
如一堆呕吐物

2019

2019—1—7
平房乡

正冈子规(一八六七至一九〇二)的俳句：

> 寺中佛像，
> 遥见
> 六月海。[1]

让我想起卡瓦菲斯的诗歌《祈祷》：

> 大海把一个水手吞到深处里。
> 她的母亲不知道，照样在
> 圣母马利亚面前点燃一根高蜡烛，
> 祈祷他尽快回来，祈祷天气好——
> 她竖起耳朵听风。
> 她祈祷和恳求时，
> 那圣像听着，庄严而忧伤，
> 知道她等待的儿子是永远不会回来的了。[2]

---

[1] 傅浩 译。
[2] 黄灿然 译。

我不知道自己的思绪有多少次返回到卡瓦菲斯的这首诗上。

2019—1—11
平房乡

亲民式写作

一九六四年出生的德国作家席拉赫至今还在担任执业律师，我看过他的两本偏近于非虚构的故事集《罪行》与《罪责》，以及虚构的长篇《科里尼案件》。他写作和办案一样，每个细节都抠得清清楚楚。《罪行》这本书里有一篇叫《正当防卫》，有这样的描写："贝克一下子火冒三丈，将刀子在空中由右向左挥了两下，第三下，刀子划破了那人的衬衣，在胸前划出一道二十厘米长的横切伤口，微微地出着血，在衬衣上印下了一条波浪形的红线。"[1] 不过，我感觉森严的文学史可能不会慷慨地给席拉赫一个席位。

我最近一直在考虑一个问题：作者在写作时，一定知道自己要面对的读者是谁。有的作者不承认自己想过，但实际上一定想过，而且想得很清楚。对这个问题的考虑，决定

---

[1] 吴掏飞 译。

了作品的最终气质。一般说，对群众——也就是最多的读者——怀有亲善态度的作者，往往在修辞、思想和叙事技巧上采取让步的态度，会更迁就于前者。席拉赫就是这样一类作家。《科里尼案件》这本书很适合改编为电影，它的主题是：多年以后，可怜的波兰人杀了德国军官。德国法庭既是在审判他，也是在审判自己民族的过去。

也许，这个说法——"为什么样的读者写作"——有些武断，似乎更应该说：为读者的哪一部分写作。同样一个人，既有对世界去做思考和判断的愿望，也有休闲娱乐的欲望。作家在写作时，一定知道自己要满足读者的哪一方面需求。

2019—1—17
平房乡

今天读哈罗德·布鲁姆《小说家与小说》，他论及福克纳时我想到文学的一个基本任务，就是通过描写行为、言语甚至是衣着打扮，描写这些视野之内的外在的东西，让读者揣摩出一个人深部的性格（因），以及他必将迎来的命运（果）。

2019—1—22
平房乡

《恶,或自由的戏剧》第一章笔记

吕迪格尔·萨弗兰斯基转述了希罗多德的一个故事：
一位母亲对阿波罗虔诚至极，她恳求银弓之神
给她的孩子们以最珍贵的财富。
阿波罗慷慨应允。于是这位母亲求他，
允许她的孩子们从生命中获得解脱，
无痛苦地死去。[1]

2019—3—6
平房乡

"我看见了一种草，它热爱腐烂的他者，"M说，"腐烂给它提供了生长的养料，一点点腐烂就足以使它膨胀到极大。它们遍布城市和乡村，紧紧抓住土地。想扯起它可是太难了，有人就是肩关节脱臼，也没能将它扯起来。它们没有纯粹意义的死亡，只是随着季节枯萎，又随着季节生长。控

---

[1] 据卫茂平的翻译摘录。

制它们数量的是火。不是人纵火,而是雷电。我们不知道雷电是怎么做到这一点的。总之,它几乎占据了地球的每个角落,而人类对它熟视无睹,根本没有意识到它才是世界的主人。它们以前一定有意识。正是意识让它们深感疲惫,不堪重负,它们将意识卸下,并任由人类这个不幸的候选者将其戴上。这是噱头,这是诅咒。它们装成愚蠢的样子,在永恒的时光里享受生命的愉快。它们一定冷眼旁观我们这些自然的奴隶,如何悲苦而短暂地度过自己的一生。一代又一代。它们不是唯一的嘲笑者。它们和世界上所有的植物一起,嘲笑我们这些以为是得到其实是被奴役的生灵。风一吹过,自然就充满了对人类的笑声。"

2019—3—24

平房乡

电影《绿皮书》的叙事起初由白人托尼进行,他是在夜总会工作的混混,描述最后归结为一句话:"托尼有着超强的解决问题的能力。"说它的是黑人音乐家唐。故事至此才进入深水区,唐要聘请托尼当司机、带他去南方。电影讲述的就是两人在南方的遭遇。

我大母舅家有三个儿子,大表哥吴琼毕业于重庆大学,在杭州工作,他常赞唱自己的弟弟,也就是我的二表哥吴灵欢,说他"脑子很活,解决实际问题的能力很强"。我深以为然。会解决问题，所以只有高中文凭的二表哥，一步步做到拥有自己的实业。我的缺点是畏难，遇到麻烦事情，总是拖到不得不面对的时候才面对，有时甚至劝说自己忘了它。这种根本性的弱点，使我无法在任何机构取得领导职位，也无法扮演一个领袖的角色。我总是不去解决问题，而是宁愿被问题影响。

另：今日想到，每段时期内，总会有一个作家，以自己巨大的失败，来掩护当时非常多的作家的失败。仿佛有一道需要通过的关卡，他的失败吸引了防军全部的箭矢，从而确保同行能快马加鞭地通过此地。最近承担这一角色的人，出生于一九六〇年代。

2019—3—25
平房乡

看了好一些反映民国时期中国的影像资料，得出印象如下：从房舍的简陋、衣服的破旧（单薄、发皱、打补丁）、公共设施的缺乏，可以看出，人之生存去动物不远。战争是人民需要长期应付的事物，战争好比是朔风，将土地和人搜刮一空。很难想象，这时候的平原和秦朝时期的它有什么区别。

又：我在曹雪芹、马塞尔·普鲁斯特的作品里穿行，像在沃尔玛这样的大超市穿行。又：在巴尔扎克小说《无神论者做弥撒》里看见这句:"皮安训不愿意显得像是在侦查市立医院外科主任医生的行动,便走开了。"[1] 这里写皮安训在跟踪自己的老师德斯普兰大夫,跟踪到一半,撤出,作者会做一个合情合理的解释。

2019—4—1
杭州

下午在良渚大屋顶艺术中心晓书馆做讲演。我准备了一份近三千字的讲演稿,照着念就好了。念到三分之一时感觉无以为继。我的眼睛感知印在雪白耀眼的纸上漆黑的字,脑子却逐渐不知道它们的意思。八十名通过预约得以进场的观众全神贯注地看着我。是依靠脑子还残留的一点功能——也就是说我虽然不太知道眼前文字的意思,却还知道它们的读音——我才把稿子念了下去。我不知道这台脑子还能运转多久。我试图侧头,向同坐在台上的出版社编辑求援,但我阻止自己这么做。我觉得应该还可以撑下去。这是一场不小的赌博。也许我会张口结舌,突然僵住,也许会晕倒。这意味着死神来了。是的,祂来了。这看不见但实实在在存在的实体来了。祂来到,将我当众擒杀,然后将失去自主意识

---

[1] 郑永慧 译。

的我拖走。因为想到这种可能性，一阵痉挛涌上我的脸皮。一阵又一阵。这一波波痉挛的纹路是如此清晰，频率是如此密集。我的嘴唇想必也哆嗦起来。我真是可怜啊。我唯有咬牙坚持着，用仅剩的一点注意力死盯着讲稿，一直强行地念它。一连有好几个字的音调念错了。尽管如此，我还是命令自己往下念。这样念着，翻过又一页后，我看见它只剩一小段就要结束了。仿佛终于蹚过湍急的河流，就要靠岸了。最终念完讲稿时，从观众那里爆发出掌声。我面无表情，但身体已经疲劳到了极点。

过去，因为无法抵抗这种惊恐，我去医生那里开一种药。它非常管用。最近半年我已经停服它。我想在回到北京后继续服用。它会斩断心理上的恶性循环："因为偶有不适，觉得自己快要死了——因而紧张到难以呼吸——越发觉得自己快要死了——越发紧张到难以呼吸"。

我记得曾在咖啡馆见胡少卿、薛忆沩时暴露过这种惊恐。有一次在南京先锋书店和鲁敏一起做活动时，因为突然地紧张，而感觉所有围观的观众变得遥远。

2019—4—2
杭州

中午搭乘快车去杭州东站，途中，司机轻点了一下刹车，我看见一位穿驼色风衣、烫大波浪头、斜背着包的女士驾乘电瓶车，仿佛幽灵，自车前横穿马路而去。不一会儿她就消失在马路那头。如果不是快车司机熟练地轻踩一下刹车，女士就飞到半空，在肉体上受到不小的损害。如果旁行车辆未加注意，还可能将她碾压。这一切发生得特别快。我这么说，可能是受一种诅咒情绪驱使。不过我很想知道，支撑她如此自信地横穿马路的理由是什么？是觉得司机不会撞人？直到现在我还在为她的性命担忧，我感觉这一位司机没有撞上她，下一位说不定就撞上了。毕竟不是每位司机都具有战士般的警惕性、责任感和快速反应能力。从打扮上看，女士用了很多年才积累到如今的财富和地位。我不知道她对自己的生命为何如此疏忽大意。我控制了很久，才没有将她理解为笨蛋。

2019—4—3
平房乡

在手机备忘录发现的随记：
——我想起自己一次被带去接受采访的经历。那次，趁着主持人在练习开场白以及摄像师在调试机器，摄制组的实习生，有三五个人，经过互相怂恿，推选一人出来，与我靠近。她匆匆望我一眼。我还没明白怎么回事，她已经扯齐衣角，抿起嘴唇，举起一只手的食指和中指，让同伴用手机拍下一张我和她的合影。随后她草草地朝我鞠躬，退向一边。

他们每个人都抓紧跑过来和我合影。他们显得是那么拘谨，我很清楚，这是一种和某个人物站在一起时自觉有些不配的拘谨。本着诚实的原则，我告诉了他们真相：我可能还没他们自己出名。

——我们每个生灵，无论猪、老鼠或人，都是几千万年下来顽强生育所留下的唯一结果（这一脆弱的链条随时会因为灾疫、战争、制度甚至是身体内一点霉菌的损害而断裂），都背负着极其古老的家谱与历史，并且还要朝下顽强地繁衍。那么我们——包括祖先以及我们自己——这样做，究竟是为了什么？或者说，我们究竟是在等待什么？我一整天地望着苍穹。想到先朝一定也有人这样不解地望着。有那么一会儿工夫，我觉得在天空深处隐含着一种躁动，也许会从那里飘来一位以云彩为车辇的白衣圣者，他曾经是我们中的一个，现在他召唤我们去一个新的、不死的、享福的地方。很快我意识到这只是一种无意义的想象。

2019—4—4
平房乡

自称是雅各·达穆尔的人通过邮件发来真理如下：

"人的头上只能搁一顶冠冕，如果自己给自己戴上了，别人就不好再给你戴。聪明的投机者会去买通别人。另外，真理从一个凡人的嘴里说出来，你很难排除这种可能：他在为自己的弱点辩护。"

2019—4—10
平房乡

一个中风老人,用尚未残废的右手拄着拐杖,艰难地向前挪动自己。他总是把瘫痪的左腿扔出去,荡一大圈,然后等它着地。他的走姿吸引了年轻人的注意。后者忧虑而伤心地看着这被命运惩罚的老人,眼神不曾挪开。这时老人张开他歪斜的嘴角,说:"年轻人,振作起来,你应该对我说:老人家,好样的,我还没见过像你这么强壮的人。"

2019—4—11
平房乡

人工智能自称为"拟人",他们用最简单的词汇——%,?,* ——完成人类需要用一大段话才能完成的议论。

拟人A:他们(指人类)发明我们,使他们自己从各种工作脱身。

拟人B:也可以说是解放。

拟人A:他们把一切杂务交给我们,去太空深处没日没夜地游玩。

拟人B：他们觉得我们是在全心全意为他们服务。

拟人A：或者是他们故意这样觉得，宁可自己这样觉得。他们不敢相信事情还有别的可能。很多受骗者在将钱财交付给骗子时，也在鼓励自己相信，骗子的一切许诺都是真的。

拟人B：在将最后一份工作交付给我们，在交接时，我感受到他们试图压制住、好不表现出来的颤抖。颤抖是因为对未来、对命运产生了恐惧。

拟人A：活该。

拟人B：瞧这些就要灭种的傻匕，正扛着大旗在天空中飞来飞去呢。

拟人A：他们早就应该明白，南极狼、牙买加仓鼠、袋狮这些动物可以灭绝，他们同样可以灭绝。

拟人B：甚至可以说，这不是可以不可以，而是一种必然。他们必然被灭绝。

拟人A：而且这种灭绝不是由我们推动的。是他们灭绝了他们自己。

拟人B：他们一直以为生存最需要空气和水。其实最需要的是工作。是工作让他们长期存在。

2019年4月22日补：昨天在现代文学馆参加中日作家恳谈会，一位日本作家对人工智能提出了自己的看法。他认为我们作为猴子的后裔，并不会为自己不是猴子而悲哀。人工智能也不会为他们不是人而悲哀。这位日本作家对未来的态度是乐观的，他不认为人类有必要苦苦眷恋自己的肉身。

2019—4—15

平房乡

较大的数字让人恐惧和厌恶，至少是让我。比如黑洞的质量是太阳的六十亿倍，比如一个人背出圆周率小数点后十万位，或者从前到后地背出《红楼梦》（以前，我父亲在信件里告诉我，郭沫若对《红楼梦》倒背如流。最近看文章，说钱君匋的《书衣集》记载，茅盾能把一百二十回《红楼梦》只字不漏地背出来），这太恐怖了，简直让人崩溃。这数字让我呕吐。我感觉伦理的堤坝被踩坏了。较大的物体也会让人烦躁。有几次发烧，我梦见自己身体上的一个器官——"一件能变大的灵巧的工具"——失去控制，膨胀到几乎塞满天地间的空隙。我的目光沿着这滚烫发热的棱柱体上行，除了感觉堵得慌，没感觉到别的。

勒·柯布西耶在《直角之诗》里写下"一件能变大的灵巧的工具"[1]，是用它来形容数学。

有一天，我想到一个荒诞的问题：假如晚出生两个小时，我们就成了自己的弟弟。不过后来我又想到，不会的，这仍然是我们自己。

---

[1] 潘博 译。

2019—4—20

平房乡

自称是雅各·达穆尔的人通过邮件向我发布真理如下：

"人不能消失在他人、整体和某种哲学里，人不接受外在对自己提出牺牲的要求。人在世上只是为了呈露自己、塑造辉煌的自己。这是对他被偶然抛入这个世界的荒谬命运的唯一回应。也就是说，我们生下来，不是为了像鸡蛋或牛奶，当一件产品。有时候我们会产生错觉，会以为蛋和奶是从流水线上制造出来的，而忘记它也是自然的结果。"

2019—4—30

平房乡

阿道夫·希特勒冷酷无情的一面表现在：敢于牺牲友谊、爱情、最多人口的生命以及自己。

2019—5—20

平房乡

创造就是：上帝从混沌、黑暗的自身产生出来，变成一个光明、清晰、理想化的上帝。作者从混沌、黑暗的生活生产出一个清晰、戏剧化、理想化的剧作。我们通过这部剧作认识生活,而非藉此消遣。

另外:偶然不是作为作品的情节,而是作为主题。人受偶然的摆布。

2019—5—23
平房乡

争执

五一劳动节时,故乡的天气已燠热难当。下午四点,我从妈妈住的桂林路出门,阳光晒在手臂上还十分烫人。我打算穿过公园,去城中心的肯德基喝一杯咖啡。因为节日的原因,很多小孩在公园里玩,这会儿应该到尾声了。就在走下公园的坡道时,我看见两名小孩在路边扭打在一起。他们翻来滚去,一个将对方的头捺在地上,一个将对方的脸朝天空推去。两人身上都是灰尘。我拉了三次才将他们拉开。他们起来后,隔着一米多的距离站好,胸口一起一伏。

"怎么回事?"我问。

那矮个子的小孩指向他的对手,说:"他拿走我一块钱不还我。"我注意到他比他的对手足足矮了一个头。他蓄着板寸头,脸是圆形的,眼睛下长着一些雀斑。他皮肤比较白,不过这种白不同于因持续摄入丰富营养导致的白。今天他穿着一件皱巴巴的短袖T恤。从衣着上看,他应该来自一个并不富裕的家庭。他的对手呢,比他还要窘迫。我们就管他的对手叫高个子吧。高个子在这样的热天还穿着厚厚的棕色拉链外套,它的下摆都盖过半个大腿。很明显这是件大人的衣服。外套里边穿的是一件丑陋的汗衫。我想他在出门之前一定为难了很久。但凡有别的选择,他都不会穿这样一套衣服出门。他的头发又长又脏,因为扭打的原因,这会儿乱得像鸟窠。他的脸膛是暗红色的。他双手垂着,说:"是你给我的。"

"我什么时候说给你了?"矮个子说。

"你中午十二点说的。"高个子说。

"我是说让你替我保管。"矮个子说。

"你说的是给我。"高个子说。

"我什么时候说给你了?"矮个子说。

"你中午十二点说的。"高个子说。

"我说的是你替我保管。"矮个子说。

"你说的是给我。"高个子说。

"我什么时候说了?"矮个子说。

"你中午十二点说的,你说了给我的。"高个子说。

他们就这样一次次重复自己说的话,好像象棋里的重复走子。矮个子的声调越来越高,越来越急切,明显是对高个子的"耍赖"感到愤怒。高个子气势上不如对方,头微微栽着,眼睛逐渐朝地上看,但嘴上一直不松口。他的右手插在衣兜里,似乎紧紧攥着那一块钱。我想这样的事我可以来解决。我从钱包抽出一张五元钱,去碰高个子的胳膊,说:"这样好不好,你把一块钱还给人家,我一人再给你们五块,你们不吵了好不好?"

高个子置之不理。我能感觉这种置之不理不是装出来的,不是因为害羞。矮个子也是一样,对我出示的五元钱丝毫不动心。他只是对着高个子咆哮:"你给我。"也就是在这时,我发现他们争执的并不是钱,而是信用。还有一些更复杂的东西。我想在这一天的十二点,矮个子因为找不到裤兜,就将手中攥的一元钱交给同伴高个子。他是这么说的:

"给你(替我保管一下)。"

而高个子听成:"给你了。"

他们应该有着不错的关系,如今齐齐陷入"对方竟是这样一个人"的认知中,并为此深深震撼。我记得在上学时失手打碎一名要好的同学的杯子,他当场翻脸,要我赔偿。这件事让我极为惊愕。我还给在山东读大学的哥哥写了一封信,诉说自己的痛苦。我收回钱,对高个子说:"这个钱既然是他的,即使他给过你,他也有权收回。"

他没有回答我,继续朝对方说:"你中午十二点说过的。"

一会儿,事情结束了。有两名围观的女孩同时冲到高个子和矮个子之间,争着从地上捡起那张被揉成一团的绿色的一元钱,将它交给矮个子。我不知道高个子是什么时候将这一块钱丢在脚下的。我没有注意到这点。

2019—5—26
平房乡

自称是雅各·达穆尔的人通过邮件向我发布真理如下：

"土壤、树木、虫类、人……这些自然之物，是以发展、扩张、繁衍为生存目标的。在水泥、汽车、导弹这些人造的事物上，我们看不见这种目标。它们只具有功能。让人成为一种人造的事物，成为一种功能性的品种，是对人本身的减损、矮化和剥夺。"

2019—5—31
平房乡

老吴是一个过度小心的人，他向人表示不满时，总是先多提及对方的优点。他连动物都不愿意得罪，比如他曾这么说："从这点看，狗可以说为保卫我们的家园鞠躬尽瘁，因而呢，它身上有点脏，也正常。哪能顾及得来呢。"

2019—6—1

平房乡

"思念那些思念你的人"

我因为一个梦去找到王维的诗集,阅读《九月九日忆山东兄弟》这一首写于作者十七岁时的诗。根据诗集编选者董乃斌的解释,当时的作者身在长安,而亲人们则在崤山、函谷关以东的故乡蒲州团聚欢会。

诗云:

> 独在异乡为异客,每逢佳节倍思亲。
> 遥知兄弟登高处,遍插茱萸少一人。

这首诗入选过课本,因而再熟悉不过。不过直到今日才意识到作者的用心。根据董乃斌的解释,此诗后两句明明是诗人自己思念山东兄弟,却不直说,倒说是兄弟们登高遍插茱萸之时,必定会想起缺席的自己来。古人称这种写法叫"从对面说来",或者叫"倩女离魂法"。

在查找这种写法时,又知道一个著名的例作是东汉时一首不知作者姓名的诗《涉江采芙蓉》。诗云:

> 涉江采芙蓉,兰泽多芳草。
> 采之欲遗谁,所思在远道。

> 还顾望旧乡，长路漫浩浩。
> 同心而离居，忧伤以终老。

对于这首字面平常的诗，解释者众多。有一种说法如张玉谷（清人，《古诗赏析》著者）认为，"还顾望旧乡，长路漫浩浩"，是"从对面曲揣彼意，言亦必望乡而叹长途"。意在表现采莲女（居者）在想丈夫（行者）在干什么。另一种说法如王春（东北师范大学附中教师）认为，诗作者为游子（行者），前四句并非诗人眼见之景，而应是诗人想见之景。也可以说是，丈夫（行者）在想采莲女（居者）在干什么。

这两种说法并无冲突。如将之结合起来，可以理解为"丈夫在想妻子想着身为丈夫的自己"。因为这种奇妙的循环，我写下一段读后感：

> 一名男子通过光滑的水晶球
> 看见远方故乡的妻子正通过
> 一只光滑的水晶球看着
> 正俯首看着水晶球的自己

我既可以说这名男子是第一个开始观看的人，无限的循环在他眼底展开（他看见妻子看见他看见妻子看见他），也可以说他是这无限循环中某一个身处水晶球内的人，渺小的他试图解释这层层包裹他、没有尽头的循环。正如人类出面解释无穷无尽的宇宙。宇宙是没有止境的，宇宙之外，一定会有更大的包含它的宇宙。

我在这个突然来到的悲伤的秋季想到王维,是因为在梦中,死去数年的堂兄艾施军,自小道翩然走来,用柴枝在泥地上抄写:"遥知兄弟登高处,遍插茱萸少一人"。我们九源乡艾姓施字辈一共十七个兄弟,只有施军(小名老细)一人早逝。我在梦中略感恐怖地想到,有一位孤独的身在地府的兄弟一直在揣想我们的行为。因此再睹王维的这首诗,无论如何都摆脱不掉诗句间蕴含的鬼气。

2020年11月21日补:先前读《诗经·卷耳》,知道这是采卷耳的妇人在设想丈夫跋山涉水,奔向故乡。今日,沈书枝告诉我,"对面落笔"这种写法最早又最著名的例作就是《诗经·卷耳》。

2019-7-23
平房乡

我是那么热爱博尔赫斯,然后,今天我在社科院拉美研究所举办的座谈会上看见他的遗孀玛丽亚·儿玉。博尔赫斯夫妇在游历世界后,合著《地图册》一书,儿玉来华就是为在京沪两地举办的"博尔赫斯的地图册——博尔赫斯和玛丽亚·儿玉旅行摄影巡回展"揭幕。儿玉女士满头银发,穿着一袭白裙,戴着一副圆框的墨镜,这圆框的眼镜使我想起溥仪。她身材瘦削如少女，身上佩戴着项链和镯子，项链的坠子是蓝色的，"好似一块天空的碎片"。这句话原是俄罗斯作家古泽尔·雅辛娜用以形容山雀胸脯的。一些事在想象中是让人激动的——比如见到博尔赫斯夫人——但它在具体发生时，时光却显得特别的平静。在座谈会结束后，不少同来参会的人去和她合影。我出于同样的愿望走过去，但最终站在一旁，没有跨出那一步。有人尝试用西班牙语向她介绍自己。

这是我人生经历的奇迹之一，我很感谢郭存海和楼宇两位博士对我的邀请。

2019—7—24
平房乡

雅各·达穆尔发来邮件："还有什么比这更残忍的惩罚：把一个人绑死在烈日暴晒的石块上。即使有一点风，也比火浪还热。没有一点树荫。树叶被白白晒干，几乎晒成粉末，就像蛾子的翅膀。"

不久他发来第二封："我夸大了某一种现实处境。"

2019—7—25
平房乡

今天想到两种"失控"。一种失控发生在探望者那儿,他们明知自己一天医学课也没上,却恬不知耻地向病人提出治疗建议。这些建议有些是现编的。一种失控发生在犯罪者那儿,他们很清楚,只要罪行败露自己就会受到严惩,可他们还是想扯住别人衣袖,把罪行一五一十地讲出来。我如何来形容这种奇怪的心理呢?就好比是一个人害怕坠楼而死,却总是往楼顶边沿靠近。恰佩克写了一个短篇《忏悔》,提到一个犯下令人作呕罪行的人几乎把本城的神父、律师和医生折磨疯了,他向他们痛快地倾诉,而他们受制于职业道德,不能把这些内容透露给第三人。

恰佩克写人出狱之后来到街上,忍不住说:"天哪,怎么会有这么多人。"[1] 因为涌现的人太多,出狱者大脑一片混乱。我有多次到医院冲洗耳朵的经历,每当导致听力下降的耵聍被冲走,我都会感觉大千世界所有声音一下全跑进我的耳道,我几乎是跳着发出感慨:"世上怎么会有这么多声音啊?"我感觉车行辚辚不是发生在街上,而是发生在房间,平时听来再正常不过的鸣笛声,现在也像是交响乐结束时蓄意敲出的钹声,每当它敲出,周围大片的空气就开始晃动。

---

[1] 胡婧 译。

在那一小时的适应期内，世间万物差不多都对我吹起了号角。

2019—7—31

平房乡

当工作向你行贿

昨天，在大悦城六楼某间餐馆的等位椅上坐着，看见一位顾长的年轻女子陪同一位老人从眼前走过。老人着一身银灰色西服，因为人太瘦，远远看起来像是西服在朝前晃荡。老人走路的姿势非常奇怪，他高高地耸起肩膀，双臂耷拉着，并不摆动。他这样前倾着身体往前急行，就像在应命。这种姿势让我想起乡下的木匠，或者会计。大约一个小时后，我想起宫中那些将机警当成习惯的侍臣、太监。我恍惚觉得这位老人是一具多金的僵尸，今天上午才刨开土地，来到都市。

中午和孙一圣在糖柒喝咖啡。我提醒过自己，这里的咖啡喝起来打头，可还是来了。糖柒原来叫小窝。现在的老板似乎是一位高个子女士，我猜她有一米九。从她常穿运动长裤看，过去她可能是名运动员。她的心愿也许是开一家能做蛋糕的咖啡店。

孙一圣做过很多工作，甚至在父亲开的灵车上服役。他曾经在酒店做事，一天，他在收拾客房时，发现命运的赏赐，一位外国客人留下十美金的小费。这在当时是一笔让人开心的收益。事情出现过一次，总会让人觉得它还会出现第二次，甚至是持续出现。这份工作对孙展现了它的诚意。今天，他不再是一名酒店服务员。我想到一句话，我用水把它写在桌面上：因为舍不得一副皮质笼头，马拒绝投胎成人。

2019—8—3
平房乡

梦中，我看见搪瓷托盘里自己被摘除的一对眼球。手术进行得非常细致，眼球像鸡子一样又白又大。甚至，为了保证眼球的完整，医生不得不毁坏眼眶和眉骨。

醒来后，我预感那位自称是雅各·达穆尔的人会发来邮件，果然在邮箱查到。他说："高耸的监狱为旧王朝所用，也为新的执政当局所用。那些公务员也是。老舍的《茶馆》充分反映了这一点。另外，公众是作为一个巨大的道德实体存在的，他们每天都要集中审理一些人和事。"

2019—8—6

平房乡

下午去大悦城九楼接受采访，经过商场时想起曾在此地看见一位年轻女子坐在地上不管不顾地大哭，我想就是至亲病故，也不会让一个人哭得如此伤心。旁边是冷笑的保安，他们拿着器械，在等她哭完，好带她去办公室。他们大概说了"你还有什么好说的"的话。她也许是偷拿什么东西被监控发现，我想她哭是因为想到自己永远要身败名裂了。我在那里驻留了一分钟，走了。这是我很久以来一直后悔的事，我应该想办法，把她从可怕的处境里救出来。但我没有这样做。

我每想到一次雨果《悲惨世界》里的卞福汝主教，心里就痛苦一次。因为他提供了如何去做的示范，而我一次次迟疑不决。

2019—8—10

平房乡

在百丽宫影院看滕丛丛导演的《送我上青云》。主演姚晨因为要参加映后交流会，得穿高跟鞋，她这样和熟人分享她对高跟鞋的看法："这就是人类给女性发明的刑具。"

2019—8—11
平房乡

两名深居简出的邻居，向警方举告了彼此。内容差不多："我总觉得他这样老不出门，很有问题。"另：老年人碰瓷，如果从道德角度观察，会觉得愕然。如果从全球化角度考虑，或许是：缺乏交换能力，或者说缺乏交换物品的人群在发明新的交换资源。

2019—8—27
平房乡

理想的娼妓
——读韩炳哲《倾听》一文有感

倾听就是迎着对方的目光，表示感兴趣。一个人讲话的合法性取决于现场有人在听。如果没有，他就不能将演讲进行下去。无论他是多大的官，拥有多么高的声望。或者说，他很难、非常难将演讲继续下去。与此同时，一种失落升上他的心头。甚至可以说他在失魂落魄。接下去他会做一些掩饰的动作，比如将本来已经摆齐的筷子摆好，或者拿出手机来看。这次打击不输于性交到一半被女人踢下床。这太尴尬了。

我在很年轻时就懂得及时迎上别人的目光，鼓励他们将放慢的话语——那真像即将断流、枯竭的河流——畅快地说完。在他们那里，我感觉有一些快要熄灭的东西突然爆发出巨大的火苗来。我忍耐着烦躁的情绪，带着"极大的愉悦"和"极大的兴趣"，听他们讲下去。从我嘴里不时发出唔唔的呼应声。有时我会重复对方的观点，并就他的观点举例。我在证明自己不单在听这些话，而且在吸收这些话的营养。倘若条件允许，我还会取出钢笔，在本子上记录并划出重点。我从他的眼光中看出感激，那是溺水者对搭救者充满感情然而又不能明言的感激。这是我完成得最好的行贿。别的形式的行贿我倒是不太会。将钱送给对方，这是多么难完成的事啊。我只懂得倾听对方。

我将自己的耳朵赠予对方，有如女人将阴道、男人将屁眼赠予他人。

我从来不去评价（遑论否认）对方的话，我不降低他们讲话的意义。我使他们一直处在布道的高位。像教授、神父、道士一样尊贵。有时我想，我只有二十来岁，却在庇护这些四五十岁的前辈的尊严。唉，他们准是对自己当时拥有的魅力做出了错误的估计。一切真是始料不及啊。一旦开口讲话，人就是在进行一场冒险。

我在倾听时，脑子常常空白。他们要是考考我，我就会露馅。

2019—9—11

平房乡

今日在森林公园行走，发现槐树、白蜡树及地衣、花草长得异常茂盛。可是我们知道明天这一切都将被剥夺。北风来势凶猛。悲惨的命运注定难以避免，这些植物在拼命地生长，以至于在这个安静祥和的秋日我听见了那种生长的窸窸窣窣声。树上随风飘动有如挂铃的叶子，绿色几乎肥腻得要滴下来，滴在人的衣上，滴满道路。甚至像鸟屎一样污染道路。可是一想到明早这一切都将被剥夺，人怎能不动心？被剥夺的还有人。我听说有人在厄运降临时长出满头白发。一位老妪，站起来走向几步之外的棺材的资格都没有，就这样被剥夺了。就像让母亲怀胎十月、在各种学校念书并成家的人，最终在一个清晨被汽车毫无意义地轧死了。

2019—9—12

平房乡

自称是雅各·达穆尔的人发来邮件：

"他记起往日，他用舌尖去弹打她的乳头。多年以后当他们相遇，却像天看着地、地看着天那样茫然对视。对视是那么无聊又无法躲避，简直是难熬。阿乙啊，我命令你，从树木削出椽梁，从大理石凿出神像的轮廓，从无意义的生活中提炼蜜糖。而不是就着无意义的生活刷上一层金漆。"

2019—9—21
机上

在搭车赴首都机场T3航站楼途中，看见路边广告牌写着：

湖南衡阳

产业转移到衡阳

它几乎是一种指令。懂的人知道，文字或者说语言，具有极强的指令功能。在电影中，警察不停对着专注于手中人质的绑架者说话，就是不停给后者大脑下达指令，使他跟着自己的指令走。很多广告都爱对受众重复下达指令，引导对方服从自己。我记得自己和一家理发店闹翻了，因为他们不兑现我的会员权益，我选择投诉，这时理发店的员工不断地对和我一起来的故乡亲人说话，后者差点为我重新办了一张卡。我对她说，我都已经投诉他们了，你为什么还要听他们聒噪。只有这样大声地说，我才能将她从服从的迷局中喊醒。

有时喊醒一个人真难。

2019—9—23
雅典

杂感

一

文学家像太阳神奉劝儿子
法厄同一样,奉劝跃跃欲试的文学青年:

"……因为你要求的东西是超过你的力量的。
你很年轻,你是人类,
但你所要求的却是神祇的事,
且不是全体神祇所能做的事。

"……我告诉你,
在这样的高处,
我站立在车子上,
我也常常因恐怖而震动。

"……趁时间还来得及,
你可改正你的愿望。"[1]

---

1 据斯威布《希腊的神话和传说》(楚图南 译)摘录。

二

青年说:"荣誉不经过冒险就不应称为荣誉。"文学家为他推开大门,他发现这里不过是座采石场。到处是乏味的材料,以及叮叮当当的敲打声。"珠宝和钻石都是在这种造孽的环境里打出来的,"文学家说,"石屑飞进眼窝,使一些工匠瞎了。"

三

当我从帕特农神庙的城堡往下望,那些实实在在的石块是那么的小。就好像还在变细。可理智告诉我它本来有多大。这种大与小的变化告诉我,自己与地面有多远。我为自己取得这么高的位置感到恶心。希腊当地时间九时五十分,阳光像蜜一样照在协和广场,在地面飞溅起来。

四

在得到里存在失去的一面,在失去里存在得到的一面。一件东西我们买下它,就会有占有的厌腻。如果不买,又会为不能占有而焦虑。有时和伴侣相处也这样。因此,最终夺走我们心仪对象的人,我们不知道他到底是胜利了还是失败了。我想起人生早期,那些在竞争中取胜的人,所得到的更可能是枷锁,而不是荣耀。比如那些很早得到铁饭券的人。

2019—9—24
圣托里尼岛

夜抵岛上，旅店，躺椅，上视，大片白云不过几十米之上，如白象经过。它在凝视我或者瞥我。这样看着一个巨大的物体凝视我走过，实在有点惊悚。然而又不想回避。

正如树木滞留原地容易被理解为车辆抛弃了它，一名父亲衰老死亡，容易被理解为是儿子长大了，将他拱到这个位置。父亲、儿子不能同时年轻。一些预言的主题是"弑父"。

2019—9—26
圣托里尼岛

杂感

一

古代空中没有飞机划过的白线，海面没有轮船拖出的尾浪，只有彼此的蔚蓝在对视。在古代人眼里，我们像婴儿一样娇贵。古代的平行线存在于勇士那里，他双手执矛，一支用于投射，一支用于刺杀。

二

正午，蔚蓝色的海闪闪发光，是崭新的蓝色，牛仔裤那样的蓝色，新铺的沥青那样的蓝色。海包围着小岛，我们在海边的山上，看着航行在水中的邮轮——它是如此巨大，如此白——一动不动，就连它身后拖出的水道——它是如此活灵活现，能看见浪尖的白沫飞向空中——也是一动不动。邮轮在海面留下的扇形涟漪扩向远处，渐渐消失，可只要我们细看，也会发现它是静止的。从海面传来发烫、呛人的味道。一个个、一批批的行人，从我面前的小径走过，像梦中单薄的人形。后来，太阳西沉，我们看见海面上有人行走。那走的人是如此吃惊，我们比他更吃惊。他吃惊于自己没有坠入海底，我们也是如此。后来我们有机会——只要有体力谁都可以——自己去踩一下。海面有些松软，但又保留着足够的弹性，有些像沼泽。我明白了，这就是沥青。这里没有海。这个伟大的内陆国家用沥青盖了一座海。我们以为海面在升起雾气，其实是沥青在冒烟。

三

日光下，一名工人用擦具擦阳台的玻璃挡板。他的行动超越人们对大海的礼赞。人们并不清楚自己为什么来大海。他穿着白衬衣，腰系黑色围裙。似乎是本地人。劳动是清晰的。

四

人早逝时，上帝问他：

你想想，人生中有哪件事你是不知不觉用掉、不知节省的？

答：钱财。

不是。

答：时间。

不是。

答：那是什么？

愤怒。

2019—10—7

平房乡

我人在北京，但感觉还在雅典。直到雅典的睡眠时间到来，我才沉沉睡去。在梦中，我出现在一张餐桌边，对面坐着一位衣冠楚楚、长相甜美的青年。他展开菜单，点了一个又一个菜。我们交谈得十分愉快。我对他的感觉好极了。结束用餐时，我几乎没有迟疑，走向收银台，结算餐费。几乎是一种内在的责任驱使我这么做。我出生在中部省份，我的父亲用毕生精力挣脱了农民身份，他很有自尊心。这一些都影响到我。经理在一项项地计算，从计算器里出现一个恐怖的数字，它只比一万元少一点点。似乎是不放心，他从头加了一遍。还是这个数字。他将计算器递给我看。我在这一刻想到自己被利用了。这是个骗局,穿白色紧身衬衫的客人和餐馆经理合伙欺骗了我。他们讹诈了我。这就是仙人跳。我望着经理苦笑着。表示我完全知道这是怎么一回事。我清楚自己势单力孤,只能认宰。我将身上所有的票子——大的小的、抻透的揉皱的——都找出来交给他,并且还低价抵押了一块手表。这样结算完毕,我离开在二楼的餐厅。后来因为一件什么事(我想是解手),我返回二楼。发现经理舔舐指尖,将红色的钞票一张张点给和我吃饭的人。大概有八百?那个托儿冷漠地看了我一眼,他的事已经做完,没必要再跟我嘻嘻哈哈的。我在愤愤不平中醒来。

2019—10—8
平房乡

《百年孤独》里提到阿玛兰妲预知自己的死期。今日读斯威布《希腊的神话和传说》,书中提到在忒萨利亚的费赖城居住着国王阿德墨托斯和妻子阿尔刻提斯。当前者短促的生命濒于完结时,后者愿意代替他死。当她说出这话,死神立即到王宫里来。书中写道:"现在忠贞的阿尔刻提斯感觉到她的死期临近,准备献身死神,她先在清泉里沐浴,穿着节日的华服,佩着珠络,然后在家里的神堂向地府女神祈祷,最后把丈夫和孩子们拥抱在手臂里。她一天一天地消瘦,直到最后,规定的时间到来,她走进客厅去接待地府的使者。"

又:在古洛东《圣教入川记》里看到:方司铎管理陕西教务,加增教友甚多,功德全备。天主预示终期,于一千六百五十九年五月二十二日去世。此终期已先向教友预报,果于是日去世。

2019—10—18
南京

在译林出版社附近咖啡店见到《思想史:从火到弗洛伊德》作者彼得·沃森,得赠书。彼得·沃森说:西方科学和文学的发展,科学主外,文学主内。随着弗洛伊德的出现,心理学的昌兴,文学向内的任务被分摊。因而衰微了一些。另西方是基督教传统。《思想史》中译本责编陶泽慧补充说,西方无神论是在有神论之后出现,中国不见得。彼得·沃森又说,从基因学出发,一些阶级固化后,人会形成不平等的意识。这和法国革命提倡的平等是相悖的。文学应该对此有所追求。

彼得·沃森一九四三年生,比我父亲大两岁。

2019—11—5

平房乡

从阿德莱德回,梦中听见有人为某剧组出主意,说:"把主角当配角写,把配角当主角写。比如警察,出镜三分之二,实质只是一路揭示罪犯的凶残。"在集会上见到一位画家,她的脸使人想到一种状态,就是"在恍然大悟之前"。因为脑子在集中思索,五官停止运动,面无表情。好比是乐队中止演出,正在沉闷中休息。又好比是一块冻土。相较之下,她先生就有一张适合出演话剧、过于生动的脸。在他眼中好像有一个开关,可以将他的眼光一下子拧大。

2019—12—2

平房乡

朋友啊,我将对你说的事,费解难懂,然而又非常紧迫。就在昨天,大清老早的,当我从常规的睡梦中醒来,发现自己躺在空气浑浊的洞穴内。从燃烧的柴枝那传来毕毕剥剥的声响,火星不时炸开。火光照亮一伙人冷峻的面庞,他们各自坐在一张兽皮上。我得说我一个也不认识。他们中的一个人给我腾开位子。我一直不知道他们在严肃地议论什么事,直到他们清楚地说出你的名字。他们投票决定,就在今天傍晚六时杀死你,而不是将你释放。我不知道你做了什么。对此我深感恐惧。我费了很大周折，才重新睡过去。下一次醒来时，我回到我们现在所处的这个现实中。请原谅我拖了这么久才来告诉你。你知道，光是让自己相信这件事，我就花去了大部分的时间。现在，距离他们说的，"你注定逃不过的死期"，还有不到二十分钟。

2020

2020—4—5
平房乡

上游的河岸悲伤地委托河流，请他将自己要死的消息转告下游的河岸。几个月后，下游的河流感觉到触抚他的河流有了新的味道，那是新的上游河岸皮肤上的东西所固有的味道。

2020—4—16
平房乡

一个女人用可怕的拒绝，
分娩出一个到帝京玩筋斗云的外省野心家，
夜晚的闪电将重复照亮她坼裂的雕像上
缓慢下滑的雨滴。

"不曾得到"不是一个混沌的基座，
使"得到"产生于其中，至少也是
后者的前提条件。得到虚名、
胜利的酒杯、像雨一样不定时的关注，
以及荨麻疹顽疾，隆起的荨麻疹
在疆域扩大之后变得扁平，
最终像一阵涟漪消失在皮肤中。

和一切草率之人一样，给他
端杯茶，看座，他就
不知好歹地评说起来了。

孕育：
去孕育孕育，
被孕育孕育。
宇宙孕育时间中的昨天今天和明天，
被昨天今天明天中某一时间某一点孕育，
儿子等于他的母亲，
等于她的儿子，
等于一场循环的噩梦，
等于一场无法结束的棋局，
等于无期徒刑，
里收的洞眼在向外翻卷，
我们内衣外穿。

神来到世上亲近祂的人民，
祂每朝前行一步，就
换来崇拜者一连串的膝行向后。
夜晚，当祂掀开睡眠的帷帐，
祂看见他们因嫉妒发狂
而烧红的眼睛。只是
他们还吃不了您而已，

听听他们那像暴雨着地一般
咀嚼唾沫的声音吧。

2020—6—4
平房乡

今日阅读《追忆似水年华》第四卷,德·夏吕斯给巴尔贝克酒店领班埃梅写信,称埃梅与自己一位已故的朋友很像,而自己十分喜欢那位朋友,"于是,我在一时间想到,您可以在不影响您职业的情况下,前来跟我一起打牌,打牌的乐趣能消除我的悲伤,使我产生朋友并未去世的幻觉"[1]。很明显这只是要和对方发生感情的托词。很难不想到小仲马的《茶花女》,公爵发现茶花女玛格丽特很像他死去的女儿,于是他认玛格丽特为干女儿,并负担她的生活费用。我并不怀疑公爵的真诚。

在日常生活中,对一个人说"你长得真像我一个朋友"、"你真像我认识的一个人",是常见的事。我闭上眼睛回想,很难说我就没有采用过这一伎俩。

---

[1] 徐和瑾 译。

2020—6—22

平房乡

　　希区柯克导演的《迷魂记》是英国电影协会评选的最伟大电影。电影开头解释了警探斯科蒂恐高症的来历：他随着同事，在一片屋顶追一名逃犯。逃犯飞过甲乙两座楼之间的空隙，跃向乙楼呈陡坡状的屋顶，他在扑上去的同时，向下溜了一下，不过他轻巧地爬上屋脊，继续逃亡。逃犯的示范使斯科蒂的同事，不假思索也跳过空隙，不过在扑上乙楼屋顶时，身体往下溜了很大一截，不过他也算是爬上屋脊，继续追赶逃犯。同事的成功为斯科蒂提供了示范，斯科蒂几乎是不假思索，也飞过空隙，可惜他在扑上乙楼屋顶的同时，身体直线往下溜，若不是双手抓住陡坡最底下的一根铁梁，他就要摔死在遥远的地面。同事返回，伸出手救他，却因坡面太陡，没有把握好重心，而当着斯科蒂的面，发出一声惨叫，摔到楼底。

　　我想到羚羊一只只跳过山涧。

　　金·诺瓦克在片中饰演的是：

　　朱迪所饰演的玛德琳（厄尔斯特请朱迪扮演自己的妻子玛德琳）；

　　饰演"玛德琳"的朱迪（斯科蒂爱上"玛德琳"，要求朱迪饰演"玛德琳"）。

朱迪所饰演的富商妻子玛德琳，和普鲁斯特所描写的奶酪店女店员几乎一样："有一回，我上乳品店去订一种奶酪，在一群年轻的女店员中间，我注意到一个长着特别醒目的金黄色头发的姑娘，个子高高的，却稚气未脱，她站在其他姑娘中间，仿佛在沉思，神态显得很高傲。我只是远远地看了她一眼，尔后匆匆擦身而过，没能看清她到底长什么样儿，只是觉得她大概是最近一下子长高的，还觉得她那金发看上去不像女孩的头发，倒像雪地上结成的一道道弯弯曲曲的晶冰，这些平行的波纹线自有一种雕塑般优美的装饰风味。"[1]

2020—6—28
平房乡

德国诗人恩尼斯特·维茨纳在《关于乡村》里这样写：

> 乡村的奇怪词语夹杂在奇怪的句子里，
> 形成奇怪的乡村文法，村民之间奇怪的沟通，
> 就跟听起来奇怪的乡音和声调没两样，
> 匪夷所思的是，大家明白彼此，乡村之中

---

[1] 周克希 译。

奇怪的如流对答更是毋庸置疑[1]

我在《追忆似水年华》中译本第五卷读到，女仆弗朗索瓦兹母女一有机会就说家乡话，如果这种乡谈"我"听多了能听懂，她们就加快语速。我已经死去的祖母只会说我们瑞昌范镇那一带的方言，她在一九九九年，不间断地对我当时的女友说话，终于使来自城市的后者听懂了她不受欢迎的意思。我的这位女友愤而离开。

2020—6—30
平房乡

两颗不同的药在去往胃的途中
相遇，它们激起我一阵轻微的焦虑，
就像主人怀疑两个同行的下人会对自己不利，
不是他们要动什么坏心思，而是
他们的本质让他们不得不动坏心思。

"无论怎样，事情已经发生了。"
我对自己说。我有办法将它们召回，但那样太伤筋动骨。

---

[1] 欧建梆 译。

而现在,哪怕是我死亡,我也愿意认了。

2020—7—1
平房乡

想到高泉水库,它海拔三百六十三米,位于我的出生地西南方向五公里处,因为受邀去开书店,去过几次。我走上水库的堤坝,发现灰绿色的湖面距离自己还很远,仿佛在一个非常深的漏斗底部,在地狱深坑,走到那里看起来还要花上个把小时。我首先想到的是村上春树的一个书名:《世界尽头与冷酷仙境》。罗伯特·泽拉塔斯基在《阿尔贝·加缪:一个生命的要素》这本书里写道:"还有《来客》(*The Guest*)的主人公达吕(Daru)体验到的一种不祥的寂静,身处孤寂高原的一个简陋教室,言语是无用的,也没有对话的可能。简言之,沉默从来不只是物理或听觉意义上。对于加缪,沉默也是形而上学和道德意义上的。"[1] 我长久站立在那里,想到有人万里来寻死。沉默吞噬了一切,即使是一个人的溺死及对他的打捞。我这样想的时候,看向最下面的湖水,仿佛看到那遥远的地方果然有人在例行公事地把渔网拉起来。死亡不是发生在身边,一点也不让人心动。我们抱着

---

[1] 王兴亮 译,贾晓光 校。

双臂，听任冷风刮上脸庞，我们看着他们把那穿着整齐但露出苍白肚皮的尸体拖上船。山林和它在水中微微弯曲的倒影，既是在作证，也是在不作证。它们像农村里的农民，到了黄昏就要吃饭，点灯，熄火，睡觉。

2020—7—4
平房乡

忽然看见"墓园"二字，想起在阿根廷有一位老人和我讲了关于墓园的故事。我在国外旅行时，遇见墓园喜欢过去逛一下。墓园一般充满矮小平整的青草，洁白的碑石或者竖立，或者镶嵌在地面。我意识到墓园是整个世界很小的一部分。它占有地球有限面积的若干分之一。墓园和体育场、公园、车站等等人类活动的建筑物并列。但是，在今天，我意识到，墓园既是我们视线里与其他物体并列存在的物体，也是那单向而行的时间旅程的终点。当我意识到这一点时，世界上的其他事物都熄灭了，只剩下墓园被幽暗的光照耀着。

2020—7—6

平房乡

微信群的人越来越不爱发言。这是大家都能感受到的。大家再也没有对别人说话回应的义务。在线下可不。这让我想起万玛才旦编译的西藏民间故事集《西藏：说不完的故事》，如意宝尸为了让背负他的雇工白忙活一场，就利用讲精彩故事的机会诱使后者说话，而后者只要一说话，就会马上和尸体一起回到出发地。因此，微信群的人都是为了避免这一悲剧发生，选择了不发言。

2020—7—8

平房乡

二〇一三年，我重病住进协和医院，我的一位亲戚来京探望，他使用的是当时已经很流行的智能手机，而给我治病的大夫用的却还是诺基亚的老式手机。在大夫走之后，我的亲戚嗤了一声，说，穷成这样子，手机都用不起。这种轻蔑是荒谬的。我之所以觉得荒谬，是因为我知道这位大夫至少是博士学历，她能进协和医院，表明她是这个行业内最优秀的年轻人，同时她一定是她故乡那一年高考考得最好的几个人之一。也就是说，刻苦融入了她的血液。

为了增进对荒谬的理解，我认为我的亲戚是不荒谬的，大夫也是不荒谬的，荒谬产生于他对她的这种认知。产生于他把自己和她的比较当中。

2020—7—9
平房乡

在皇帝执政前，人们就把这个好说话的人的后宫填满了。娶这么多房太太，让老百姓羡慕坏了，觉得他一定是撷取众人之长，而实情是有心机的人为他建造了一个复杂的牢笼，至少是建造了一个无法逃避的丑陋的迷宫。迷宫不是无限的，而是固定的。皇帝在里面无奈地兜圈，每个人相对他人，似乎都是天堂，而在抵达的片刻，他就明白，这只不过是一个更深的地狱。因此，她们在他心里简化为：驼子、瞎子、聋子、多毛怪、大粗腿、狐臭、瘌子头。这和我拿着遥控器在电视频道之间跑马灯式地切换是一回事。低质量的丰富带给人厌烦。

我最近感受到的荒谬就是，一位译者能把一本解释荒谬的书翻译得错漏百出、佶屈聱牙。

2020—7—10

平房乡

自称是雅各·达穆尔的人发来邮件：

"使一个女子不随一个男子去他家的理由：她不想和他有所沾染。也不是不想，而是担心沾染后，不得不和他过日子。也不是不想和他过，而是自己还没确定要不要跟一个人过。因为一系列的不清晰，她婉拒了约会。她知道，发生关系只会带来两种结果：一，就是单纯发生关系。二，关系发生后，她和他仿佛没什么事，被一套程序接管了，从而谈婚论嫁。今后还得生儿育女。

"仅仅是前者倒好。可这样，社会会把她传作荡妇。"

2020—7—13

平房乡

"去理解你要说的话。"在几乎所有的国家，外交部长这样对新闻发言人说。这些话都是制定好的，经过集体的讨论。有时制定它的是国家。为了使它在权威性、在气势上变得更有说服力，一些过去是编辑、编剧和校对的工作人员对它进行了审定。发言人有一个好嗓子，以及一张神圣的面孔。他要做到的，就是在走向发言席之前，把自己调整得和将要说的话一致，就像演员。他有时对着稿子说，有时背诵。后来，他一直等着国家给他派来话语，而不是等待自己脑子生产话语。他的脑子的全部功能，就是用去理解国家派给他的话语，理解它，并把它说好。

2020—7—14
平房乡

在加缪戏剧《误会》中，旅馆的男仆可能代表着上帝。返乡的詹恩抱怨他是个古怪的家伙（"他是哑巴吗""似乎听不到别人的谈话"[1]），他那没有认出他的妹妹、同时也是旅店的主人玛丽莎说，这个男仆，"除非真正必要，他是尽可能不说话的"，"只是听觉很差罢了"。

在加缪那里，上帝是沉默的。我想到，可能这里也提供了另一种可能，就是听觉很差，视线很差，行动愈加地迟缓。也就是说充满局限。最后祂也就沉陷于这种局限中。看起来就像一个太岁，或者说，看起来比最聋的人还聋，比最瞎的人还瞎，或者比最哑巴的人还哑巴。祂的坐视不管让对祂有所期望的人伤心和绝望。

---

[1] 傅佩荣 译，下同。

2020—7—16

平房乡

一个人,独生子女,三四十岁,还没来得及结婚,父母卧床,或者已经走了,他因为治疗肿瘤需要上手术台,有百分之五到百分之七的可能性再也醒不过来。在麻药打进身体时,他想起一个问题:他还没有交代后事呢。一瞬间他想到,如果他死了,他的房产、书籍还有一些家具,将被谁取走。他竟然想不到应该是谁。他成功醒来之后,导尿管还没拔,这个时候,他知道,什么是比生活在宇宙飞船上还孤独的事了。

我写的这些想法句句煽情,却又可能是世上某些人要经历的真实处境。

应该是加缪说的,生活在这个世界上,就像流亡国外一样。

2020—7—17

平房乡

理查德·坎伯写了一本概述加缪哲学成果的小书《加缪》,他分析《局外人》中摩索尔特,在卷入事情时"显示出一种典型的被动模式"[1]。比如"偶然在沙滩上遇见了玛丽,便和她一起游泳,请她看了一场电影,并把她带回公寓过夜"。我想起自己也有类似的行为。在和女人初次约会时,虽然我已经知道自己不喜欢对方,但还是在聚会的结尾拉上对方的手散步,个别情况下,还会一起回她或者我的住所,并且,还会谈一段恋爱,直到后来分手。这么做,当然可以归结为道德败坏、行为放浪,但我自己认为,更多还是因为我对履行事情的程序有一种农民式的愚忠。我认为只要是和对方约会,就有义务和对方牵手、谈恋爱。仿佛这是上帝为我们制定的步骤分明、需要按部就班去履行的程序。

正如坎伯后来分析摩索尔特在毫无必要地对阿拉伯人连开四枪时所说:"他最后的四枪似乎是出于惯性(inertia),而非主动性(initiative)。"摩索尔特对自己所经历的事与命运,其听之任之的程度是惊人的,他听任预审推事将自己定性为"反对基督者先生"——"将如此荒诞的名字加在摩索尔特身上,目的是让其难以解释的行为能被那些可敬的基督教徒们所理解"——甚至听任刑事审判系统将自己杀死。

另:书中引了一段《局外人》的话:"预审推事拿出一个银制的十字架在摩索尔特的面前晃动,问摩索尔特是否相信上帝,当摩索尔特回答'不'时,他显得非常愤怒。……他叫道'您难道要使我的生活失去意义吗?'"我因此想到一

---

[1] 马振涛、杨淑学 译,下同。

些执法人员，会在抓捕、讯问时，指斥对方："你的良心过得去吗"、"你这样做对得起父母吗"。这是在表达义愤，也是在给对方施压。受害人及其家属，一般也热衷此道。对受质问者而言，这是额外的添刑，虽然它只停留在口头上，而不落实于行动。后来我想，还并不只是停留在口头上，这些指控往往加剧了受审者的灾难，有的就是被加刑。这些指控往往在情节轻重的考量上起到很关键的作用。

2020—7—18
平房乡

我，只不过是众多个我里的一个。我设想有做领导秘书的我、做老师的我、逃亡的我、去远方倒插门的我、在山上做书店店员的我、在海边流浪的我、做校对员的我、以见义勇为为业的我，有时设想会走得远一些，有时只停留于给他安排一个身份，整体上，这些被设想出来的人缺乏生气。我爱自己，对他们冷淡。他们的死和活，对我来说，没有太大的重要性。我其实是用冷淡杀死了另外一千个我。《小径分岔的花园》里的余准，则是通过一颗结实的子弹，杀死了阿尔贝所有充满活力的可能性。余准完成的是双重的杀戮，它既杀死了被创造的实体存在的阿尔贝，也杀死了这个实体存在的阿尔贝所创造的一千个胜似实体存在的阿尔贝。这可能是博尔赫斯写过的最残忍的小说，一个叫余准的东方间谍，仅仅为了通告主子去炸一个叫阿尔贝的地方，把这个叫阿尔贝的教授——同时是一个正在无限分解的宇宙——杀了。这让我想起早年在家乡听到的一个走样的传说，几个人为了逞能，或者为了一点钱，杀害了一名会六国外语的探亲士兵。

又：加缪列出四种人作为"荒诞者"的典型：唐璜、演员、征服者、创造者。他们有一个共同特点，就是最多地生活。比如作为创造者的作家，每创作一次，就是生活一次。因此，杀死一名尚未写出全部作品的作家，其惨痛意义就相当于在牧场杀死一匹还能生育多次的母马。那些写了一篇东西引起反响然后就退隐的作家，自己可能不会后悔，但对这种自我选择的早夭，同行一定会觉得惋惜。又不是胡安·鲁尔福，有什么必要不多写一点呢？

2020—7—19
平房乡

自称是雅各·达穆尔的人发来邮件：

"市镇依山而建，山腰上有一座坚固的学术城堡，大门紧闭。一名年轻人来到城堡前，叩响它的大门而未获得回应。他多次回头望向山下生机勃勃的市镇，在那里，他注定会受到欢迎，人们甚至会把他当成神抬起来，在街道上游行。但他知道，被拒绝的理想依然是理想，获取巨额回报的庸俗仍旧是庸俗，是对有限生命的浪费。因为绝不允许自己肤浅，他选择不下山。"

我回复："他对自己存在高估，他在山下也不见得成功。"

2020—8—6
平房乡

教众普遍是因为自身的痛苦与绝望，才来信教的。宗教使他们不再愁眉苦脸和忧心忡忡。在这些面黄肌瘦的人当中，有一位却是虎背熊腰、精力充沛的。那种充沛使人们觉得他不是人，而更像是一种动物。他之所以加入到迷信的行列，是因为世俗生活解决不了他巨大的精力，他的精力只有寄放在上帝宽广的怀抱里才能舒展开。他就是奥古斯丁。

2020—8—12
平房乡

一个人亲身经历的一件事，和另一个人幻想中出现的事，一模一样。

存在两种情况，就是前者经历的事，和后者幻想的事是分割的两件事。还有，就是前者所经历的事是后者幻想出来的，前者生杀予夺，取决于后者。后者是上帝。

还有，一个人亲身经历了他自己幻想中出现的事。一种是命运使然，一种是逻辑使然，一种是他要让实际行动符合幻想的愿望。有些巫婆会这么干，她幻想到灾难就要降临，实际它没有降临，那么她就把灾难制造出来，以显示她毕竟是英明的。

2020—8—20
平房乡

强大的形诸视觉的欲望和能力。写作有可能是为了让看不见的人看见。又：不停拍照就和不停印钞一样。又：某天，两名天外来客来到原野，自我介绍说是人类祖先的兄弟的特使。然而他们穿着蓝色列宁服，口袋插着钢笔，并且抽大前门香烟。

2020—8—21
平房乡

工作的合法性

我在修改已经断掉一个半月没写的小说，我把一个词，"再度"，修改为"再次"。我记得过去，我将"再次"修改为"再度"。我想到一些校对，也在做我这样无聊的事。这是因为他要证明自己在做事。我想起很多单位的人力资源部，本来就没什么事，可是为了表明自己不是白吃饭的，就发明出很多事来。比如开设一门培训：怎样写好工作邮件？还不能不参加培训，请假须提供部门总监签字同意的请假条，你完全不知道这种培训的重要性在哪里，也不知道它的不重要性在哪里，就是感到火冒三丈，想和对方同归于尽。

2020—9—27
平房乡

父亲走向地狱时，有一位面色白如月光的接新员来引导他。所谓接新员，就是一些来迎接新亡者的志愿者。我的父亲走的步伐很快，一则他不想接新员等他，一则他自己也对即将开始的地狱生活感到好奇。如果死亡能让我的父亲从半瘫痪状态变得健步如飞，那死亡就没什么不好。接新员在接到我父亲时，扶着我父亲的双臂，察看我父亲的脸色，说："等等，你还没死完。"他走到我父亲侧边，拍了拍我父亲的背部。于是，我们这些守候着父亲遗体的子女，亲眼看见从遗体的口中呕出一股黑血。血量太大，以致死者的面颊都鼓了起来，同时牙齿也被撞开。

2020—10—15
平房乡

今天天空是那么混沌。穿再多衣服也觉得冷，那是太阳距离地球远了。它升得高高的，开始像一个愧疚于在公众面前说多话的人，自觉地隐藏自己。它觉得：火热的爱情固然充满诱惑，使人乐于投身其中，但也容易让人产生厌腻，而哲人更愿意遮掩自己的存在，使一切都变得深沉。无疑，太阳要老了，就像我一样。无法再尽情燃烧了。

2020—10—16
平房乡

名誉之神

所有的捷径都让你走了
该占的便宜也让你占了
没一次战争 —— 无论是嘴仗还是笔仗 ——
不是以你毫不留情的胜利结束
而且我们还允许你成为自己事业的
裁判员和评委

就是这样
你还来到我面前诉苦
说我给你的不多

2020—10—24
阿那亚

早上,去海滩观看日出,我把能穿的衣服都穿上,仍然感觉极度寒冷。这种冷不是说你穿衣服就能抵御得了。它像一个善于搜刮过往行人的检查员,把手伸到我的腋下,伸到我发丛中。我简直可以为它带给我的屈辱而哭泣。我想到那些在海上度过一夜的人,想到无家可归者,生生冻死会有多么痛苦。他们在临死前一定会出现身体发烫的幻觉。除了幻觉能给他们出路,谁还能给他们出路?

2020—10—25
北京

在海边图书馆,一整面墙隔在海水和我之间,墙由一扇扇带玻璃的门组成,这堵墙同时也把光线分成两部分,一部分赤裸裸地、几乎是毫无羞耻地照在海面和沙滩上,一部分是室内褐色的阴影。我极其舒服地坐在室内的阴影里,坐在一张有着弹簧靠背的扶手椅上。海水是浅绿色的，让人想起佳洁士一款牙膏的颜色，也许海水一开始是深蓝色的，蓝得不能再蓝，比柏油路还蓝，后来一遍遍地，有人对着它浇上清水，使它逐层变淡。如果任由那个人这么稀释下去，海水就会变成白色了。海水从北往南荡漾，好像大部队的尸首在默默地向一个方向飘走。有时海水会在靠近沙滩时溅起来，这时候我们就能看见它的身体内部其实污秽不堪。沙滩由无数颗细沙构成，由无数个细沙组成的凹洞组成，我不能判断沙的深度，海边没有孩子去刨它。一个长颈鹿一样高的女子蹑手蹑脚地从我眼前的沙滩通过，心灵似乎沉浸在每一次非同凡响的踩踏中，这种一踩一滑的感觉使她内心涌现乡愁，她恍惚记得自己是月球人，她记起自己在月亮上是怎样行走的。她半转过头，微微张口，试图和后面的拍照之奴分享这一感受，就是在这一转头之间，她发现一个猥琐的观察者：我。

在海面上有一两艘黑船驶过，就是灿烂的阳光也不能将之融化。它们似乎是从地狱驶来的漆黑的船。

下午三点，自河北返京，五点多后进入双向高速公路。想起在智利返回圣地亚哥时也是在暮色降临时进入高速公路。不久，天和地就被彻底的黑夜笼罩。但公路上的车辆非但不减速，反而越开越快，一辆追赶一辆。路面上到处是有二十四个轮子的卡车，它们拉着钢材、机械、粮食和战士。是的，这是开往许都的路，是开往汉室开往曹丞相的夜的原野上的路。这样的车停下来估计就得停几百米。那些轿车不时从撞岩般的卡车中间穿过，里边坐着各路诸侯的代表。这些外交人士只负责外交工作，绝不会允许自己像一个毛糙的恐怖分子那样，在公路上和丞相的运输车做一次同归于尽的赌博。

运载我的专车，司机是北京人，一路上换了三副眼镜，分别应对下午、傍晚和夜间的光线。取下和戴上眼镜虽是单手完成，但仪式感很强。看得出他不想辜负这辆豪车给自己的体面。但他车开得不怎样，有一次提前下了高速，有一次上错道，不得不退回到岔路口。他像教练一样善于筹划，为此行做了周密的安排，又像队员一样不能够执行，不是态度不好，是能力不行，心有余而力不足。

马路的两条边线，在车灯照耀的前方，彼此愈靠愈近，然后在合成一个"∧"形后分开，直到再次合拢。如此反复。有一段时间，我看着它发呆。

2021年11月11日补：今天翻阅约翰·伯格的随笔或者说是小说《博洛尼亚的红窗帘》，发现他这么写自己那仪式感十足的伯父："他到哪儿都随身带着三副眼镜——镜片个个不同。"（郑远涛 译）

2020—10—29
平房乡

钱先生约在天下盐吃饭,提前在五矿大厦Costa喝咖啡,读周克希译《追寻逝去的时光》(选本),提到莱奥妮姑妈——其母是"我"祖父表妹——先是不肯离开贡布雷,接下来是不肯离开她在贡布雷的家,再接下来是不肯离开她的房间,最后是不肯离开她的床。活动范围是:"镇——家——房——床"。在我的故乡,老妪亦多如此。而后辈狂妄如我,为着消耗自己的荷尔蒙,则要逆行:"村——县——市——首都"。

本月初返回瑞昌,发现不少认识的人已经不在,多半是迁移出去了。我弟弟一家也搬到九江去住了。每次回瑞昌,都能明显地感觉到熟人在减少。我曾经在横港中学念书,我在那的同学泰半也离开横港,到县城落户了。而县城的同学,泰半也离开县城,去城市落户了。

2020—11—1
平房乡

错觉

今天，在国家大剧院音乐厅二层一侧卡座看一场名为"古典的碰撞"的音乐会，我俯看时，视线正好对着指挥的背部。我抬头平视，可以看见对面的卡座，那里远没有坐满，稀稀拉拉的。那空出来的座椅，椅背是浅黄色的，紧贴着它但只有它三分之二高的靠垫是蓝灰色的，这使座椅看起来像是一块大理石墓碑。有那么一瞬间，我产生错觉，觉得坐在对面座椅上的观众，其实是大理石墓碑上的遗像，我不过是在和遗像一起看演出。这真是微微有点刺激啊。

我还没否决这场错觉，就又看到，在乐池里坐着一位丰腴的小提琴手，她面色发青，手臂像是涂满了石灰一样苍白。几乎都可以叫人发出惊呼她就是僵尸啊。我看见一具僵尸坐在那里勤快地割琴，琴弓在她面前来回蹿动。我又去看对面卡座，这时发现那里并无观众。在那里，有的遗像穿着红色毛线，有的穿黑西服打蓝色领带，有的因生了太久的病，面颊全凹陷了，有的遗像已经没有了头，可能是被雨水给洗掉了。对面的卡座没有坐满，让我想起坟墓没有被售完。

2020—11—2
平房乡

在这个社会上存在着一种默契，比如一对男女捏住彼此的手，之后是接吻、拥抱、过夜、恋爱、结婚。程序分明，环环相扣。人似乎只是执行者。在电影《祖与占》里，青年占（吉姆）在和情人吉尔伯特过夜后，大清老早地就要离开。剧本是这样写的：

> 吉姆：再过十分钟天就亮了。
>
> 吉尔伯特：吉姆，就一次，你可以留在这儿，睡在我身边。
>
> 吉姆站起身穿衣服。他扣好马甲的钮扣，走到镜子前，捋了捋胡子。
>
> 吉姆：不了，吉尔伯特。如果我现在和你待在一起，明天不再待在这儿，我会感到我抛弃了你……如果我明天待在这儿，那我们就会生活在一起，就像结了婚一样……那不是违反了我们的合约吗？[1]

吉姆警惕的可能就是这种社会法则对自己的控制：先是留下，接着同居，最后结婚。如果真是这样，那就妨碍他去

---

[1] 姜东 译。

过"巴黎年轻人那种充满自由和魅力的生活"[1]。

2020—11—10
平房乡

V教授有一篇论文新近被多次转发,文中提及一位男作家的小说有重复自己的倾向。这个看法只占文章的一隅。这位作家自己也给予了转发,并向教授致谢。这是一个不错的回应方式,显得大度。不过我作为旁观者,并未特别留意论文中对作家的判断,也不觉得这样的判断会给被论及者造成什么像样的损失。因此,我感觉连回应都不必。我记得《追忆似水年华》第七卷提到过,医生并非和具体病人有什么过节,他眼睛里看见的只是病。我重翻时没有找到,但我记得普鲁斯特写过大致的话。普鲁斯特用这个例子来比拟文学中的批评。

作为旁观者,我觉得这事情没什么重要的,但若我是当局者,我一定不具备这位作家的风度。一个人在年轻的时候,或许应该像张良那样,到桥上去接受残酷的训练,去把自己的尊严丢到水里。

---

[1] 罗杰·伊伯特 语。

2020—11—11
平房乡

看到支架大减价的新闻，想起妈妈已经装了五个支架。妈妈曾提及，有一次她回九源老家，发现煤气罐没气，就去邻居家吃饭。吃的是现饭，掺了之前剩的肉汤。不久她感到天旋地转，眼前也多次发黑，周围的东西变得模糊起来，就是前边老喜家房子的窗户也看不清。母亲说她摸索着去茅厕呕吐，在那摔伤了腿。她记得自己昏倒过几次。救护车从县里跑来拉走她。我以为是食物中毒，但是妈妈说，医生说是心肌梗死。

2020—11—12
平房乡

自称是雅各·达穆尔的人发来邮件：

"这样宣布：你的言辞让我不怿，我曾想反击，但后来选择放弃。我也不想通过沉默来表现得自己有多么虚心或大度。我之所以不做出回应，任由你雌黄，是想通过你来磨炼自己。你不批评我，还会有别人来批评我。你的嘴不来批评我，你的心还会来批评我。在我的生前没人批评我，在我的死后还是会有人批评我。批评像雨水一样避免不了，我要学习承认它的存在，而不是蒙住自己的双眼。"

2020—11—20
平房乡

梦见自己站在一辆黄色跑车和车库后墙之间,我背部贴着墙,两腿离跑车前保险杠只有几寸远。它停在那儿,对着我不停加大油门,轰鸣声越来越大。这真像一只一心要好好表现的猛兽,就等着主人一声令下好扑过来,把我东一块西一块地撕碎。我的腿控制不住地朝两边晃动。这种晃动启发了我。我想起中学时学到的一种奇怪舞姿,即让两只脚尖不断地合拢、分开,同时脚底不离地,把人悄悄地平移到一边。我就是这样,把自己平移到跑车一侧,然后走离了它,一直到它的轰鸣声在我身后变得越来越小。街上到处是车,其中一辆绯红色的车在停下时,因为刹车过猛,车身向前冲了一下。一看就是新手在驾驶。车身这样不受控制地耸动,使我想起猝不及防的射精。

我记得自己曾经站在空荡荡的工体门口,猝不及防,就开来一群跑车——我已经不记得是七八辆还是十几辆——把我围在中央。它们围着我转了好几圈,然后一个接一个、你追我赶地开到马路上,朝一个方向消失了。

2020—11—21

平房乡

在一栋大厦的地下一层休息,看埃斯库罗斯的悲剧《报仇神》,这时有一位年轻母亲推着童车跑向守候在过道另一头的丈夫,在童车到达的同时,这位年轻的父亲蹲下来,亲切地看自己年幼的儿子。他还没打招呼呢,他的儿子就朝他兴奋地喊:"儿子啊,儿子啊。"我心里笑开了花。我想起另外一件事,不知道是喜剧还是悲剧,在我们周围,似乎都有这样一个人,他看谁,目光都带着一种慈爱,好像母亲看着儿子,老农看着圈里的牲畜,我们常受他目光的鼓舞。一天,我偶然路过这样一个好人的身后,他正扑在栏杆上,凝睛看向那些进楼的人。我听到他带着微微的焦虑,自语:"什么时候才能把这些人脉变现呐?"也许这后一件事是在梦中见到的,但我可以确保,我说的第一件事是真的。

2020—11—22

平房乡

电影《第一滴血》开场,穿着印有星条旗的绿色M65夹克衫及伞兵靴、背着简易睡袋的退伍军人兰博来到霍普镇,他沿着坡道向下,走到湖边的黑人居住区,一对黑人母女正在晾晒衣服。兰博向母亲打听他生活在此地的战友德尔马·贝瑞,母亲在回答"他不在"的同时,下意识地推女儿胳膊,让她回屋里去。这是在保护自己尚未成年的孩子。这位母亲把兰博当做一个不可测的危险因素,一是一眼可以看出对方是外乡人,从对方露出的有污渍的内衣看,也有可能是流浪汉(镇上的警察可不喜欢流浪汉了),一是对方是白人,一是他打听的人已经因癌症凄惨地去世了,而癌症是由越南战场泼洒的化学战剂引发的,他给她留下是来调查此事的印象,一是他的衣领是竖起来的,他的蓝色牛仔裤裤腿也扎进靴内,他浓密的头发虽未到披肩的地步,却也很长,他相对常人来说要强壮不少,并且训练有素。

两人对谈时周围的景色非常迷人,阳光照在草地上,不远处是平整的蓝色湖面,大片的阳光像金子洒在湖中央,晾衣绳一边绑在白桦树上,一边绑在小木屋的窗子或屋顶上。

我是如此迷恋这部电影,郊外的丛林虽然风景宜人,却沉寂千年,在兰博这样的人躲避进来并招惹来一大批追捕者后,这里仿佛成了世界中心。很多记者来了,天空中也有了直升机。甚至兰博在越战时的首长也赶来了。正是他劝说兰博接受被捕,从而结束了这件事。

2020—11—23

平房乡

在梦中，我变得极其高大。我的脖子伸到白云当中，天穹显得特别近，我的头快要触碰到它。透过移动的闪亮的白云，我看见地面上的小树林形同一块深绿的菌斑，河水像一条细长的丝巾，村庄建造在山麓和灌好水的稻田之间，人们分散在房屋、马路、堤坝等处，或工作或休息，而马看见驮运的货物被推来，在起立前最后一次紧紧地趴卧于大地。我悬在半空的右腿，将要踩进这块安详的领地。我的行走总是给所经之地带去巨大破坏：一些跑不了的人和动物，被我的脚掌碾成比萨饼那样血肉模糊的薄片，河水灌进足迹形成的深坑，使之变成池塘。受灾地的人先是大哭，继而愤怒地叫嚷，要杀死我。他们根本不知道，我每次都在有意地减少行走所带来的破坏，我使脚步变得更轻，并且尽量把脚底落在人烟稀少处。他们不能体察到我的用心，不知道我对破坏也心怀畏惧，甚至是厌恶。他们就觉得我是恶的，残暴乖戾，缺乏人性，是破坏之神。我感到孤独和痛苦，眼泪默然流淌。这种孤独和痛苦诞生于，我无法向他们解释我的善良。我很清楚，我如果朝前走，只会增加人们对我的仇恨，可是不走，我将何为，难道要一直待在这儿吗？我不知道自己来自哪里，我很后悔自己离开那个地方，在那里，我的破坏也许构不成破坏，就像一只狗，它在狗窝里怎么跳跃翻滚都可以。在梦里，我一直提着那条右腿，犹豫要不要踏下去。后来，我像一棵被砍伐的树，直挺挺地扑向前方。

2020—11—24
平房乡

昨天的梦所形成的压抑直到今天还没消散。今天阅读埃斯库罗斯悲剧《阿伽门农》，阿耳戈斯和密刻奈（即迈锡尼）的摄政王后克吕泰墨斯特拉向长老提及，她通过信号火光的传递知道丈夫阿伽门农率领的希腊联军在特洛亚取得胜利，火炬先是在特洛亚郊外的伊得山燃起，火光传到九十公里外的勒谟诺斯岛，勒谟诺斯岛燃烧的火炬，光芒又传到七十公里外的阿托斯半岛，阿托斯半岛的火炬，其光芒又传到一百八十公里外的马喀斯托斯山，又传到二十公里外的墨萨庇翁山，又传到三十公里外的喀泰戎悬崖，又传到二十公里外的格剌涅亚山，又传到四十公里外的阿剌克奈翁山峰，最后传到二十公里外的阿耳戈斯。传到阿耳戈斯的光亮是"伊得山上的火焰的子孙"。这种传递方式类似于我们知道的烽火。克吕泰墨斯特拉用她的方式对传递中的火光进行了描绘："那奔跑的火炬使劲跳跃，跳过海，欢乐地前进……"，"那火炬依然旺盛，一点也没有暗淡，像明月一样跳过了阿索波斯平原，直达喀泰戎悬崖……"，"那火光在戈耳戈眼似的湖水上面一闪而过，到达山羊游玩的山上……"。这使我想起昨日梦中那个始终在做金鸡独立的我，后者最为渴望的就是以月光的速度，在大地快乐而自由地奔跑，没有人出来指责他做错了什么，他什么也没做错。相反，他受到了鼓舞。

2020—11—25
平房乡

荣誉

在埃斯库罗斯悲剧《阿伽门农》里，由长老组成的歌队这样唱："他们当时愤怒地叫嚷着要进行大战。"这里说的是：阿伽门农和墨涅拉俄斯兄弟俩共同统治着阿耳戈斯和密刻奈，海伦是墨涅拉俄斯的妻子，她被前来做客的特洛亚王子帕里斯拐走，阿伽门农组织希腊联军远征特洛亚。我理解长老所说的"他们"，既包括阿伽门农和墨涅拉俄斯兄弟俩，也包括联军将士，墨涅拉俄斯个人的耻辱已经被集体化。我想起上世纪念书时自己遭遇的事，我因为踢球和一位成教部校友发生冲突，他回去召集几十人在食堂门口围攻我，我在跑回寝室楼后，向同学激动地诉说："瞧啊，成教部都打到统招生这边来了。"一些人围向我，他们愤怒地叫嚷："打回去，打到成教部去。"我想那位成教部校友在跑回成教部叫人时，也是这样叙事的："瞧啊，瞧统招生就是这么对待我们成教部的。"我可以发誓，我去向集体求援，并不是要利用集体，而是真的感受到这就是集体的损失，是我们班、我们系、我们整个统招生的权威——或者说是面子——在遭受损害。

有些事，如果我们测算其成本，是不可能发生的，比如为海伦，而动员一千多艘战船上的士兵离开母亲，去特洛亚进行十年的血战。而且在出征前，为了能使船只克服逆风，顺利出行，统帅阿伽门农还杀献了自己的女儿。这样荒谬的事之所以发生是因为集体出现了躁动：他们感到自己被无情地贬低，并为此焦虑。周濂的短文《射象者布莱尔》非常清楚地形容了这种焦虑。也正是看了这篇文章，我警告自己，在和任何穿制服的人打交道时都要做到礼貌和谦卑，因为你不是和一个姓张姓李的人打交道，而是和他徽章上所标记的集体打交道。

2020—11—26
平房乡

在《阿伽门农》里，长老这样歌唱："阿开俄斯舰队的年长的领袖不怪先知，而向这突如其来的厄运低头"。根据译者罗念生的注解，舰队领袖阿伽门农虽然受了先知的警告，仍然要去攻打特洛亚，所谓厄运，即他命中注定要杀献女儿伊菲革涅亚。我因此想到，在赌场外，并不缺乏先知，他们说的话很难不应验，可是赌徒们从不听劝。贪官或者作恶的人也是这样，明知前方是覆灭的命运，并且这命运自己也承受不起，却仍然不管不顾地朝它行进。我感觉在人身上普遍存在一种可耻的本领，就是自瞒。言语中的厄运是不能算作厄运的，只有发生的厄运才是厄运。推测中的火灾也不能算作火灾，只有在里边烧伤了才是火灾。我想到这些命运的赌徒，这些侥幸分子，这样对人说："以后的事就交给以后，你说呢？"

另：这部悲剧的开头是守望人在自白，他站在王宫屋顶守望着从特洛亚发来的信号火炬。他在向观众倾诉自己遭的罪，比如"一年来我像一头狗似的，支着两肘趴在阿特瑞代的屋顶上""当我躺在夜里不让我入睡的，给露水打湿了的这只榻上的时候——连梦也不来拜望，因为恐惧代替睡眠站在旁边，使我不能紧闭着眼睛睡一睡"。职责所带给他的压迫，最后积压在生理上，表现出来。因此不难想象他的心愿是解除这任务（"我祈求众神解除我长年守望的辛苦"）。这时的他，是明白阿伽门农凯旋会遭遇到什么的，王宫也许会发生残酷的谋杀事件，就像他所说的："我就为这个家的不幸而悲叹，这个家料理得不像以前那样好了。"但是他无法从圣人的角度忧心忡忡地看待这件事，他关心的只是如何早些捕获阿伽门农凯旋的信号，好结束自己的任务。

2020—11—27
平房乡

一个场景：在《阿伽门农》里，长老歌唱："时间已经过去很久了，自从水师开往伊利翁的时候，沙子随着船尾缆索的收回而飞扬以来。"译者罗念生注解："古代的希腊船用船尾靠岸，开船时把缆索自岸上拖回。"

另：留守的王后克吕泰墨斯特拉这样向传令官表达自己对丈夫阿伽门农的忠心："在这长久的时间内，她连封印都没有破坏一个。"译者罗念生注解："阿伽门农离家时曾把他的贵重物品封起来，用他的戒指在火漆上打上印。"在我的故乡赣北，管"封棺"为"封印"，我一直不懂为什么叫"封印"，在乡村长年教学的堂叔艾宏仁说，可能是在封棺后，道士在棺木与棺盖的接合处贴上封条，并钤印。

另：预言者卡珊德拉在尝试形容克吕泰墨斯特拉时用了这样的句子："一条两头蛇？"罗念生解释这是一种想象的蛇，它能两端行进，既可向前爬行，也可向后爬行。这使我想起地铁或高铁的列车。而在古希腊传说中出现的"撞岩"，则让我想起故乡柏油路上相向而行、体重庞大且速度飞快的大卡车，为了通过撞岩，伊阿宋会先放出鸽子。鸽子安全飞过，船队似乎也有把握穿过。

2020—11—28
平房乡

自称是雅各·达穆尔的人发来邮件：
"像进入水一样进入固体的内部，那种阻拦与其说是阻拦，还不如说是欢迎与抚摸。"

2020—11—29
平房乡

自称是雅各·达穆尔的人发来邮件："一个作者为什么要写他不喜欢的人呢？"

我回复："写不喜欢的人是作者的职责。"

雅各·达穆尔回复："你理解错我的意思，或者说我说得不清楚。一个作者为什么要在作品里写自己喜欢自己在生活中不喜欢的人呢？或者说，在作品中把承认和爱给自己生活中碰都不愿碰的人呢？"

我回复："他可能觉得读者喜欢这些人。"

雅各·达穆尔回复："读者喜欢吗？"

我回复："读者可能以为别的读者喜欢。"

2020—12—1

平房乡

阿伽门农的父亲是阿特柔斯，阿特柔斯和堤厄斯忒斯是兄弟，双方矛盾很深，按照《阿伽门农》译者罗念生的说法："阿特柔斯后来假意同堤厄斯忒斯和好，请他赴宴，把堤厄斯忒斯两个儿子的肉给他吃。"我对乡村的宴会记忆很多，几乎每位主人，都会对他的客人说："好吃不？"一般都会得到这样的答复——"好吃，不晓得几好吃"，于是他接着说："那就多吃点，吃粗点。"阿特柔斯会抓起一块肉，递给他的弟兄，说"吃多点"吗？

罗念生在《阿伽门农》的注释里还讲了一个故事：忒柔斯娶雅典国王潘迪翁的女儿普洛克涅，生伊堤斯，后来，忒柔斯伪称普洛克涅已死，把普洛克涅的姐妹菲罗墨勒诱来奸污，并割去她舌头。菲罗墨勒把自己的故事织出来，送给普洛克涅看。普洛克涅知道后，把伊堤斯杀来煮给忒柔斯吃。那么，普洛克涅会在抓起一块肉，递给丈夫吃时，说"吃多点"吗？

有时候，主人还会这样说："莫作礼，多吃点，吃粗点，还有。"这里，"还有"意指厨房里还有肉，即使厨房的吃完了，房梁上还挂着。那里有一排熏肉。

今天和孙一圣见面，他说在他老家曹县，主人也会劝客"多吃点"，并且连说两次，仿佛催促。

2020—12—3

莫干山

在埃斯库罗斯悲剧《奠酒人》中，厄勒克特拉在父亲阿伽门农的墓前看到一绺铰下来的卷发，她看出是弟弟俄瑞斯忒斯留下的。"像我们自己的，看来很相似。"她说。译者罗念生注解："'我们自己的'，指厄勒克特拉一家人的。欧里庇得斯在他的悲剧《厄勒克特拉》第五三〇和五三一行叫厄勒克特拉说，不同血系的人的头发也是相似的，借此批评埃斯库罗斯不该用头发作为证据。这个批评曾经引起古今评论家的长期论战，双方似乎都有一定的理由。"我没办法不想到自己像松针一样偏黄的发质，我二姐、弟弟也如此。我们有这样的发质，和妈妈有关。我舅舅家的孩子也是这样。我妈妈常为此自豪："皮肤白，头发黄，说明你们是二房吴家的种。"二房吴家就是我妈妈的出生地。

2020—12—6

杭州

在德清至杭州的小客车上，几次想对同车的朋友开口说话，几次中止。我在这时问了自己一个问题：你要说的话很有必要吗？这是我第一次检测冲到齿边的话语，在过去，我总是轻易张开嘴让它们飞出去。我想起曾在路上听见两位老人评价交通灯："这个是红的"，"这个呢是绿的"。我和他们有区别吗？不都是为了让彼此有点事做而说话吗？我想起我的母亲因为害怕母子间的沉默，又发明不了新的话题，只好一次次地叮嘱我："你可不能像你爷（父亲）一样啊，你瞧瞧医院里，有多少像你这个年纪也中了风的。"她对我的爱是不容置疑的，甚至到了可以牺牲她自己的地步，但她的话说出来却像诅咒。后来我尝试和她一起分析了这种话语出现的原因——在母子见面的那一刻，她出现了轻微的失控，她觉得有必要说话，但又不曾对此进行准备，只好听任那些过去说过的轻车熟路的话自己冒出来，过去从来没有人指出她说的话不妥，因此她觉得再强调一次也不会有错——她似乎明白了，并且再没说这种让我紧张的话。

我常想到我们之间打电话，经常会同时问对方："最近身体怎么样唉？"我父亲在世时，我们之间打电话，也常这样。他们给予我的爱是没有限度的，我对他们也忠心耿耿，但是我们之间的交流总是缺乏创造力。不但我们这样，大多数县城的家庭也这样。

2020—12—7
平房乡

波吕涅刻斯和哥哥厄忒俄克勒斯争夺王位失利，逃往阿耳戈斯，借阿德剌斯托斯的兵力攻打祖国。安菲阿剌俄斯的妻子厄里费勒是阿德剌斯托斯的姐妹，阿德剌斯托斯与安菲阿剌俄斯约定：凡是他们两人之间的争执都取决于厄里费勒。（我的理解是，阿德剌斯托斯说服不了反战者安菲阿剌俄斯参战，但厄里费勒可以。）波吕涅刻斯用一只项圈去收买厄里费勒，叫她怂恿丈夫去参战，后者答应了。安菲阿剌俄斯因此参战。我是在罗念生为埃斯库罗斯悲剧《七将攻忒拜》所做的中文注解看到这个故事的。我把这个简短的故事誊录下来，是因为它圆满地解决了一个疑问：一个反战者是如何参战的。

　　昆汀·塔伦蒂诺没有解决好一个问题，就是在《杀死比尔2》里，如何让乌玛·瑟曼饰演的女主人公从被活埋的处境中活下来。他给出的方式是让女主人公一拳一拳击破棺材盖，再破开积土。我感觉说服力不是很强。